JN049881

ぜにざむらい

吉川永青
Yoshikawa Nagaharu

朝日新聞出版

目次

装画　田中政志
装丁　柳沼博雅（GOAT）

ぜにざむらい

一　金の力

夜の山道を、もうどれくらい歩いて来ただろう。源八《げんぱち》は左手を引かれ、共に歩く藤右衛門《とうえもん》に導かれるまま夜の闇を進んでいた。冬も近付いた九月の末、林の空気はすこぶる冷たい。遠くから渡る梟《ふくろう》の声を聞き、源八は「ふう」と息を漏らした。

「お疲れに、なりましたかな」

藤右衛門が歩みを止め、しわがれた囁《ささや》きを寄越《よこ》す。声の方を見上げ、首の力を抜いて「うん」と応じた。

「足が痛いし、眠い」

「ならば、爺《じい》が負ぶって差し上げましょう」

爺――若江《わかえ》藤右衛門は、父の代から仕えた家来だった。物腰柔らかな好々爺《こうこうや》で、良く笑い、およそ怒った顔を見たためしがない。顔も覚えぬうちに死んだ母よりも、戦に出ることの多かった父よりも、藤右衛門といた時の方が長いくらいである。慕わしい傅役《もりやく》だった。

「さ、殿」

勧めに従い、老臣の背に身を預けた。痩せて骨の目立つ硬い背も、漂う匂いも、温かさも、父とは違う。父を思うと悲しさがこみ上げ、涙が溢《あふ》れた。察してくれたのか、藤右衛門は何も言わず、ただ足許《あしもと》を確かめながら闇を進んでくれた。

しばし泣いて気が昂《たかぶ》ったせいだろう。最前の眠気はすっかり消し飛んでしまった。源八は鼻に掛かった声で、小さく呼び掛けた。

「爺。父上は、まことに討ち死になされたのか」

先月、天正《てんしょう》元年(一五七三)八月二十日。父・岡盛俊《おかもりとし》は、この若狭《わかさ》の東の隣国、越前《えちぜん》で落命したという。だが届けられたのは、その報《しら》せのみ。亡骸《なきがら》は運ばれていない。

「……信じられませぬか。殿のお歳《とし》では致し方なし、とは存じますが」

躊躇《ためら》いがちな言葉を耳に、少し腹が立った。

「歳が七つだから、何だって言うんだ。俺は」

口を衝《つ》いて出た不平は、そこで止まった。俺は父上の後を継いだのだぞ——続けようとした言葉こそ、討ち死にを認める証《あかし》に他ならないのだから。

藤右衛門は「んん」と渋い唸《うな》りを漏らし、何かに思いを巡らしていたが、やがて静かに語り始めた。

「戦場《いくさば》の骸《むくろ》は、打ち捨てられて当たり前……おまけに先の戦では、討ち死にも数知れずと聞き及びますれば」

よほど位の高い者なら、味方の者も亡骸を求めて奔走する。しかし父は、そういう身分ではなかった。太良荘城《たらのしょう》の主ではあったが、一介の若狭国衆でしかない。さらに言えば、若狭国主・武田《たけだ》元明《もとあき》の下知で出陣した訳でもないのだから、見捨てられて当然なのだと。

若狭という国は、長らく不確かな立場に置かれていた。武田家累代が守護職を務めていたが、先代・義統《よしむね》の頃、これに従わぬ国衆が増えてきたためであった。窮した武田義統は、越前の朝倉義景《あさくらよしかげ》を頼って叛乱《はんらん》を鎮めた。しかし、これによって朝倉に頭が上がらなくなった。

その義統も、六年前に齢《よわい》四十二で没した。跡継ぎの元明が未《いま》だ六歳の時であり、朝倉はこれを以《もっ》て「歳若い武田の嫡子を庇護《ひご》する」と吹聴した。

元明は越前に連れ去られ、武田家に従う若狭国衆は朝倉の下知を仰がざるを得なくなる。対して武田家に叛《そむ》いた面々は、朝倉の敵——将軍を推戴する織田信長《おだのぶなが》と通じるようになった。

朝倉と織田は幾度も戦を構えた。源八の父は武田家に奉公すべく、朝倉方としてそれらの戦に参陣を続けた。

そして先月、両者の争いはついに決着した。朝倉は滅ぼされ、越前は織田の領となる。これまでの経緯《いきさつ》からして、若狭もなし崩しに織田に呑《の》み込まれ、織田重臣・丹羽長秀《にわながひで》の治めるところとなっていた。

「父上は……朝倉に見捨てられて」

止まっていた涙が、先ほどとは違う形で再び零《こぼ》れ始めた。

「悔しゅうござりますか。爺も同じですわい。こうして逃げておるのも、全て朝倉が負けたがゆえですからな」

武田に忠節を尽くして朝倉に与《くみ》した国衆が、織田領となった若狭で生き残るのは難しい。源八の岡家も同じであった。当主が討ち死にし、七歳の跡継ぎを戴《いただ》くこととなって、数少ない家臣たちは次々と他家へ鞍替《くらが》えしていった。残ったのは藤右衛門のみである。

家運の傾いた家など、織田に所領を召し上げられるか、さもなくば織田に付いた国衆や武田旧臣に襲われるのが見えている。そして、その動きは確かにあった。太良荘城にほど近い地・小浜《おばま》の代官——

内藤越前守《ないとうえちぜんのかみ》が「岡家には織田への叛意あり」と唱えて兵を集め、頃合いを窺《うかが》っていた。幼い源八と年老いた藤右衛門は、先んじて城を捨てるしかなかった。

源八は、藤右衛門の肩に掛けた手を力一杯に握った。

「偉い人は、ずるい。でも」

それに媚《こ》びて取り入り、横着を働く者はさらに汚い。幼い身ゆえ、その思いを巧《うま》く言葉にできないでいた。もっとも、藤右衛門も同じ気持ちだったのだろう。やる瀬ない溜息《ためいき》をひとつ、黙って小さく頷《うなず》いた。

「されど、殿。爺が付いております」

両の太腿《ふともも》に回された手が、ぐいと力を増す。源八の体を背中の上の方へ持ち上げて、藤右衛門は持ち前の明るさで優しく続けた。

「お父上を凌《しの》ぐほどに偉くなりなされ。ずるい者共に潰されぬだけの力を付けて、誰にも見捨てられぬ武士になれば良いのです」

「できるのか。こんな、逃げているのに」

「できますとも」

山に紛れ、夜の闇を味方に付けて東へ行けば越前に出られる。越前も織田領ではあるが、こちらは既に城を捨てているのだから、これ以上に追い詰められはすまい。岡の家領を狙っていた内藤越前にしても、もう源八を襲う理由はないのだ。藤右衛門は、そう言う。

「いつの日か、立派な武士になられませい。そのためにも命を繋《つな》がねば」

「……分かった。父上と爺に、喜んで欲しいからな」

すると老臣は、小さく肩を震わせた。軽く洟《はな》を啜《すす》っている。しっとりとした気配であった。しかし。

「おい。いたぞ！　声が聞こえた」

遠くで怒鳴る者があった。驚いて右手を見れば、山肌を下った辺りに幾つかの松明《たいまつ》が集まろうとしている。指先くらいの大きさに見えたそれは、ほどなく坂を駆け上がって来た。

「捕らえましょうや」

「構わん、織田に逆らう謀叛人《むほんにん》だ。首を刎《は》ねてしまえ」

喚《わめ》き声が、次第に大きく聞こえるようになる。藤右衛門は「しもうた」と囁き、源八の身を背から下ろした。

「お逃げなされ」

馳《は》せ付けて来るのは、内藤の手の者だろうと言う。岡源八の首を取り、謀叛人を成敗したという形を作って、自らの所領と力を増やそうとしているのだと。

「斯様《かよう》なところで殿を死なせる訳には、いきませぬわい」

「え？　爺は？　どうするんだ」

「命あらば、後を追いまする」

凛《りん》と眦《まなじり》を決していた。老いさらばえた身で、詰め寄る若い声に立ち向かおうとしている。それは源八にとって、とても認められるものではなかった。

「だめだ。爺ひとりでなんて」

「聞き分けられよ！」

静かな、それでいて峻烈《しゅんれつ》な一喝が飛ぶ。びくりと身を震わせた源八に、藤右衛門は無上の笑みを見せた。

「わしは戦で子を失いまして、身よりもござらぬ。殿を……源八様を、孫のように思うてお仕えしてきたのです。最後の頼みと思うて、どうか」

そして「行かれよ」とこの身を突き飛ばし、自身は腰の刀を抜いて木立を馳せ下った。

「内藤の鼠《ねずみ》、何するものぞ！　岡源八郎定俊《げんぱちろうさだとし》が臣・若江藤右衛門じゃ。さあ来るが良い、青二才共め」

呼ばわり、奇声を上げて斬り込んでゆく。先まで身を預けていた背が「早く！」と猛烈な気迫を叩《たた》き出していた。

「爺……すまん」

噛《か》み割らんばかりに歯を食い縛り、源八は森の奥へと駆け出した。

少し、少しずつ、太刀打ちの音が遠ざかってゆく。ひとり、二人と若い男の苦しげな叫びが上がった。それだけで、藤右衛門の鬼気が分かる。

闇の中、止め処《とど》なく流れる涙のせいで何も見えない。幾度も転んだ。膝を擦り剝《む》き、土を盛り上げる木の根に腹を打ち付けて、息を詰まらせる。それでも源八は身を起こし、懸命に駆けた。

少し、また少しと喚き合う声が遠くなる。走るほどに涙が零れ、そして。

ほとんど何も聞こえなくなった頃。年老いた男の苦しげな叫びが、小さく耳に届いた。

＊

草を毟《むし》り、鼻に近付けてみる。食えるだろうかと嗅いでみるものの、青臭いばかりで何も分からない。城にいた時に食った菜物は、もっと良い匂いがしたものだ。源八は草を握った手を下ろした。

「……腹が減った」

言ったところで、腹が膨れる訳もない。がくりと首が落ち、胡坐《あぐら》の膝に乗った自らの右手、握られた草が目に入る。すると——。


『いつの日か、立派な武士になられませい』


耳の奥に藤右衛門の声が蘇《よみがえ》った。涙が落ちて、手の泥を少し流した。

ここで飢え死にすれば、藤右衛門の命が無駄になる。食わねばならない。草を摑《つか》んだ手に力を込め、ままよ、と口に入れた。

「う……ぶ、はっ！」

二度、三度と嚙んだところで、堪《たま》らずに吐き出した。苦い。青臭さも、鼻で嗅いだ時よりずっと強かった。何より、ぴりぴりと舌を刺す。とても食えたものではなかった。

日に幾度かこうしたことを繰り返しながら、ほとんど何も食えぬまま、どこへ向かっているのかも分からずに木立を進んだ。東に向かえば越前に出られる。毎朝、日の昇る方を確かめて歩き続けた。

そして七日め——。

「町……湊《みなと》だ」

木々の向こう、遠く見下ろす麓の先に、穏やかな海と船の影があった。そこまで行けば人がいる。人がいれば、何か食うものを得られるかも知れない。その思いひとつで、源八はふらつく足を懸命に動かした。

何度、転んだろう。ひとりで逃げた晩から数えれば、百度は下るまい。麓の村に出た頃には頭の先から足の先まで泥だらけになっていた。

村には田圃《たんぼ》が広がっていた。刈り入れが済んだ頃とあって、青い色も黄金色も見えない。土の焦げ茶色と、刈り取った稲株の薄茶色である。その向こうに、少しばかり青物の畑がある。日の高い頃とあって、幾人かの百姓が野良仕事に勤しんでいた。

「おうい」

何か食わせてもらえないかと、手を振って呼ばわる。だが七日も満足に食っていない身では、遠くまで届く声にはならなかった。それでも源八は諦めず、百姓たちの元へと、よろめく足を励ました。

「あっ」

畦道《あぜみち》の中、ぽこりと頭を突き出した石に躓《つまず》いた。たたらを踏む間もなく、また転げる。と、すぐそこの稲株から頼りなく伸びているものが目に入った。刈り入れた後の株をそのままにしておくと、ひこばえが芽吹き、再び形ばかりの実が付くものだ。

「こ……め。米……」

ひこばえに付く実は小さく、でき損ないでしかない。しかし今の源八にとっては、どんな膳よりも旨《うま》そうに映った。手を伸ばして毟り取り、細かな粒を嚙み締める。籾殻《もみがら》がごそごそするばかりのものだったが、野の草のような苦みがないだけ上等だった。幾つも毟り、毟っては食う。

すると、向こうの畑から「こら」と怒声が飛んできた。

「何してんだ、おまい！」

鍬《くわ》を片手に、百姓の親爺《おやじ》が駆けて来た。どうしたのかと驚きつつも、源八は、血相を変えた男をぼんやりと眺めるばかりだった。

「糞餓鬼《くそがき》め、おい」

五十絡みのくたびれた顔が、鬼の形相で見下ろしてきた。咎《とが》められた訳が分からない。目を白黒させていると、百姓は唾を飛ばしながら猛然と責め立てた。

「わしの米、誰に断って食うてんだ。この盗人が」

「え？　でも」

刈り入れは済んでいるのだろうに。雀《すずめ》の餌にしかならないような屑籾《くずもみ》に、何をそこまで怒っているのか。思う気持ちが顔に出たか、皆まで言わぬうちに、百姓は捲《まく》し立てた。

「わしら年貢出した後は、ほの米食うて生きとんじゃ。ようやく実ってきた、ちゅうに」

怒りの理由が知れた。そして、百姓がどれほど苦しい暮らしをしているのかも。源八は胡坐になり、丁寧に頭を下げた。

「悪かった。そういう訳とは知らなかったんだ。許してくれ」

「あ？　はあ。おまい、侍の子か」

振る舞いと物言い、腰に差した刀——七歳の身ゆえ脇差ひとつだが——から察したようだ。もっとも、それで何が変わる訳でもない。むしろ一層、相手は居丈高になった。

「ごっそり年貢取った上に盗みなんぞ許しぇんわい。おい。ほの刀、寄越しね。米代や」

「刀？　そんな、何を言う」

「そりゃ、こっちの言い分や。ほれ、寄越しねや！」

源八は肩を押さえ込まれ、脇差を奪われた。力の入らぬ体では、抗《あらが》うこともできなかった。

「二度と悪さすんな。往《い》にぃね」

吐き捨て、ひとつ尻を蹴飛ばして、畑とは違う方へ歩いて行った。奪った刀を仕舞いに、家に戻るらしかった。

悔しい。しかし、何もできなかった。今の自分には力がない。武芸については藤右衛門の手ほどきを受けていたが、飢え死にの手前まで来ている身では百姓の力にさえ敵《かな》わないのだ。

藤右衛門、と思ったら、また声が蘇った。背に負われて聞いた、あの言葉が。


『ずるい者共に潰されぬだけの力を付けて、誰にも見捨てられぬ武士になれば良いのです』


その励ましを支えに、源八はふらりと立った。

「……いつか、そうなってやる」

追いかけて刀を取り返すことすら、今はできない。だから力を付けてやる。何もかも、この命を繋いでこそだ。唇を噛み、俯《うつむ》いて、源八はまた歩いた。

村を越えて浜を目指し、日が傾きかけた頃、ようやく湊に辿《たど》り着いた。遠浅の浜には漁師船が舳先《へさき》を連ねている。石を投げて届く辺り——十間（一間は約一・八メートル）ほど向こうには浜から桟橋が延びていて、目も眩《くら》みそうな大船が繋がれていた。

もっとも、人影はない。漁師の朝は早く、昼前には魚を捕って戻って来るのが常だ。それは太良荘の間近、小浜の湊でも同じだった。

小浜と思えば、城を奪った内藤の名が胸に浮かぶ。嫌なものが満ちて、源八は足許にあった小石を蹴り飛ばした。

怒りゆえだろうか、蹴った小石は実に良く飛んで、右前に十何歩か向こうの小屋まで届いた。壁板に当たって、ごつ、と音を立てる。

「何や。今、おかしな音がしたよの」

小屋の中から声がした。人がいる。頼み込めば何か食わせてもらえるだろうか。わずかな望みを抱いて、源八は疲れた体を引き摺《ず》るように小屋を目指した。

「音なんぞ、どうでもええわ。ほれより、だめなもん外に出しときね」

荒っぽい声でやり取りがあって、小屋の扉が開く。出て来た若い男は、ひと抱えで持てるくらいの盥《たらい》を手にしていた。

「よっこらせ、と」
七、八歩の先。地に置かれた盥の中に、魚が入っているのが見えた。途端、源八の腹がぐうぐうと鳴った。
「おい、おまえ」

声をかけると、若い男は「ん?」とこちらを見た。

「何や童《わっぱ》か。偉そうな口利きよるの」

幾らか鬱陶しそうな顔をされたが、この際どうでも良かった。それより。

「その魚、いらないなら俺にくれ」

男は「お?」と目を丸くした。

「くれ、て。おまい、これ食うつもりかい」

「腹が減っているんだ。食えるなら何でもいい」

しかし、苦笑を向けられた。

「そうか」

「あかん。これ鯖《さば》やでな、生き腐れちゅうほど足が速いんや」

昨日の漁で揚がったが、あまりに多く捕れ過ぎたせいで仕込みが間に合わず、悪くなってしまったものだそうだ。食えば腹を壊すか、悪くすれば腹に虫が湧いて長く苦しむと、男は言う。

当てが外れて総身の力が抜ける。源八はへたり込んで、その場に尻を落とした。

「どうしたんや、おまい。親えんのか」

「ああ。いないよ」

それ以上は何も言えなかった。口を開くだけの力も残っていなかったし、討ち死にした父を思い出すのも辛《つら》かった。

「金助《きんすけ》さん。何やってんです」

小屋の中から、また別の顔が出て来た。金助と呼ばれた男より、もう少し若い。見たところ二十歳くらい、能面のような平たい顔は色黒だが、羽織を纏《まと》って小綺麗《こぎれい》な身なりであった。

「おっと。この子、誰?」

身なりの良い若者が、こちらに目を止める。たった今のことが、金助から語られた。

「ちゅう訳ですわ、久次《きゅうじ》さん」

「なるほどなあ。ちょっこし、かわいそうやね」

久次と呼ばれた男は、縦に長い四角の顔の中、大きな目を細めて「ふうん」と腕を組む。そしてこちらを向き、にこりと笑った。

「なあ坊。鯖で良ければ、食うか。そこの、捨てるのでねえ。きちんと仕込んだ魚やで腹は壊さんよ」

夢かと思う言葉だった。源八は目を見開き、何度も頷いた。

小屋の中に導かれると、そこには十人ほどの男がいた。包丁で鯖を開く者、開かれた鯖を水で洗う者、洗われた鯖を樽《たる》で塩漬けにする者に分かれて、流れるような速さで各々の役目をこなしている。塩漬けの樽は、向こうの壁際に山と積まれていた。

「この樽、みんな鯖なのか」

「ほや。百と八十ある。今日のうちにあと二十樽、仕上げなあかん」

ひとつの樽に何尾の鯖が仕込まれているのだろう。五十か。百か。もっと多くか。それを二百樽。久次の話を聞いて、源八はただ口を半開きにするばかりだった。

「ちょっこし待っとき。今、焼いたるでな」

他の皆が仕込みを続ける中、なぜこの男だけ忙しそうでないのだろう。思っていると、久次は小屋の隅にあった土師《はじ》の置き炉を外に運び、塩漬けになったばかりの鯖を二尾、持ち出した。炉は、ここで働く者の賄いに使うものだろうか。出入り口の脇には薪《まき》も積まれていて、久次はそれを使って火を熾《おこ》した。

ぱち、ぱち、と脂の爆《は》ぜる音がする。そのたびに炉の火は大きな炎となり、煙を巻き上げた。白い煙は目に滲《し》みるが、源八にとっては旨そうな匂いの方が大事で、ひっきりなしに腹を鳴らしていた。

「よし、焼けた。食いね」

薪を細く割っただけの、粗末な箸を渡される。源八は鯖の半身を摘《つま》み上げ、思いきり齧《かじ》り付いた。熱さで口の中が焼けるが、構わずに食い続けた。

貪り食う姿を見て、久次は「はは」と軽く笑った。

「この鯖、浜で買うたら安いんやで。ほやけど塩漬けにして、京に持ってったら高《たこ》なるんや」

安い高いという話を持ち出され、源八は鯖を喉に詰まらせた。胸を叩き、どうにか呑み下す。

「俺、銭は持っていないんだ」

「見たら分かるわ、ほんなの。銭取ろなんて思てえんわ。食わせたんは気まぐれや」

その言葉に安堵《あんど》して、ひと息ついた。

「おまえ、久次と言ったな。漁師なのか」

「違う、違う。商人《あきんど》や。けど鯖ばっかり商うとる訳やねえぞ」

久次はからからと笑って、自身の素性を明かした。この湊町——越前敦賀《つるが》の商人、しかも町で一、二を争う大店・高嶋屋《たかしまや》伝右衛門《でんえもん》の甥《おい》だという。

「わし、店で働くようになって、まだ四年めなんや。けど商い……銭ちゅうのが、面っ白《し》ょうて堪《たま》らんでなあ」

秋になれば鯖は山ほど獲《と》れるもので、浜に上がったばかりなら二束三文の値打ちしかない。だが塩漬けに仕込み、海のない京に運んでやるだけで値が跳ね上がるという。

「欲しいけど手に入らん。ほんな人んとこ持ってけば、高う買うてもらえる。それが商いや。他も同じでな。どう儲《もう》けたろかて、頭ぁ捻《ひね》るんが面っ白ぇんや」

「儲けて何に使うんだ」

問うてみると、久次は「そうでねえ」と首を横に振った。

「とりあえず持っとかねえと、いざ、ちゅう時に困るやろ。世の中は銭の力で動いとるんや。銭がねえと何もできん」

「……武士とは関わりがないだろう」

そう聞いて、久次は少し目を丸くした。

「何や坊、侍の子か。けど侍も同じじゃよ。足軽、見てみい。銭で雇われてるでねえか」

ぐうの音も出なかった。足軽は銭で雇われ、戦が終われば次の戦場を求めて流れてゆくものである。ずっと所領の兵としておくには、雇い賃を払い続けねばならない。確かに、武士とて無一文では何もできないのだ。

押し黙っていると、また柔らかな声が向けられた。

「坊、親えんのやろ？　なら銭、稼いどきね。わしも次からは、ただでは食わしぇんでの」

そう残して、久次は中に戻って行った。

源八は鯖を食い終えると小屋に一礼し、戸惑いの声を漏らした。

「稼いでおけ、か」

武士にも銭が要ることは分かった。だが、どうやって稼いだら良いのだろう。それに今は、まず食い繋がねばならない。

「明日から、何を食っていけばいいんだろう」

呟《つぶや》くと、奥歯が押し広げられたような違和を覚えた。舌先で探ってみると、鯖の小骨が挟まっているらしい。右手の指を突っ込み、爪先で引き抜く。その骨を見て、源八は「あ」と目を見開いた。

「そうか。何か獲ればいいんだ」

ひこばえの屑籾を毟って食ったら、田の持ち主から盗人呼ばわりされた。だが海は誰のものでもなく、漁師は好きに船を出して魚を獲っている。

「俺には船がない。けれど、山なら」

山に住む獣を狩り、その肉を食って凌ぐという手がある。銭の稼ぎ方は、そうやって日々を暮らす中で見付けていけば良い。源八は「よし」と両手に拳を握り、夕暮れの浜小屋を後にした。

*

「この!」

木立の中を走り回り、兎《うさぎ》を追い掛けた。しかし兎はすばしこく、森の奥へとどんどん逃げてしまう。源八の足ではとても追い付けない。あっと言う間に見失ってしまった。

「糞ったれ」

息を切らしてへたり込む。初冬十月を迎えたというのに、額には玉の汗が浮いていた。

久次に鯖を食わせてもらった晩から、源八は山裾の森に寝起きしていた。この敦賀に辿り着いた時、抜けて来た木立である。翌朝からは、来る日も来る日も獣を追っていた。

そうして二日、未だ獲物はない。

「奴ら、勘が良すぎるんだ」

鼠の一匹すら獲れない自分に苛立《いらだ》って、吐き捨てた。こちらが近付くと、鳥や獣は気配を察して逃げてしまう。大きく間合いが離れている時には、気付きもしないのに。うな垂れて溜息をつく。高い梢《こずえ》の先で鳴く雲雀《ひばり》の声が腹立たしい。

「弓矢が要るな」

気配を覚らせなければ獲物は逃げない。ならば離れたところから狙うに限る。弓矢は藤右衛門に手ほどきを受けていて、全くの素人ではない。

「今日は、狩りはやめだ」

まずは弓と矢を作ろうと、源八は腰を上げて森の中をうろついた。木々の中から、頑丈で腰の強そうな若い枝を探し求める。手の届く辺りにある枝を見付けると、飛び付いて、ぶら下がってみた。

「お。これなら」

十幾度か繰り返すうち、硬過ぎず柔らか過ぎず、折れもしない枝に行き当たった。ぶら下がる両手から右手を離し、懐を探る。刀は奪われてしまったが、鎧通《よろいどお》しの小柄《こづか》だけは残っていた。鞘《さや》を咥《くわ》えて細い刀身を引き抜き、枝の根本に当てる。しかし生木は切りにくく、皮をどうにかするだけで左手の力が続かなくなった。

地に下りて休み、また飛び付いて切りを半日も繰り返して、ようやく枝を手に入れた。明くる日には自らの穿《は》く袴《はかま》の裾を切り、きつく撚《よ》り合わせて弓の弦とする。丸木弓が仕上がると、今度は木々の中から硬い小枝を取り、先を削って矢を作った。

二日半で狩りの道具を仕上げると、それを持って森の中へ。しばらく探し歩くと、遠くの木陰で土を嘗《な》めているような影があった。猪《いのしし》である。栃栗《とちくり》でも食っているのだろう。

「大物だ」

源八の心が、わっと沸き立った。あれを狩れば、当分は食うに困らない。息を潜めて片膝を突き、矢を番《つが》えて弓を弾き絞る。猪は、まだ気付いていない。心中に「当たれ」と念じ、弦を弾いた。

すると猪は、気配を察してこちらを向いた。何と運の良いことか、振り向いた猪の目に、たった今放った矢が突き立った。猪は苦しそうに首を振り、ぶぎい、ぎい、と鳴き声を上げている。源八は「どうだ」とばかりに立ち上がった。

「やったぞ！　もうひとつだ」

止《とど》めを刺そうと、再び矢を番える。だが――。

「え？」

ぎい、と激しくひとつ声を上げ、猪は猛然とこちらに向かって来た。向こうの体は、自分と変わりないくらいに大きい。駆け足の速さ、詰め寄る迫力に、源八の足がすくんだ。

このままでは体当たりを食らう。弾《はじ》き飛ばされる。

殺されてしまう！

「く、来るな。来るなよ」

心の中が怖《お》じ気《け》に染まり、手にした弓を目茶苦茶に振り回した。怒り狂った獣の足は、そのくらいでは止まろうとしない。

「うあ、あああっ」

目を瞑《つぶ》って弓を振り回す。と、引っ掛かるような手応えがあった。どうしたのだと思い、目を開けようとした時には、ぐいと押されて吹っ飛ばされていた。

後ろ向きに、ごろごろと転がる。そして勢い良く、ひとつの木の根元にぶつかって止まった。激しい痛みに「う」と唸って目を開ければ、猪の口の中に丸木弓が刺さっていた。向こうも痛いのだろう、目を射られた時よりも、ずっと激しく頭を振り回している。二つほど数えた頃、刺さった弓は抜けて、遠く右へ飛んで行った。

手負いの獣は再びこちらを向き、真っすぐに突っ込んで来た。逃げなければ。そう思うも、木に打ち付けられた体が言うことを聞かない。我知らず、手だけが後ずさりをしようと動いた。

その手に、冷やりとしたものが伝わった。小さく顔を向けてみれば、どうにか掴めるくらいの石があった。

「うわあああああ！」

動かないはずの体が、動いた。石を掴んだ右手が、大きく振り上げられる。

刹那の後、源八の顔に生暖かいものが散った。猪の額が、石で叩き潰されていた。それでも獣の勢いは衰えない。右手は石ごと弾き飛ばされ、猪の重い体が強く胸にぶつかった。

息が詰まって、気が遠くなる。この身を守るために死んだ、藤右衛門の顔が目の前にちらついた。すまない。俺もここで死ぬらしい。そう思い、全てを諦めた時だった。どさりと音がして、尻に軽い地の揺れが伝わる。ぼんやりした頭で目を向けてみれば、足許の左側に猪が倒れていた。

勝ったのか。そうだ。勝った。この獣を狩り果《おお》せたのだ。その思いに総身の力が抜ける。しかし猪は、頭を割られながら、なお身を起こそうとした。

源八は「ひっ」と短く悲鳴を上げた。獣の命の力、生き残ろうとする強さに気圧《けお》されて、何も考えられなくなってゆく。

「やられて……堪るか。やられるものか！」

死にたくない。自らの命がそう叫び、弾かれるように身が起きた。何を思うともなく、懐の小柄に手が伸びる。

そして、乱れた。

「死ね、死ねよ！　早く！　早く死ねえっ」

小柄を逆手に持ち、叫び散らしながら、猪の身を幾度も突き刺してゆく。相手が動きを止めても、しばらくそれは止《や》まなかった。

ようやく我に返った時には、目の前に血みどろの獲物があった。

源八は泣いた。ただ、ただ泣き続けた。

＊

森の中の寝床は、隣り合う二つの木の間である。互いの幹に草の蔓《つる》を結んで渡し、そこに葉を葺《ふ》いた小枝を重ねて置き、屋根としていた。

その屋根の下、真夜中に目が覚めた。額には脂汗が浮いている。小さく「う」と唸って、源八は身を起こした。いかん、と立ち上がる。

「う、くっ。痛い」

猪の体当たりを食らった身ではない。痛むのは、腹であった。

ふらつきながら落ち葉の寝床を離れ、猪の骸の脇を通り過ぎて、膝ほどの深さに掘った穴へと向かう。そして慌てて袴を下ろすと、しゃがみ込んで糞《くそ》をした。泥水の如《ごと》きものが溢れてゆく。出るものがなくなっても、腹の痛みは治まらない。脂汗が後から後から噴き出し、やがて滝の如く顔を流れ落ちた。小袖の襟元がしとどに濡《ぬ》れた頃になって、ようやく腹の具合が少し落ち着く。源八は近くから幾枚かの枯れ葉を拾うと、尻を拭って寝床へ戻った。

「あう。つっ、痛たたた」

するとと、今度は右の胸が壊れそうな――いったん一ヵ所に集まってから再び弾けるような、激しい痛みを覚えた。猪に体当たりされたところである。腰が砕けて膝を突けば、それが響いてまた同じ痛みに苛《さいな》まれた。

胸に手を当てて荒く息をする。しばらくすると痛みは軽くなったが、もう寝床まで戻る気にもなれない。源八はそのまま座り、左手に寝転がる猪の骸へと目を流した。

「昨日、獲ったばかりなのに」

もう腐ってしまったのかと手を伸ばす。触れた肉には未《いま》だ張りがあり、悪くなっているとは思えなかった。

ならば、焼かずに食ったためか。体ひとつで逃げた今、火種など持っていない。猪の片足と、尻から脾腹《ひばら》にかけて、四半分ほどを生のまま食っていた。

「こんなことって」

ぼそりと呟くと、涙が溢れた。あれほどの思いで、やっと仕留めた獲物である。なのに、空腹に任せて食えば腹を壊す。食わねば死んでしまうが、食えば食ったで苦しまねばならぬとは。

「火種が欲しい」

涙を落としながら、また呟く。手近な石を取って叩き合わせてみたが、火花は出ない。ふと、久次の言葉が耳に蘇った。


『世の中は銭の力で動いとるんや。銭がねえと何もできん』


うな垂れるように、こくりと頷いた。確かに、そのとおりだ。肉を焼いて食おうにも、火打石を手に入れるには銭が要る。

「久次。やっと分かったよ。銭、金っていうのは、力だ」

父に死なれ、家臣に見放されてから、今までの日々を思い出した。もしも自分に銭があったなら、きっと成り行きも変わっていたはずだ。内藤越前に襲われても、足軽を大勢雇って抗えたろう。ひこばえの屑籾を食ったくらいで、刀を取り上げられもしなかったろう。今も同じだ。わずかばかりの金すら持たないせいで、これほど辛い目を見ている。

未だ腹は疼《うず》き続け、気を抜けば猛烈に胸が痛む。そうした痛みによって、金の力を嫌と言うほど思い知った。人から聞いただけでは、知ったことにならない。身を以て知らねば血肉にならないのだ。

「……待てよ。久次か」

あの浜小屋では、鯖の塩漬けを作っていた。商いものは鯖ばかりではないと言っていたし、この肉を持って行けば買い取ってくれるだろうか。

再び猪の骸に目を向ける。左手を伸ばして、滅多刺しにした毛皮をぺたぺたと叩いた。

「このまま食えば腹を壊す。長く置けば腐る。厄介な奴だな、おまえ」

源八は恨み言を漏らし、忌々しげに笑みを浮かべた。

また腹を壊しても堪らない。その日から三日は何も食わなかった。屋根とした枝の葉に溜《た》まる朝露を集めて何とか喉を潤し、あとはひたすら落ち葉の寝床に身を横たえる。そうするうちに腹は治り、胸の痛みもそれなりに軽くなった。

幾らか楽に動けるようになって、久次のいた浜小屋を訪ねることにした。猪の骸は重く、担ぎ上げられない。後ろ脚を摑んで引き摺って歩くと、山裾から森の外へ出る頃には胸の痛みが強くなってきた。

痛くなったら休み、落ち着いたら猪を引き摺って、あの浜小屋を目指す。日の出と共に出たのに、着いたのは日暮れも近い頃であった。

「久次。いるか」

呼ばわってみると、顔を出したのは別の男だった。確か金助と言ったか。

「こないだの坊主やねえか。どうした」

「久次に用があるんだ。これを買ってもらえないかと思って」

すると金助は、面持ちに「面倒な」と滲《にじ》ませた。だが源八にしっかりと見つめられ、これは追い返せないと察したらしい。

「仕方のねえ奴やな。久次さん！　ちょっと、ええですか」

中へ向けて呼ばわると、少しの後に久次が出て来て金助と入れ替わった。

「おう、坊。わしに用やて言うとったが――」

言いつつ、引き摺って来た猪に目を止める。

「何やそれ」

「見たとおり猪だ。これ、商いものになるだろう。買い取ってくれ」

すると久次は、心底呆《あき》れたという風に、大きく溜息をついた。

「ほんな話か。あかん、あかん。帰り」

「どうしてだ。商いものは鯖だけじゃないんだろう」

「ほうや。塩漬け鯖も、米も材木も、刀も鎧も商うよ。けど、ほんなこと言うてんでねぇ」

先の金助に輪をかけて、面倒そうに言葉が続く。この猪は肉も毛皮もぼろぼろで、しかも絞めてから日が経《た》っているではないか、と。

「ええ毛並みやのに、こんなに刺してもて。引き摺った方なんぞ毛が禿《は》げとる。肉も、ぐずぐずに崩れとるでねえか。ええか坊、まともに狩ったもんでねえと売りもんにならんのや。買い手が付かんのが分かっとって、仕入れる商人がおるかい」

「待ってくれよ。これを獲るのに、どれだけ辛い思いをしたか」

「ほんなん、商人の知ったことでねえ」

源八は唇を噛んで俯いた。しかし、すぐに浅黒い顔を睨《にら》み上げる。

「じゃあ、俺に死ねって言うのか」

すると、相手が口籠もった。そこに言葉を捻《ね》じ込んでゆく。

「俺には何の力もない。死ぬ思いでこれを狩って、火種ひとつ買う銭もないから――」

「いや坊、待ちねや」

どうしたことか、少しばかり怯《ひる》んでいる。だが、構わず捲し立てた。

「――そのまま食って腹を壊した。石を買う銭もないままなら、死ぬしかないんだ。俺は何とか力を付けようとしているのに、久次は死ねって言っているんだ」

「分かった！　分かったわ、もう」

久次は弱りきった顔で懐を探り、財布の中から粒銀をひとつ手渡した。

「ほれ。火打石くらいは買えるやろ」

二匁《もんめ》（一匁は約三・七五グラム）あるという。源八は、ぱっと顔を明るくした。

「いいのか。じゃあ、この猪は置いて行く」

「いらんわ、そんなん」

そして、呆れたような笑みを浮かべた。

「さっき言うてたけど、坊も辛い思いしとるんやな。猪ばっかでのうて、あんたもぼろぼろやないか」

言われてみて、改めて自らの姿を顧みた。小袖は猪の血と泥で汚れ、袴の裾は弓の弦を作るために切り落としている。襟元から覗《のぞ》く胸には真っ青な痣《あざ》ができていた。あまりにみすぼらしい我が身を思うと、悲しくなって目元が歪《ゆが》んだ。

久次は軽く息をついて、中へ呼ばわった。

「誰か。炉、持って来て」

源八は、ぼんやりと久次を見上げた。

「どうするんだ」

「その肉焼いたるで、食いね。まあ確かに、わし、あんたに死ねって言うたようなもんやでな。罪滅ぼしや」

聞いて、じわりと目が潤む。瞼《まぶた》を閉じれば、内側を熱いものが駆け巡った。

肉が焼かれる間、源八は掌《てのひら》の粒銀をじっと見ていた。二匁の銀。火打石くらいは買えるという銭。しかし。

「なあ久次。刀を買うには、どれくらいの銭が要るんだ。この銀で買えるかな」

「何言うとんや。うちの店でも刀は扱っとるけど、安いやつでもその銀が二百も要るわ」

そうか。この銀だけでは力にならない。ならばと源八は顔を上げ、真っすぐに久次を見た。

「じゃあ、どうやったらこの銀を増やせる？　商人なら、やり様は知っているだろう」

「増やすんか。そやな、稼ぎたいなら商人になりや。死ぬ気で働くんなら、わしの小間使いに雇うてもええよ」

なるほど。それは近道だろう。商人になれば、この銀を増やして自らの力にできる。だが、いつの日か立派な武士になれという、藤右衛門の残した言葉が重かった。

そうだ。ただ稼ぎたいという訳ではない。自分は力を持たぬがゆえ、力のある者に押し潰された。ああいう思いは二度としたくない。この身を守ってくれた藤右衛門のためにも、武士として身を立て、酷《ひど》い扱いを撥《は》ね退《の》ける力が欲しいのだ。

そして。今の自分に得られそうなのは、銭の力だけである。

心を定めて、源八はきっぱりと言った。

「俺は商人にはならん。武士のままで儲《もう》けたい。そのためには、どうしたらいい」

「武士のまま、て。まあ確かに商い上手のお人もおるけど、そら難しいわ。商いちゅうのは、すぐに覚えられるもんと違うでな」

「なら、長くかけて久次から習う」

向かい合う顔が渋くなった。

「見返りもなしに付き纏う気かい。そら困るわ。ほれ、肉焼けたで食いね」

置き炉の上では肉がこんがりと焼け、脂を浮き立たせていた。だが、父に養われていた頃に食ったものと比べて、旨そうには思えない。久次が言うとおり、小柄で刺しまくった肉は見た目が悪すぎるのだ。

ともあれ、と手を伸ばし、炉の端に突き出た骨を摑む。ぼろぼろの肉を顔の近くに寄せると、源八は小さく「あ」と声を上げた。

はたと思い当たった。がぶりと食い付き、嚙む間も惜しんで腹の中に落とす。そして、また久次に顔を向けた。

「肉と毛皮が綺麗なら、売りものになるんだよな」

「ん？　ああ、そやね」

「そういうのを持って来たら、買い取ってくれ。久次の見返りになるだろう？」

商いものを渡し、見合うだけの銭をもらう。そうやって久次との付き合いを続けたら、どうなるだろう。大店の甥、商売が面白くて仕方ないという男の姿を見ていれば、稼ぎ方を覚えられるかも知れない。そう言うと、ぽかんとした顔で返された。

「門前の小僧習わぬ経を読む、かい。できんとは言わんけど」

「じゃあ決まりだ。それから、やはり肉の残りは置いて行くよ。売りものにならないなら、皆で食ってくれ」

「いらん、言うてるやないの」

源八は「いいや」と首を横に振った。

「さっきの銀だ。見返りもなく、もらう訳にはいかない」

「なるほど。それが商売やね」

久次は苦笑を返した。

腹が満ちるまで肉を食うと、辺りは夕闇に包まれていた。深い青色の空気の中、森の寝床へ戻る。源八の右手には、二匁の粒銀がしっかり握られていた。

この銀は使うまい。そう思った。金の力を身に付けると決めたのだ。初めて手にした力を人手に渡してなるものか、と。

*

木々の間を縫うように、鹿が逃げて行く。手負いであった。首筋と左の後ろ脚には竹の矢が突き立っていた。

「待たんか」

鹿よりも鮮やかに木立をかわし、猛然と追いかける。あと一歩だ。

「よっしゃあ!」

飛び込んで、横合いから鹿の首に右腕を回した。

あれから九年、天正十年（一五八二）を迎えている。十六歳になった源八の腕には、野山で鍛えた逞《たくま》しい肉が盛り上がっていた。首を絞め付けられた鹿が、きい、と甲高い鳴き声を上げた。

「観念せんか、この」

空いた左手を鹿の前脚に伸ばす。左右どちらかをへし折ってしまえば、こちらのものだ。が、その時。鹿の右前脚が猛烈な蹴りを繰り出した。

「おっと」

源八は鹿の首を放し、さっと飛び退いて間合いを広げ、飛んで来た脚に空を切らせた。

野に生きる獣は恐ろしい。人よりひと回り小さくとも、体には人を凌ぐ重さがある。よしんば人より軽い獣でも、膂力《りょりょく》は人の倍以上に強い。そして、鹿のように射られて逃げる臆病な獣であれ、いざ殺されると察すれば猛然と立ち向かって来る。源八はその動き――獲物が、いつ、どう動くかを、気配から読み取れるようになっていた。

さて次はどう出るか。思う間もなく、鹿の目が殺気を孕《はら》んだ。来るぞと感じた刹那、鹿は両の前脚を大きく持ち上げ、こちらの頭目掛けて蹄《ひづめ》を振り下ろしてきた。

「やっ」

源八は敢《あ》えて避《よ》けず、逆に獣の腹へと飛び込んで、下から体当たりを食らわせた。一撃を往なされ、体を起こされた鹿は、矢を受けていない右の後ろ脚を蹴り上げた。

それさえ、全て読みきっていた。まともに食らえば骨も折れようかという蹴りを両手で受け止め、同時に手を引いて勢いを殺した。

「えいや！」

両手で摑んだ脚を、力任せに捻《ひね》り上げた。ごり、と音がする。股の節を外された鹿は、けたたましく嘶《いなな》き、湿った落ち葉の上でのた打ち回った。源八は背に負う丸木弓を取ると、しっかり両手に握り、鹿の頭目掛けて振り下ろした。

「らっ」

みしり、と湿った音が手に伝わる。頭を潰された鹿は、総身をぴくぴくと引き攣《つ》らせ、やがて動きを止めた。

源八は薄い唇を突き出し、大きく安堵の息をついた。人より頭ひとつ大きな背丈の、引き締まった頬に汗が伝う。太い眉からも雫《しずく》が落ち、切れ長の細い目に入って滲みた。盛夏、六月であった。

鹿を担いで山を下り、敦賀湊へ向かう。ずしりと肩に乗る重さと生温かさを感じながら、狩りに明け暮れた九年間を思った。

幼い日から幾度も怪我《けが》をしつつ、どうにか獣を狩ってきた。初めのうちは仕留め方が悪く、買い取ってもらえなかった。代わりに浜小屋で炉を借り、肉を焼かせてもらった。そうやってどうにか命を繫ぎ、五年前、やっと久次が「売りものになる」と言ってくれた。

長くかかったが、無駄な年月ではなかった。獣との取っ組み合いを重ね、体は否応《いやおう》なく鍛えられたのだから。磨かれたのは体の強さばかりではない。獲物の気配を探り、動きを読んで確かに仕留める——鋭い勘を会得できたのも、こうした暮らしの賜物《たまもの》である。

「相変わらず遠いな、ここは」

いつもの浜小屋にようやく辿り着いた。扉を開けて「よう」と声を掛ければ、今日も皆が某《なにがし》かの魚を捌《さば》き、腐らせずに京へ運ぶための仕込みをしていた。この面々とも九年来の付き合いである。どれも気の良い男たちで、今では互いに軽口を叩き合う間柄であった。源八が無遠慮に入っても咎めず、皆が「よう」と挨拶を返してきた。

「久次は?」

問うてみるも、目当ての姿は見えなかった。代わりに、鰯を塩干しに仕込んでいた金助が「ああ」と応じた。

「四日前から京や。勘合船《かんごう》から、ええ反物が手に入ったらしゅうてな」

勘合船と言うからには、海の向こう、明《みん》や朝鮮《ちょうせん》から渡ったものである。日の本では織れないほどの逸品なら、なるほど売り先は京しかあるまい。

商人である以上、久次はこの小屋に張り付いている訳ではなかった。京に上がって商売に勤しむ日もあれば、伯父・高嶋屋伝右衛門に言い付けられて船に乗り、越後や出雲《いずも》などに出向いて取引をする日もある。

「そうか。間が悪かったな」

「あんたの商いもん、今日は鹿やな。肉も皮も傷が少ないで、高う売れるて、久次さん言うてるわ。けど織田様の女衆は、ほんなもん買うてくれんわ」

今回の商売は、織田信長の世話をする女衆を当て込んだものだという。太良荘城から逃げる元凶となった名を、源八は好ましく思っていない。もっとも、相手は紛うかたなき天下人だ。今の自分では喧嘩《けんか》にもならない。それよりは、むしろ銭儲けの相手と見たいところだった。

「肉や皮は売れんが、鹿の角を細工すれば女向けの飾り物になるだろう。惜しいな……あと十日も早ければ、俺も儲けられたのに」

ぼやく言葉に、小屋の中が笑いで満ちた。

「ところで、あんた幾ら貯《た》めたんや。そろそろ、どっかに仕える頃でねえか」

皆と共に笑った金助が、そのままの顔で問うてきた。源八は肩に担いだ鹿を「よいしょ」と下ろし、どうだ、とばかりに胸を張った。

「聞いて驚け。銀一貫だ」

銀は重さで値打ちが決まる。一匁は銭八十枚と同じ値打ちで、千匁になると一貫と言った。そして銭は、千枚で一貫文と数え方が変わる。銀一貫は銭にして八万枚、つまり八十貫文に当たる額であった。大名家に仕える下っ端の二十年分と聞いて、皆がどよめく。源八は得意だったが、少し難しい顔をして「だがなあ」と鼻息を抜いた。

「もう天下は揺るがないだろうからな。どこかに仕官しても、いずれ織田の下に置かれるのでは面白くない」

「何言うんや。藤右衛門さんに報いるんやろ」

金助にちくりと刺され、もごもごと口籠もった。喧嘩にならない相手と承知していながら、胸の内では信長の下に付くのを嫌う。そういう自分を少し気恥ずかしく思った。

「それは、まあ、あれだよ。誰か――」

誰かが信長を打ち負かしたら、その男に仕えれば良い。取り繕うように、そう言おうとした矢先であった。

「やっと着いた……。頼む、水くれ」

開け放った小屋の戸口に、他ならぬ高嶋屋久次が現れ、へたり込んだ。酷く疲れた顔をしている。異なものを察し、源八は探るように声をかけた。

「よう久次。商いで京に上がっていたそうだが、何かあったのか」

「……まず、水や」

ひと言のみで背を丸めてしまう。皆が顔を見合わせ、魚を洗うために汲《く》み置いた井戸水の樽から、木椀《もくわん》に一杯を渡した。久次はそれをひと息に呷《あお》り、飲み干した後も幾度か喉を上下させて、うつろな目で口を開いた。

「織田様が、死いだ。謀叛や」

小屋の空気が、ざわ、と荒波になった。

天正十年六月二日、風雲児・織田信長は齢四十九の生涯を閉じた。重臣・明智光秀《あけちみつひで》に謀叛され、京の本能寺《ほんのうじ》で自刃したものである。信長の嫡子・信忠《のぶただ》も、この謀叛で落命した。

久次は京の商人を通じ、信長が連れた女衆に反物や飾り物を売り込んでいた。ところが商いの顚末《てんまつ》を知る前に、未曽有の動乱に巻き込まれたのだという。

「命あっての物種、言うでな。死いだらあかん思て、体ひとつで逃げて来た。店へ帰る前に少しだけ休みとうて、ここ寄ったんや」

この敦賀、越前は織田の領である。信長と跡継ぎの信忠が共に横死したのなら、必ず何か大きな動きがあろう。騒ぎは、越前に留《とど》まりはすまい。西の若狭も南の近江《おうみ》も、京のある山城《やましろ》も、畿内一円が織田領なのだから。

久次から仔細《しさい》を聞き、源八は愕然《がくぜん》として唇を震わせた。世の中が、音を立てて動き出そうとしていた。

二　報《しら》せの値打ち

「ほら、銀三十匁《もんめ》や」

浜の小屋を訪れた源八《げんぱち》に、久次《きゅうじ》が大きめの粒銀を二つ差し出した。この三ヵ月、鹿と猪《いのしし》を渡して得た代価であった。

「冬の間、良う頑張ったな。獣、雪ん中で探すだけでも苦労したやろ」

「まあ見つけてしまえば後は楽さ。奴《やつ》ら、冬になると動きが鈍いからな」

源八は軽く笑みを返し、胡坐《あぐら》のまま少し顔を突き出した。

「ところで久次。柴田《しばた》は動くのだろう?」

信長《のぶなが》が死んで、既に八ヵ月が過ぎていた。天正《てんしょう》十一年（一五八三）も閏《うるう》一月が終わり、二月半ばを迎えている。

誰かが信長を打ち負かしたら、その男に仕えれば良い。久次が京から帰った日、しかも、まさに戻って来る直前、源八はそう言おうとしていた。報じられた凶事に「まさか」の思いだった。

だが源八は、明智《あけち》光秀《みつひで》に仕えなかった。他ならぬ久次に止められたからである。明智は多くの味方を集めて謀叛《むほん》したのではない、というひと言が決め手になった。味方を束ねて数を揃《そろ》えなければ、謀叛しても囲まれるばかりではないのか、と。

太良荘城《たらのしょう》から逃げた晩と同じである。家運の傾いた家に味方する者はいない。籠城は援軍の裏付けあっての策であり、味方のない身では必ず負けると言って、藤右衛門《とうえもん》は自分を連れ出したのだ。明智の置かれた立場は、それに似ていた。

果たして明智は瞬く間に滅んだ。備中《びっちゅう》に出陣していた羽柴秀吉《はしばひでよし》が、遠く西から舞い戻って弔い合戦を仕掛けたためである。本能寺《ほんのうじ》の変からものの十一日、誰もが驚く神速の大返しだった。味方のない明智が十分な数を揃えるには、あまりにも時がなさ過ぎた。

以後の織田《おだ》は信長の嫡孫、わずか三歳の三法師《さんぼうし》が当主となった。明智を討ち果たした羽柴はその後見に収まり、主家の実を握るに至る。家老筆頭の柴田勝家《かついえ》はこれを快く思わず、遠からず両者は戦に及ぶと見られていた。

柴田の動きについて問われた久次は、軽く「ん」と唸《うな》った。二呼吸ほど黙った上で口を開く。

「お味方の伊勢《いせ》が、羽柴様に攻められとるんやしね。動かん訳にいかんやろ」

「どちらが勝つだろう。おまえの見立てでは当てになる」

久次の伯父・高嶋屋伝右衛門《たかしまやでんえもん》は敦賀《つるが》の豪商で、商いの相手はこの越前《えちぜん》に留《とど》まらない。それだけに、実に色々な話を知っている。当の久次も遠方との商いを任されており、諸国の思惑にも通じていた。柴田と羽柴について詳しく聞き、勝ちそうな方に仕官するのが源八の望みであった。

「俺としては柴田に勝って欲しいな。この越前の主だから、売り込みやすい」

だが、返って来た答えは「分からん」であった。

「柴田様は羽柴様を囲んどるんやけど、羽柴様には味方が多いでな。どう転ぶかは、時の運としか言えんわ」

「頼りにならん奴だな」

力が抜け、背が丸まった。久次は「はは」と笑って落ち着いたものであった。

「何言うてるんや。たった今まで頼る気満々やったでねえか。まあでも、わしの見立てを聞くんは正しいな。あっちこっち出向いとると、商いも戦も根っこは同じやて分かるもんだで」

商い物を、より高く買ってくれる相手の居場所を知っているかどうか。或《あるい》いは、高く売れるやり方を知っているかどうか。それ次第で儲《もう》けは大きく変わるものだ。同じ品を持つ商人が幾人もいれば、客の望みを深く知り、応えられる商人こそが儲けを得られる。戦もこれと同じで、大事な「何か」を摑《つか》み、それに応じて手を打てる方が勝つものだと、久次は言う。

「商いに出ると、そういうのも聞こえてくるでな。報《しら》せにはな、ひって、値打ちがあるんや」

「でも此度《こたび》は分からんのだろう。やはり頼りにならん」

口を尖《とが》らせて応じるも、向こうは「まあまあ」と笑みを絶やさない。

「どっちが勝っても戦は続くやろっさ。織田様はそこら中の国を睨《にら》んどったけど、羽柴様や柴田様が跡目なら従わんて人も多いて思うよ」

戦はこの一度だけではない。いずれ何か耳寄りな話があったら教えると言う。焦《じ》れる思いを持て余しながらも、源八は「分かった」と引き下がるしかなかった。

それから二ヵ月ほど。柴田勝家は完膚なきまでの大敗を喫し、居城・越前北《きた》ノ庄《しょう》城で自害して果てた。織田は、羽柴秀吉に握られることとなった。

＊

この先も戦は続くという、久次の見立ては正しかった。確かに戦の気配は消えていない。東国の甲《こう》信《しん》で北条氏直《ほうじょううじなお》と徳川家康《とくがわいえやす》が争っていた。

もっとも源八は、北条や徳川に仕えようとはしなかった。両者の争いは、互いに決め手がないようだったからだ。こうした戦は長く続くもので、働きの場が多い代わりに、どちらが勝つか分からない。並の武士と比べて大いに立場が見劣る源八である。勝ち馬に乗らねば、ささやかな出世ひとつでさえ摑み取れそうにないのだから。

そうこうしているうちに、北条・徳川は和議を結んだ。久次に聞けば、羽柴秀吉によって隅に追い遣《や》られた織田信雄《のぶかつ》——信長の跡目を取り損なった次子が、自分の力を示すために仲立ちの労を執ったということだった。

この和議から数ヵ月。天正十二年（一五八四）の二月末、源八は浜小屋に呼び出された。久次は寸暇を惜しんで商売に励む、骨の髄からの商人《あきんど》である。用もなく誰かを呼び出し、時を無駄に費やすような男ではない。わざわざ声をかけてきた以上、何か大事な話に違いなかった。

「久次、来たぞ」

「お。待っとったよ」

小屋の衆が旬の鰆《さわら》を味噌《みそ》漬《づ》けに仕立てている。その脇で、久次は木箱に腰掛けて帳面に筆を走らせていた。今少し何かを書き続け、然《しか》る後に「よし」と筆を置いて、改めてこちらを向く。

「さて。去年の戦や、柴田様が負けた時の」

「あれか。おまえの見立てが甘くて、羽柴に仕え損なったがね」

「阿呆《あほう》なこと言うとると、耳寄りな話、教えてやらんよ」

「すまん。悪かった。このとおりだ」

即座に掌《てのひら》を返して頭を下げる。久次は「ふは」と気の抜けた笑いを漏らし、手招きしつつ「まあ座りね」と切り出した。

「あの戦な、賤ヶ岳《しずがたけ》の裏で、伊勢でも色々とあったやろ」

久次の座る木箱の左脇に腰を下ろしながら、源八は「で?」と問うた。

「伊勢で、また戦が起きるのか」

「そこら辺の前に、ちょっこし面っ白《し》ぇ話があるんや」

一昨日まで、商いの用で近江へ出ていたという。その折に聞いたと前置きして、仔細《しさい》を語り始めた。

羽柴と柴田の戦いは近江の琵琶湖《びわこ》東岸、賤ヶ岳の戦いが最大の激戦だった。だが羽柴が近江で一戦に及ぶには、間違いなく背を安んじる必要があった。柴田の味方に四方を囲まれていたからである。中でも、最も厚く備えを講じたのが伊勢、滝川一益《たきがわかずます》が領していた国だという。

「亀山《かめやま》ちゅうお城がある。これ、滝川様が落としたんやけど、後で羽柴様が奪い返してな。ほん時、手柄を上げたお人がおるんや」

その男の名は、蒲生賦秀《がもうやすひで》。近江東南の甲賀《こうが》郡、日野《ひの》の中野《なかの》城主である。蒲生は織田信長の女婿《むすめむこ》という身で、間違いなく柴田方と見られていたが、羽柴方に参陣した。そして功を上げ、奪い返した亀山城を与えると沙汰された。

「ほやけど断ったらしい」

滝川勢に落とされる前、亀山は関一政《せきかずまさ》なる男の城だった。蒲生は恩賞を断り、元々の城主に返してやってくれるように願い出たという。羽柴は蒲生の情けを賞し、亀山城を関一政に返した上で、蒲生の寄騎《よりき》に付けたそうだ。

源八は「ふむ」と顎を掻《か》いた。

「その殿様、情け深いお人だな。でなければ阿呆だ」

「ほの、どっちでもねえとしたら？」

久次は軽く含み笑いをして、おもむろに続けた。

「関様に城を返したん、わしは、商人のやり様やて思うてる」

商人は後々の商売に旨《うま》みがあると思えば、先んじて金を使い、地均《じなら》しをするものだ。蒲生も同じように、目先の褒美を捨て、関一政という味方を得る道を選んだのではないかと言う。

「自分のもんが他人のもんになったら、腹ぁ立つやろ。ほやけど『これ、あんたのやろ』て返してくれたら嬉《うれ》しなる。そこや」

源八は「お」と目を丸くした。

「寄騎だの何だのは別にしても、蒲生の殿様に恩を返したくなる……か。確かに、末永く力になってくれるだろうな」

「関様がほんな人やて見込んだで、城、返したんやろけどね。儲かるて思えば動く、儲からん思えば知らん顔する。商人と一緒や」

聞いて「なるほど」と頷《うな》いた。久次は幾らか嬉しそうであった。

「源八さんなら分かる思うてたよ。昔の恩を返そうとして、わしに小遣い稼がしてくれたくらいやでの」

「買い取ってくれるようになってからは、まあ恩だが。そこまで、しばらく放って置かれた」

するとと久次は「おやおや」という顔になって、ゆっくりと首を横に振った。

「買い取れん肉の時かて、いつも焼いて食わしぇたやろ。薪《まき》も、ただと違うんやで」

「薪が幾らだの何だの、けち臭い話をする……のが商人か。ならば炉を使わせる前に言っておけよ。俺が食うだけ食って『いざ、さらば』って奴だったら、今のような仲にはならなかった。丸損だろうに」

久次はこれにも頭《かぶり》を振った。

「肉焼いて食うて、あんた喜んどったでねえか。だったら、わしは薪のお代で幸しぇ買《こ》うたことになる。損はしてねえ」

「幸せを？　銭で買う？」

「買えるもんやよ。覚えときね」

良く分からない。だが曇りのない面持ちを見ていると、嘘《うそ》や痩せ我慢のような、つまらぬものではなさそうだった。

久次は「あかん」と、両の掌で自らの膝を叩《たた》いた。

「脇道に逸《そ》れてもた。話、元に戻すで。さっき、また戦になるんかて聞いたな」

「ということは、なるんだな」

「なるね、近いうちに。近江で兵が動いとったし、帰って来たら越前でも戦の支度してるようやでね」

「……少しも知らなかった。前におまえが言っていたが、報せには値打ちがあるもんだな」

越前国主・丹羽長秀《にわながひで》は重い病の床にあり、嫡子の長重《ながしげ》が代わりに出陣するらしい。丹羽家は今や若狭《わかさ》と越前の国主を兼ねていて、かつて柴田勝家も居城とした北ノ庄に本拠を置いている。木之芽峠《きのめとうげ》を越えた東側の戦支度など、民百姓にも満たない暮らしの源八では摑みにくかった。

「そこでな。あんた近江へ行って、蒲生様の家来にならんか」

切り出された話に、源八は「おや」と首を捻《ひね》った。

「蒲生は羽柴方だろう？　同じ羽柴方なら越前の殿様に仕えても構わんはずだが」

「丹羽様は嫌いなんやろ。内藤《ないとう》とか言うのが『岡《おか》源八に二心あり』って告げ口して、嘘やて分かってんのに野放しにしよった、言うて怒ってたでねえか」

「もちろんだ。おまえの頼みだろうと、丹羽になんぞ仕える気はない」

「ほやさけ初めから言わなんだんや。ほうでのうてもな、越前やと、わしに旨みがねえでや」

久次はつまらなそうに返し、然る後に肚《はら》の内を語った。先の話でも分かるとおり、蒲生賦秀は商人と似たやり様を心得ている。商いの盛んな近江で生まれ育ったからだろう。そういう人に取り入って諸々《もろもろ》の便を図ってもらい、近江での商いを大きくしたいのだと。

「あんたが家来になれば、わしに蒲生様への伝手《つて》ができる。甲賀なら草津《くさつ》に近いしな。頼むわ、足掛かりになってや」

高嶋屋はその名のとおり、琵琶湖北西の高嶋郡から店を起こした。だが早いうちに敦賀に移ってしまったため、同じ近江でも東南の草津辺りとは疎遠なのだそうだ。

「まあ構わんが……ひとつだけ聞いておくぞ。その戦、羽柴が勝つんだろうな」

「勝つやろね。自分で戦の種蒔《ま》いて、しっかり備えとるくらいや」

戦の相手は、羽柴に不平を抱く織田信雄だという。この正月、羽柴は信雄に新年参賀を命じ、家臣筋の風下に立つ苛立《いらだ》ちを逆撫《さかな》でしていた。悔しければ掛かって来いと誘いをかける以上、織田家の全てを呑《の》み込む支度は万全と思って良い。

「織田様にも、誰か味方が付くかも知れんけどな。ほいでも羽柴様、少なくとも負けはせんよ」

「ふむ。おまえがそこまで言うんだ。信じてみようか」

久次は「お」と面持ちを明るくした。

「蒲生様の家来になれたら、すぐに戦やで。刀やら具足やら揃えとかんとな。安うしとくよ」

高嶋屋で買えと言う。少し呆《あき》れて笑いつつ、源八はそれに従った。

そして三日後、三月一日。源八は桶側胴《おけがわどう》具足に鉢金《はちがね》という出《い》で立《た》ちで、見送りに来た久次と小屋の衆に深々と頭を下げた。具足の類は古いものだったが、錆《さび》は綺麗《きれい》に磨き落とされている。

「今まで世話になった」

右も左も分からない稚児が命を繋《つな》ぎ果《おお》せたのは、一にも二にも、この面々があってこそだ。腰に着けた麻袋を探り、支えてもらった礼にと、一握りの銀を取り出した。

「貯《た》めてきた一貫と二百匁の、半分くらいだがな。皆で分けてくれ」

「ほうか。あんがと」

久次が進み出でて受け取り、半分に分けて左右の手に握る。そして手近にいた浜小屋の者に右手の方を渡し、左手の方はそのままこちらに返してきた。

「わしらからの餞別《せんべつ》や。持って行きね」

「それでは礼にならんじゃないか。きちんと受け取ってくれ」

「これも『損して得取れ』や。偉《えろ》うなって、あの小屋が銀で埋もれるくらい儲けさしてや」

源八はいったん苦笑を浮かべ、そして、げらげらと大笑した。

「では、これにて」

別れを告げ、一路南へと歩を進める。陽春の空は薄く棚引く雲を湛《たた》え、どこまでも青く続いていた。

＊

「俺は坂源次郎《さかげんじろう》と申す者だ。殿ではない」

ようやく蒲生賦秀の陣に辿《たど》り着いたと思ったら、そこにいたのは当人ではなく陣代だった。こちらより十ほど年嵩《としかさ》だろうか。源八は少し落胆したが、すぐに顔を上げて仕官を頼み込んだ。

「まあ殿様でなくとも構いません。この岡源八、蒲生のご家中に加えてもらおうと参じた次第でして。召し抱えてもらえませぬか」

坂は「むう」と値踏みをする目を向け、寸時の後、ぶるぶると頭《かぶり》を振った。

「ならん。殿に断りもなく決められるか。俺の家来で良いなら話は別だが、どうする」

「嫌でござる」

問われるなり、にこやかに応じる。何とも嫌そうに眉をひそめられた。

「返事が早すぎるわ。少しは悩んで見せろ」

「はて？」

「向かい合う相手を立てるのも、礼と申すものだろうが。まあ……しかし諦めたが良かろう。おまえのように礼節を知らぬ者など、殿はお認めあるまい」

いささか心外でもあり、痛いところを衝《つ》かれた思いでもあった。幼い頃に父や傅役《もりやく》を失い、野山で獣と取っ組み合ってきた身なのだ。学問も礼節も、身に付ける暇などなかった。源八は小声で「それは」と口籠もったが、負けてなるかと胸を張って弱気を払い飛ばした。

「いやいやいや！　お認めくださるかどうかは、殿様に会わねば分からんでしょう。どちらにおられるのです」

坂は呆れたような薄笑いで応じた。

「無駄とは思うが教えてやる。尾張《おわり》の小牧山《こまきやま》だ」

久次の言を頼りに、まずは近江の甲賀郡、日野の中野城に出向いた。すると蒲生賦秀は既に出陣し、伊勢に向かったと告げられた。後を追ってみれば、今度は尾張だという。

「では、待たせてもらえんでしょうか」

「たわけ。こちらは戦の最中だ。牢人《ろうにん》に構っておる暇はない」

見たところ羽柴方は、この陣を含めてひととおり敵城と睨み合うばかりである。そのくらいの暇はあるはずだが。とは思えど、犬でも追い払うように「早う往《い》ね」と手を振られては気分も悪い。

「致し方ござらん。では尾張に向かうとしますか。御免」

作法も何も知らないが、とりあえず一礼して下がる。そして、その日のうちに伊勢路を北へと向かった。

もっとも、やはり戦の最中である。何の動きがある訳でなくとも、源八の具足姿は羽柴方・織田方の双方から目を付けられた。日に幾度も「何処《いずこ》の兵か」と問われ、その度に「牢人です」と返していては旅路も捗《はかど》らない。閉口して、源八は山に入った。でこぼこの土、道なき道は足に慣れている。街道を進むより時は要したが、人に絡まれずに済むだけ気楽ではあった。

尾張に入ったのは六日後である。揖斐《いび》川の河口、桑名湊《くわなみなと》の商人が駿河《するが》へ船を出すと言うので、それに乗せてもらった。商いの用で出す船は、決まった湊以外には泊まらない。源八は船頭に銀を百匁ほど握らせて無理を言い、東南に進んだ知多《ちた》の大野《おおの》湊で下ろしてもらった。やはり銭は力である。

大野から海沿いを北へ、那古《なご》屋《や》を指して進む。尾張は織田信雄の所領、一面に広がる田畑の中を具足で進めば目立ち過ぎるのではないかと危ぶんだが、どうしたことか百姓衆が野良仕事に出ておらず、日に三十里（一里は約六百五十メートル）も進み果せた。

そして、四月九日の朝――。

「あれは」

遠く向こうに大軍の影があった。道中でこれと言った人影が見当たらなかったのは、戦が始まろうとしているから、だったようだ。

とは言え、人に会わずに来たせいで、ここが如何《いか》なる地なのか分からない。伊勢で目通りした坂源次郎の言う、小牧山なのだろうか。山らしい山は、近くにない。

「それにしても、あの兵」

思いを巡らしながら行軍を眺めていたが、如何に大軍であれ、足が遅すぎないか。だらだらと長い軍列は、遠目にもあまり進んでいないように見えた。

「ええと。蒲生の旗……ではないな」

列の左手、後方に翻る大旗の紋は、縦に三つ連なった菱形《ひしがた》の下、五つの四角が横向きに並んでいる。

三好家《みよし》の「三階菱《さんかいびし》に五つ釘抜《くぎぬき》」らしい。蒲生の家紋「対い鶴《むかいづる》」とは違う。羽柴秀吉の甥《おい》が三好の家名を継いだと聞くから、これも羽柴方だろう。

ならば、あの軍に蒲生賦秀の居場所を聞こうか。思って、足を速めたのだが――。

行軍する兵の背丈が指一本ほどの大きさになった頃、それらの姿が俄《にわ》かに慌しく動き始めた。あたふたしているのが手に取るように分かる。

何があったのか。源八は「とりあえず」と、乱れた行軍へ向けて駆け出した。畑の畝《うね》や粗末な畦道《あぜみち》など、山で鍛えた脚には妨げにもならない。瞬く間に、うろたえる兵の顔が見えるほどに近付いた。

すると、目指す軍に大声が響いた。

「申し上げます。先手の池田恒興《いけだつねおき》様、二番手の森長可《もりながよし》様、討ち死に！　徳川の不意討ちにござります」

途端、行軍は狼狽《ろうばい》を深めて壊乱の体に陥った。徳川の不意討ちを受けたと言っていたが、久次の見立てどおり、織田信雄は味方を得ていたらしい。先ほど見た将の大旗が右往左往し始める。震えた声が張り上げられた。

「三陣は！　堀秀政《ほりひでまさ》はどうした」

「未《いま》だ踏み止まっております」

伝令らしい大声が返る。先の震え声が、さらに裏返って甲高く響いた。

「退《ひ》け！　堀を殿軍《しんがり》として、退け」

やはり、この軍に蒲生はいないらしい。そして今の言い様からして、あの一団は大将の隊なのだろう。

源八は、何とも情けない思いを味わった。大将が逃げるために誰かが殿軍を務めるのは当たり前だが、これでは堀なる将の隊を捨て石にするようなものではないか。自分も太良荘城から逃げる時には藤右衛門を見殺しにしたものの、あの時は「逃げろ」と強く言われ、それこそ胸が張り裂けそうな思いで聞き容《い》れたのだ。この大将には、そうしたものが見受けられない。

しかし。もしかしたら。口を衝いて「うは」と笑いが漏れた。

「何だこれは。こんな上手い話があるのか！」

羽柴方には痛いだろうが、これは自分にとって好機に他ならない。頭の中には、かつて久次が言ったことが、ありありと蘇《よみがえ》っていた。


『報せにはな、ひって、値打ちがあるんや』


行軍の先手と二番手が蹴散らされて、酷《ひど》い混乱に陥っている。そして、これは羽柴秀吉の本隊ではない。ならばこの地は小牧山にあらず、羽柴秀吉や蒲生賦秀は他にいる。

目の前の負け戦は、追って彼らのいる小牧山に伝えられるだろう。だが、まずはそれ以上の話にならない。何より知りたい話――勝った徳川方がどう動こうとしているのかは、敗報を得た後で探ることになる。

「その物見よりも早く、俺が詳しい報せを持って行けば」

源八は顔を紅潮させて頬を歪《ゆが》め、乱れに乱れた羽柴勢に向けて脱兎《だっと》の如《ごと》く駆け出した。やがて足軽が散りぢりに逃げ始め、それと擦れ違うようになると、ひとりを捉《つか》まえて早口に問う。

「おい。先手と二番手は、どこで蹴散らされたんだ」

「は？　はあ？　長久手《ながくて》や！　ええから放せ、わしゃ往《い》ぬんじゃい」

肩を摑んだこちらの手を振り払い、一目散に走り去ってしまった。もっとも、それだけ聞けば十分である。長久手なら尾張と三河《みかわ》の境であり、小牧山はそこから北西に二十余里。そう遠く離れてはいない。物見より早く大事な一報を届けるには、急がねばならなかった。

「こうしてはおられん」

久次の話が正しければ、蒲生賦秀は商人のやり様を知る。報せの持つ値打ちも認めてくれるに違いない。功のひとつを携えて行けば、きっと仕官は叶《かな》う。

「手土産だ」

行軍の向かおうとしていた先、東へと、源八は懸命に走った。山に暮らして十年半、鍛えに鍛えた体は、野を駆けるくらいでは疲れなかった。

＊

「おい。大将はどこへ行くつもりなんだ」

どこかの国衆らしい古具足と並んで走りながら、源八は問うた。相手は息を切らしながら、苦しそうに吐き捨てる。

「たあけ、聞いてなんだんか。小幡《おばた》城じゃて言うとっただら！」

「あ。そうか、すまんな」

聞くだけ聞くと、もうその男には構わず人波に紛れた。そして次第に行軍の端へ、端へ。やがて畑の畦道を見つけると、列を外れてそちらに逸れる。足軽にせよ国衆にせよ、戦場では逃げる者など珍しくもない。あらぬ方へ向かう者がいたところで、誰に咎《とが》められるでもなかった。

「徳川家康は小幡城」

口の中で、ぶつぶつ唱えながら走った。

羽柴の本陣では、もう今朝の負け戦を摑み、物見を出したろう。しかし。今から小牧山に真っすぐ向かえば、自分の方が早くこの一報を届けられる。

「お天道様は」

ちらりと空を見れば、初夏四月の日が少し傾き加減に源八の茶筅髷《ちゃせんまげ》を照らしている。日の差し具合から大まかに北西の方角を読み、懸命に駆けた。

日の傾きがやや大きくなり、源八の息も上がり始めた頃、遠く向こうに馬と人の巻き上げる土煙が目に付いた。

「羽柴の兵だ」

走りながら目を凝らす。しばしの後、あれこれの旗や指物に染められた紋が見分けられるようになってきた。

その中に、あった。二羽の鶴が向かい合い、丸く象《かたど》られた「対い鶴」の紋。捜し続けた蒲生賦秀である。今こそ、と源八は立ち止まり、大声を上げた。

「おうい！　そこな兵。しばらく、しばらく！」

両手を挙げて左右に大きく広げ、閉じを繰り返す。行軍は一町（一町は約百九メートル）ほどまで近付くと、こちらの姿を認めたらしい。隊から三騎が抜け出て足を速め、近付いて来た。

馬に跨《また》がる武士たちは、五、六歩の向こうで手綱を引いた。

「そこな者、誰か」

先頭の馬から穏やかな声音が渡った。源八は喜び勇んで大声を返した。

「俺は岡源八郎定俊《げんぱちろうさだとし》と申す者。歳《とし》は十八、若狭の牢人でござる。蒲生の殿様に召し抱えてもらおうと、手土産を持って参った」

「手土産とは？　戦の最中ゆえ、つまらぬ品で取り入ろうとしても、どやされてお終《しま》いだぞ」

「きっと喜んでもらえます。徳川家康の居場所ですから」

笑みを浮かべながらの返答を聞き、馬上の武者が顔を強張《こわば》らせた。

「まことか。我らも物見を出しておるが」

「俺は先まで徳川の戦を見ていたんだ。確かな報せでござる」

向こうは少し唸り、然る後に軽く頷いた。

「よし。聞かせよ」

「いやいや！　蒲生の殿様に会《お》うて話したい」

騎馬の武者は、ぴくりと眉をひそめて閉口したような目になった。だが二呼吸も思案すると、ゆっくりと幾度か頷いて「来い」と馬首を返した。

導かれた先では、ひとりの武士が馬上で反り返っていた。兜《かぶと》は白銀《しろがね》で、とにかく縦に長い。突飛な兜の下には短い口髭《くちひげ》を蓄えた瓜実顔《うりざねがお》があった。目は大きく切れ長で、源八が持ち合わせていない智慧《ちえ》――久次の明敏ともまた違う――を思わせる。ひと際大きな鼻には胸に秘めた自信と信念の強さが現れていた。見たところ三十歳くらいの引き締まった面持ちが、源八を導いて来た武者に短く問うた。

「この者は？」

「家中に加わりたいと申す者にござります。家康が居場所を存じておると」

突飛な兜の武士は「ほう」と口元を歪《ゆが》め、こちらに向いた。

「蒲生賦秀だ。其方《そのほう》、名は」

「岡源八郎定俊。若狭の牢人でござる」

名を聞くと、賦秀が小さく頷いた。話を聞かせよということらしい。

源八は、長久手の徳川勢に紛れ、家康の行き先を突き止めた経緯《いきさつ》を語った。賦秀は静かに頷いていて、ひととおりを聞き終えると、先ほどの騎馬武者に命じた。

「喜内《きない》。この者、縛っておけ」

縛れ。捕らえよということだ。耳を疑う言葉に、源八は目を白黒させた。そして、何が起きているのか分からぬうちに引っ張って行かれ、縄を打たれる。

「おい、何だこれは。俺が何をした」

先に喜内と呼ばれていた男が、申し訳なさそうな笑みに交ぜて応じた。

「すまぬな。おまえの報せが嘘でないと分かるまで、こうしておかねばならん」

言いながら縛り付け、喜内は傍らの若者に縄尻を渡した。

「兵五《へいご》、この者を見ていてくれ」

源八は、しばし呆気《あっけ》に取られていた。蒲生の行軍は続いていて、縄尻を引かれたまま走らされている。

「……あんまりだ」

ぽつりと呟《つぶや》くと、縄を引く兵五なる若者が「ん？」と振り向いた。源八は涙に声を揺らしながら、恨めしい思いを吐き出した。

「近江に行ったら伊勢へ行け、伊勢に行ったら尾張へ行けと。それで尾張に行ったら負け戦に出くわして。必死になって、値打ちのある報せを持って来たのに『それ縛れ』って。何だよ、これは。ええ？」

兵五は整った細面を崩し、弾かれるように「ぶは」と吹き出した。

「阿呆。見ず知らずの者の報せを、そのまま信じる訳があるか」

「お、おまえ。兵五と言ったな」

「北川《きたがわ》兵五郎《へいごろう》だ。まあ、そうやって泣くくらいだ。俺は、おまえが嘘をついているとは思わんがな」

北川は言う。先の喜内なる男が言ったとおり、源八の報せを信じるには裏付けが要る。それさえ満たされれば、この縄は解かれるだろうと。

「敵の策も疑わねばならんものさ。用心だよ」

釈然としない。得心が行かない。どうにも割り切れない気持ちを捏《こ》ね回しながら、源八はただ引かれるままに走り続けた。

日が沈みかけた頃、蒲生隊はひとつの城に至った。南の間近に小幡城を睨む、龍泉寺城《りゅうせんじ》であった。源八は縄を打たれたまま木に縛り付けられて、城の外に陣張りする兵をぼんやりと眺めていた。

「おい、おまえ」

しばしの後、西の空が茜《あかね》に染まる時分になって声が向けられた。北川であった。源八はむっつりしたまま、ぼそぼそと応じた。

「おまえ、ではない。岡源八という名がある」

「なら源八。許しが出たぞ」

北川は嬉しそうに縄を解いていたが、こちらの胸の内は大嵐であった。久次に勧められて蒲生賦秀を訪ねたが、仕官しようという気持ちは萎えかけている。

「俺と共に来い」

黙って頷き、後に付いて行った。どういう話になるのかは分からないが、文句のひとつも言ってやらねば気が済まない。

「来たか」

「あ、これは横山様《よこやま》」

郭《くるわ》の庭に導かれると、喜内なる武士が待っていた。横山喜内はこちらに「すまなかったな」と会釈して、庭の向こうの館に向けて「殿」と呼ばわった。

「改めまして、岡源八郎を連れて参りました」

館の廊下では蒲生賦秀が床机《しょうぎ》を使っていた。賦秀は「ご苦労」と応じ、こちらに目を向ける。

「其方の一報、確かなものであった。縄を打ったことは許せ」

源八の頭に、かっと血が上った。

「用心ゆえとは聞かされたが、腹が立った！　蒲生の殿様が、こんなお人だとは」

賦秀は、少しばかり困ったような笑みを浮かべた。

「そう怒るな。其方を召し抱えてやろうと申すに」

「いやその。それは」

蒲生家中となれば、武士として生きて行く目処《めど》が立つ。自分を逃がすために死んだ藤右衛門に報いてやれるのだ。が、素直に喜べない。

そういう姿を見て、賦秀はひとり合点したように発した。

「俺に仕えるのは嫌になったか。惜しいな……其方が家臣となるなら、値打ちのある一報を手柄として、褒美をやろうと思うておったのだが」

「まことですか。では銀を二百匁、頂戴《ちょうだい》しとうござる」

つい、口を衝いて出てしまった。傍らの北川が必死で笑いを堪《こら》えている。斜め前、賦秀との間に立つ横山は、驚いた呆れ顔を向けてきた。

「分かった、三百やろう。これにて其方は我が家中だ」

賦秀はそう言って、さも楽しそうに大笑した。

その晩、源八は城外に張られた北川の陣で眠った。しかし翌朝になると、龍泉寺城の羽柴方は引き上げとなった。小幡城の徳川勢が、昨晩のうちに退いてしまったからである。

源八は賦秀に従って小牧山に向かったが、以後、戦は全く動かなくなった。睨み合いを続けるうち、敵味方の陣が守りを固め過ぎて、互いに手出しできなくなったためだった。

長久手の戦いから二十日ほど、五月一日。羽柴秀吉は小牧山に押さえの兵のみ残し、本拠・大坂に返した。徳川家康は深追いを避け、追い討ちを仕掛けて来なかった。

＊

五月に入って羽柴本隊が兵を退いたのは、動かぬ戦を無駄と判じたからではない。源八の主君となった蒲生賦秀は、むしろ徳川家康を誘い、無理にでも戦を動かして決着させるための撤退だと言った。だが徳川方は動かなかった。そもそも、この戦は数の上で羽柴勢に大きく利があった。長久手の戦いでは三好秀次《ひでつぐ》が二万近くを損じたが、それでも羽柴勢にはまだ八万余があり、織田信雄と徳川家康の三万を圧倒している。追い討ちは危ない橋、それよりは根比べに持ち込んで、八万余が兵糧を食い潰すのを待つのが得策——それが徳川の肚らしかった。

そして、五月六日の晩。

「なあ。まことに夜討ちがあると思うか」

真っ暗な野営陣の中で、北川が小声を寄越《よこ》した。源八は闇の中で爛々《らんらん》と目を輝かせ、囁《ささや》くように「ああ」と返した。

「気配で分かる。それに、敵にはもう他に手がないと、殿も言っておるだろう」

徳川が動きを見せないなら、織田を叩いて締め上げるに如《し》かず。羽柴方は三日前から、闇の向こうの加賀野井《かがのい》城を攻めていた。追手口は細川忠興《ほそかわただおき》、蒲生賦秀は搦《から》め手である。城主・加賀野井重宗《しげむね》は既に細川が討ち取っているが、城方は未だ屈していない。とは言え多勢に無勢、城方が取り得る道は、確かに奇襲のみなのだ。

「だからと言って今宵《こよい》だとは限るまい。毎夜寝ずに過ごしていては身が持たんぞ」

北川はなお不満そうであった。源八は「なあに」と鼻から笑いを漏らした。

「来るよ、間違いなく」

確かな敵の息遣いを、源八は感じ取っていた。野山の獲物、特に手負いとなった獣は、こちらの隙を窺《うかが》って「ここぞ」で牙を剝《む》く。どこを食い破れば返り討ちにしてやれるか、いつ仕掛ければ殺してやれるか。静まり返った敵城は、そういう剣呑《けんのん》な戦意に満ちていた。

そうこうするうちに、源八は「む」と鼻を動かした。感じる。臭う。

「おい兵五。来るぞ」

しばらくすると、小さな草のざわめきが聞こえ始めた。それは次第に、殺意の足音を伴って陣に近寄って来る。

やがて、わずかな松明《たいまつ》が見て取れるようになった。

「掛かれ！」

号令ひとつ、敵が喊声《かんせい》を上げて突っ掛けて来た。しかし。

「弓方、放て」

源八と北川の後方で、その声が響く。次いで矢羽の音が夜を切り裂き、射られた敵兵の叫び声が上がった。

「おまえ、良くこれが分かったな。しかも兵の足音が聞こえるより、ずっと前に」

驚く北川に、源八は「ほれ」と促した。

「それより、弓の次は徒歩《かち》だろう。俺たちの出番だ」

「お？　ああ、うむ」

北川は、すくと立って手勢に呼ばわった。

「皆々、進め！」

二十人ほどの足軽が「おう」と返し、青黒い野で困惑する敵へと駆けて行った。源八も北川と共に、それらの後に続いた。

そこ彼処《かしこ》で足軽衆が槍《やり》を振るい、敵味方、互いに叩き合っている。もっとも月は眉の如し、寄せ手は夜討ちを気取られまいと松明を多く持たなかったのか、明かりは乏しい。寝静まったと見せかけていた陣が篝火《かがりび》を急いでいるも、しばらくは黒い中に蠢《うごめ》く何かを見極めねばならない。

しかし源八には、それらのひとつとおりが察せられた。

「む！」

右手から襲い掛かる気配。少し遠い。足軽の長槍か。

「しゃっ」

短く叫んで飛び退《の》けば、たった今までいた場所に、ぼこりと音がした。源八はその得物——地を穿《うが》った槍を左手で摑み、力任せに「えいや」と手繰る。よろめいて前に出た足軽は、蒲生の貸し具足ではない。昼なお暗い木立の中で狩りを続けてきた目には、それを見分けるくらい造作もなかった。

「おらあ」

右手の刀を横一文字に振り抜き、敵の鼻面を搔き斬る。濁った悲鳴を耳に、源八は舌打ちして次の敵を求めた。手柄にならぬ首など取る値打ちもなかった。

狂乱の喧騒《けんそう》を往なしつつ、辺りを見回して兜首《かぶとくび》を探す。と、右前に二十歩ほどの先で、槍をしごく北川の姿が目に付いた。

ぞくりと、寒気がした。感じる。粘ついた気配が北川を狙っている。

「まずい。兵五、後ろだ！」

大声と共に、源八は駆け寄った。北川は寸時こちらを見て、何が起きているのかを悟ったらしい。後ろに向いて、敵の足軽が振り下ろす長槍に備えようとした。だが、自らの槍を十分に構えるほどの暇はない。

「やっ」

源八は足元から石礫《いしつぶて》を拾い、思い切り投げ付けた。拳ほどの石が敵の槍を叩き、打ち下ろしの勢いを少なからず殺《そ》ぐ。北川はどうにか一撃を受け止め、弾《はじ》き返すことができた。

「助かった。恩に着るぞ」

背を向けたまま礼をひと言、次いで「おのれ」といきり立ち、敵の喉笛を穿つ。

途端、ぱっと明るくなった。ようやく陣の篝火が整ったらしい。北川の槍の先には、喉を潰されて叫び声すら上げられない顔、死に際の歪みきった面持ちがはっきり照らし出されていた。

その後、夜討ちの兵はなす術《すべ》なく追い散らされ、加賀野井城は落城となった。

明け方、薄っすら青みを湛えた空の下で、北川が肩を叩いた。

「よう源八。恐れ入った、おまえ強いな。とても牢人だったとは思えん」

「ああ。まあ……人というのは、猪ほど恐くはないものだな」

「は？」

訳が分からぬという顔を見せるも、北川はすぐに「いやいや」と首を左右に振った。

「ともあれ、おまえの戦ぶりは殿にお報せしておく」

召し抱えられたばかりで、まだ禄《ろく》を幾ら与えるという沙汰も受けていない。勇士であると証言しておけば、少しなりとて高禄にあり付けるだろうと言う。源八は「お」と目を輝かせて、是非に頼むと破顔一笑した。

＊

「お主が新参か」

泥鰌髭《どじょうひげ》を蓄えた男が、陣に着いたばかりの源八に舐《な》め回すような眼差《まなざ》しを向けた。肚の内に何か溜《た》め込んでいるような、いつも何か文句を言っていなければ気が済まないような、そういう目をしている。伊勢曽《そ》原《はら》城を守る将、上坂左文《こうさかさもん》であった。

「睨み合いだとて気を緩めるなよ。分かっておると思うが、負けられぬ戦だ」

不服そうな口ぶりは、どこの馬の骨とも知れぬ新参者を下に付けられたから、だろうか。もっとも源八は、それを気にしなかった。気になったのは、むしろ別のことである。

「負けられぬ戦と言いますが、負けて良い戦などあるのですか」

後学のために聞いたのみである。だが上坂は、じめじめした面持ちに怒りを湛えた。

「揚げ足を取るな、この無礼者が！　無駄口を叩いておる暇があったら持ち場に付け」

声を裏返らせて、きいきいと怒鳴る。相当に気難しい人らしい。源八はひと言「すみません」と詫《わ》びて、追手門脇の櫓《やぐら》に向かった。

半月ほど前の六月半ば、羽柴勢が小牧山から大坂へ引き上げる道中で、蒲生賦秀に伊勢松《まつ》ヶ島《しま》城の十二万石が下された。蒲生家中は尾張から転じて所領に入るも、この新恩は条件付きのものであった。

羽柴勢と織田・徳川勢の戦は未だ終わっていない。そして、この伊勢には織田信雄に与《くみ》する者が多かった。賦秀の松ヶ島城も、敵――木造具康《こづくりともやす》・具政《ともまさ》父子と睨み合ったままである。つまり敵を蹴散らさねば十二万石を手にできないのだ。

敵は既に本拠の木造城を捨て、やや北西、より堅固な戸木《へき》城に移って守りを固めていた。対して蒲生勢は、本拠・松ヶ島城の北にある出城で木造勢の出方を窺っている。四つの出城は西側から八太《はた》城、小川《おがわ》城、須賀《すか》城。この曽原城は一番東側であった。

曽原城に配されて数日、松ヶ島城から伝令が寄越された。源八にとって、蒲生家中で最も親しい北川兵五郎である。北川は本郭に上がって賦秀からの下達を伝え、帰り際に櫓を訪ねて来た。

「励んでおるか」

源八は、自身に任された十人の兵に「ちょっと外す」と断りを入れ、北川を迎えた。

「よう兵五。おまえ、けっこう偉かったんだな」

「まあ、俺の伯父が北川土佐《とさ》と言って、家老でな。俺はその一族というだけだ。とは申せ、少なくとも、おまえより頭が回るはずだとは思っているがね」

主君からの伝令は重要な役回りである。下達を間違いなく伝えるのは無論のこと、伝令した相手から何か問われたら不足なく答えねばならない。主君の意を十分に解し、あれこれを判じる頭がなければ務まらなかった。もっとも北川は、それを鼻に掛けている風ではない。むしろ一面で源八を頼みにしているのだと言う。

「近いうちに敵が動く。が、いつになるかは分からん。そこで、おまえだ」

「俺か？　まだ禄の沙汰も下されておらん身だぞ。大したことができるとは思えんがな」

北川は「そうでもない」と、この戦場について語り始めた。

蒲生勢は木造勢を南から睨んでいるが、同じように羽柴方が北から圧し、囲んでいる。尾張に布陣した徳川家康は少し前まで、木造勢を救うために援軍を差し向けようとしていた。揖斐川を渡って、桑名からもう少し南、四日市《よっかいち》までは兵を進めたのだが――。

「近々、引き返すらしい。羽柴様が徳川の背を襲う構えを見せたゆえな」

「すると、木造の親子は困っているだろうな」

我が意を得たりと、北川は大きく頷いた。

「で、おまえだよ。気配を読めるのは獣狩りの賜物《たまもの》だと言っていたな」

話に聞いただけなら、とても信じられなかった。だが加賀野井の陣では必ず夜討ちがあると感じ取り、また誰よりも早く実際の敵襲を察したのだ。あれを見たからこそ信を置くのだと、北川は言う。

「そういう力の使いどころだ。木造はどこかに風穴を空けねばならんが、はっきり言って、囲みのどこを狙うのかは全く分からん。北の味方かも知れん、蒲生の城かも知れん。俺たちが狙われたら、どれだけ早く援軍を出せるかが肝心だろう」

敵兵の撒《ま》き散らすものを、できるだけ読んでくれ。もし襲われそうなら確かめに行き、知り得た仔細をいち早く四方に伝えるようにと頼まれた。よしんばこの曽原城が襲われるなら、それを報じて援軍を呼び込めと。

「分かった。と言いたいところだが、上坂様がなあ。きっと、俺が勝手に動いておると言って怒るぞ、あれは」

「そこは案ずるな。源八が急を報せたら素直に聞けと伝令してある」

「おお？　それは殿からか」

「おまえの戦ぶりを伝えておくと言っただろう」

気配を読み、察する——賦秀はその話を信じたようではなかったという。しかし源八ひとりが動き回ったくらいでは、曽原城そのものが危うくなりはしない。ゆえに賦秀は「本当に敵の動きを察し得るなら儲けもの」くらいの気持ちで認めてくれたそうだ。

「そうか。ならば言うとおりにする」

「頼むぞ」

北川を見送ると、源八は自ら櫓に登った。飯も櫓の上まで運ばせ、厠《かわや》を使う時を除いて片時も離れずにいる。

そして三日が過ぎた。秋七月十二日の朝、源八は櫓の壁に背を預けて眠っていた。その瞑《つぶ》っていた目が、ぱちりと見開かれる。

「……来るのか?」

目を擦《こす》り、胡坐の膝に両手を置いて肘を張る。幾らか俯《うつむ》き加減になって再び瞑目《めいもく》し、気を研ぎ澄ました。

「来る。それも、近い」

呟き、すくと立って櫓を下りる。そして自身の下に付けられた兵を二人、叩き起こした。

「おまえは上坂様に、源八が探りに出たと伝えてくれ。それから、おまえは俺と来い」

ひとりを本郭に走らせ、もうひとりを伴って城を出る。気配は西の方、ここから間近の須賀城に向かっているようだ。両所は三里と離れていないが、曽原城で敵兵の姿を見てからでは援軍が遅れ、須賀城が危うくなるやも知れぬ。そう思って、源八は懸命に野を駆けた。

「あれだ」

道半ばの辺りまで進んだ頃、遠く右手の向こうに蠢く塊が目に入った。旗や指物は未だはっきり見えず、どこの兵か判じられない。だが北から須賀城を指して進んでいる以上、敵に間違いなかった。

「すまんが、戻って曽原の城に伝えてくれ。須賀に敵が来たと。俺はこのまま城方に加勢する」

そう命じて兵を戻し、自らはなお須賀城へ走った。

朝一番の襲撃を、城方は押っ取り刀で防いでいるようだった。細かい糸のようなものが飛んで見えるのは、城から放たれた矢であろう。

しばらくの間、城は矢で応じるのみであった。苦し紛れに仕掛けた一戦ゆえ、敵はなかなか城門に辿り着けないらしい。戦の流れは木造勢の不利、勢いの差は歴然としている。そうと知った時、人は気を萎えさせるものだ。獣とは反対になると、加賀野井の戦から学んでいた。

今なら自分ひとりでも四、五人は叩けるだろう。城の土塁でそれを見ている兵があれば、すぐに徒歩勢が打って出るはず。

思った矢先である。城方手強《てごわ》しと見たか、突っ掛けていた敵方が、じわりと後ずさった。

「おい何だよ。もっと戦え。褒美の種が勝手に逃げるな」

小さく悪態をついて足を速める。弱った獣を追い詰める時の勢いであった。

すると「打って出よ」の大声が響いた。途端、城から百ほどの徒歩が溢《あふ》れ出る。それらは退き始めた敵に襲い掛かり、瞬く間に乱戦の体を作っていった。

「待て待て、待てい！」

やっと兵の揉《も》み合う辺りに至った。源八は声を張り上げつつ、その中に躍り込む。もっとも、武者ひとりが加わったくらいでは誰も気付かない。皆が目の前の敵だけ見ている。これ幸いと兜首を探すことにした。

するとと十歩ほど駆けた先に、城方の足軽と槍を交えている姿があった。大して見栄えのする出で立ちではないが、足軽の貸し具足や陣笠《じんがわ》とは明らかに違う。

「せえの！」

腰の刀を抜き、両手で頭上に掲げて馳《は》せ寄る。が、固まって盛り上がった草の根に躓《つまず》き、脚がもつれて勢い良く転げた。一転、二転。横向きにごろごろ転がった源八は、兜首と押し合っていた味方の足軽にぶつかり、弾き飛ばしてしまった。

「うわっとと！」

槍に掛かっていた力を急に外され、敵の武者がたたらを踏む。源八はその間に身を起こし、刀を構えた。

「おまえ兜首だな。名を聞いておいてやる」

「何じゃ、うぬは」

向こうは四十絡みの顔である。若造に名乗る名はないとばかり、りゅうりゅうと槍をしごき始めた。

源八は「おい」と眉をひそめた。

「名乗れと言うのに」

「やかましい！」

怒鳴るが早いか、右手――槍の持ち手をぐいと引く。刹那、気配が読めた。このまま斜めに喉を狙ってくる。敢《あ》えて動かず、相手の為《な》すに任せた。

「りゃっ」

敵が突き出したと見るや、体半分だけ左へと身を翻した。猛然と放った一撃が空を斬り、敵が驚愕《きょうがく》の顔になる。叩くか突くか、槍の動きは二通りしかない。そして突き出す槍は、常に真っすぐにしか飛んで来ないのだ。気配を見切ってしまいさえすれば十分に避《よ》けられる。

源八は「それ」と間合いを詰めて相手の懐に入り、右手の刀を斜め下から突き上げて兜首の喉を貫いた。

やがて曽原城からの援軍が到着し、敵は退散するに至った。小競り合いの域を出ない戦は、終わるまで一時（一時は約二時間）もかからなかった。

源八が挙げた兜首は、上坂に見せたところ、木造の足軽頭・八太作兵衛《さくべえ》なる者だと知れた。

「岡源八。此度の手柄、見事である」

松ヶ島城に召し出され、本丸館の広間で賦秀から労《ねぎら》われる。源八は「はい」と応じつつ、自らその先を促した。

「褒美は、もらえるのですか。銀か銭が良いのですが」

問うてみると、賦秀の周囲にある面々が一斉に眉をひそめた。厚かましい、それでも武士か、この欲張りめと、方々から怒号が飛ぶ。

それらは「鎮まれ」の一声を受け、不承ぶしょう口を閉じた。賦秀の、半ば呆れた目が源八を見据えた。

「がめつい奴だな、おまえは」

「とは申せ、銭がなければ何もできぬでしょう」

きょとんとした顔に「何かおかしいことを言いましたか」の思いを映す。賦秀の目が少しばかり変わった。珍しいものを見るような、それでいて、どこか和らいだものを滲《にじ》ませている。これなら押せるのではないかと、なお口を開いた。

「俺は力のある武士になりたいのです。それには、まず銭でしょう」

満座が再びのざわめきに満ちる。おまえは商人か、何と意地汚い、銭の亡者め。そういう蔑《さげす》みも、源八にとっては蛙《かえる》の面に水。何を言われようと知ったことではなかった。幼い頃の自分に金の力があれば、父の残した城を奪われなかったかも知れない。食うや食わずの日々など、知らずに済んだかも知れないのだ。命を繋ぐのにも、金は何より大事だった。今とて新参の身、金の他に蓄えられる力などあろうものか。

「たわけめ。左様なことで、家中との関わりが巧《うま》く行くと思うのか」

賦秀の右手前、近習らしい年嵩――四十過ぎか――の苦々しい顔が向けられる。それすら、源八は石地蔵に蜂で受け流した。

「ご懸念なく。人と付き合わねば銭も集まらんので、そこは疎《おろそ》かに致しません」

相手は閉口して、無上の呆れ顔を主座に向ける。賦秀は困ったように、小さく鼻で笑った。

「源八が言い分は分からんでもない。されど此度は感状のみだ」

「そんな。兜首でござるのに」

三たび周囲がざわついてくる。賦秀はそれを一瞥《いちべつ》して宥《なだ》め、改めて口を開いた。

「そう言えば、まだ禄の沙汰をしておらなんだな。長久手での報せも然り、此度、敵の動きを探り当てた功も然り。その力を買う。銭二十貫文だ。これで満足しておけ」

武士が大名に仕えるに当たって、最初に与えられる禄は概《おおむ》ね銭四貫文である。その五倍が下されるとあって、源八は「うお」と驚きの声を上げた。賦秀も少し笑みを見せ、しかし、すぐに幾らか眉をひそめる。

「もうひとつ、欲張りも少しばかり直せ。そうだな、人は名を改めれば変わると申すものゆえ、これからは左内《さない》を名乗るが良い」

「左内……。岡左内！　おお、官名ではないですか」

「まあ、似たようなものだ」

左内の名乗りは「東百官《あずまひゃっかん》」と呼ばれる中のひとつで、朝廷の官名をそれらしく真似《まね》て、東国で勝手に作ったものでしかない。だが源八――左内は仔細を知らず、ただ喜んでいた。禄もこの名乗りも、戦場で摑んだ一報の功だ。久次が言ったとおり、報せには値打ちがあったのだと。

蒲生賦秀は以後も戸木城を囲み続けた。だが十一月、なし崩しに戦は終わった。羽柴秀吉が和議を持ちかけ、織田信雄が応じたためであった。

両者の和議が成った以上、織田方に援軍した徳川家康も倣うしかない。蒲生が睨んでいた木造勢も抗《あらが》う名分がなくなり、戸木城を開いて尾張へと退散するに至った。

三　儲《もう》けの種

「おまえ、金はあるのか」

左内《さない》は蒲生《がもう》家中の岡半七《おかはんしち》を訪ね、顔を合わせるなり、そう問うた。松《まつ》ヶ島《しま》城下の武家屋敷、天正十三年（一五八五）三月初頭である。

「何が『おまえ』だ。これでも俺は殿の馬廻《うままわり》だぞ。せめて『貴公』とでも呼べ」

半七は二つ年上の二十一歳で、禄《ろく》で言えば左内より少し多いくらいでしかない。しかし身分は主君・賦秀の馬廻衆、召し抱えられて一年足らずの左内より格上であった。

もっとも左内は意に介さず、にこやかに「まあまあ」と返す。

「そう苛々《いらいら》するなよ半七。同じ苗字《みようじ》なのに」

「それくらいで勝手に懐《なつ》くな、この阿呆《あほう》め」

半七は吐き捨てるように言って、玄関に左内を残したまま奥に戻ろうとしたのだが。

「馬廻が、戦支度はできるのか」

その問いを投げ掛けると、離れかけた背がぴたりと止まる。そして、さも嫌そうに、ゆっくりと振り返った。

「できなければ何だ。いやさ、どうにか間に合わせて見せる」

左内は「いかんなあ」と満面に笑みを湛《たた》え、上がり框《がまち》に立つ顔を見上げた。

「その言い様だと、商人を頼る外はないのだろう」

半七は「む」と唸《うな》り、そのまま黙ってしまった。

三月半ばを期して羽柴秀吉《はしばひでよし》が出陣する。蒲生賦秀《やすひで》にも参陣が命じられ、家中にも戦触れがあった。敵は根来衆《ねごろ》と雑賀衆《さいか》。昨年、小牧《こまき》・長久手《ながくて》の戦いの裏で一揆《いっき》を起こし、秀吉が留守にした大坂を脅かした者共だ。一揆は年を越してなお続いており、これを鎮めるための戦であった。

とは言え、蒲生家は小牧山への参陣を求められ、次いで木造具政《こづくりともまさ》の戸木城《へき》攻めまで命じられている。しかも戸木攻め――木造合戦は半年の長陣だった。この上また戦である。昨年の戦が終わってから四ヵ月しか経《た》っていないとあって、蒲生家中の誰もが戦費の工面に四苦八苦していた。

「そこで、だ。俺が力になる。金を、貸してやろう」

左内は自らの胸を、どん、と叩《たた》いた。半七が「え？」と驚きの声を返す。先の嫌気が半分ほど抜け落ちた面持ちであった。

「おまえも出陣だろう。銭二十貫の身で？　貸すと？」

「牢人《ろうにん》の頃、それなりに蓄えておったからな」

敦賀《つるが》にある間に一貫と二百匁《もんめ》の銀を貯《た》め込んでいた。旅立ちに際して浜小屋の面々に三百匁ほど渡し、幾らか路銀も使いはしたが、長久手の戦いで受けた褒美を合わせれば一貫と三十匁ほど手許《てもと》に残っている。銭にして八十二貫文であった。

「なあ半七。同じ苗字ということは、遠い先祖が同じかも知れんのだよ。そういう男が苦しんでおるなら、助けたいと思うのが人の情けではないか」

半七は顔ばかりでなく、再び体ごとこちらに向いた。大いに心が動いたらしい。

「ならば……銭三十貫文ほど」

「頼ってくれてこそ友だ」

満面の笑みをさらに深くして、左内は懐を探った。銭三十貫文なら銀で三百匁と七十五。少し多めにと、麻袋の中身を四分目ほど分けて渡す。半七は「はあ」と安堵《あんど》の息をついた。

「恩に着る。商人に借りようかとも思うたが、何せ利子が高いのでな」

「だろう。俺のは安いぞ」

そう返すと、向こうは口も目も丸く広げて「は？」と声を裏返らせた。

「おい待て。利子……取るのか？」

「だから、安いと言っておるだろうに」

当然とばかりに応じ、再び懐を探る。杉原紙一枚と矢立を取り、矢立から筆を抜き出した。

「商人から借りれば、半年で利子が二つだろう。だが」

俺は半年当たりひとつ――一割しか取らない。ただし半年で返せなければ、元本に利子を上乗せした額を借りたと看做《みな》す。話しながら、それを紙に記していった。

「銀四百匁だから、利子込みで四百四十だな。半年で返せなければ、そこに利子が乗って四百八十四。まあ、ここは商人と同じだ」

呆気《あっけ》に取られる半七を捨て置き、ひととおり書き終えると、それを「ほれ」と突き出した。

「名と花押を入れてくれ。証文にするから」

「待てと言っておるのだ！　金貸しをするなど、それでも武士か」

何と卑しい心根か。欲張りな男と知ってはいたが、これほどだとは思わなかった。咎《とが》められるも、左内は「何を言うのか」と眉をひそめた。

「武士なら、いつ戦触れがあっても良いように備えておくものだろう。俺は親も兄弟もない牢人の身だったが、いつか身を立てようと蓄えてきたのだ。その金を見返りもなく貸せると思うか」

「足許《あしもと》を見おって」

恨めしそうに漏らし、筆を取ろうとしない。そのまま少し待ったが、半七はただ唸《うな》るのみである。左内は「ふむ」と眉尻を下げた。

「気に入らんか。いや、すまなんだ。この話は忘れてくれ。他の者に貸し尽くす前に、我が友にと思って訪ね——」

「待て！　借りる。畜生……借りるよ」

これが人というものである。商人から借りるよりは良いと、半七も頭では分かっていたのだ。ところが武士の金貸しという常ならぬ形を嫌い、どうしても踏ん切りが付かずにいた。他の者に貸し尽くしてからでは遅い、つまり「今だけ」と思わせれば、そういう気持ちも動く。敦賀に過ごした九年間で、久次《きゅうじ》から学んだやり口のひとつであった。

「これで良いのだろう。糞《くそ》ったれめ」

悪態をつきながら、証文が返された。半七は悔しそうでありながら、一方では金繰りの悩みがなくなった安堵を湛えている。左手には貸した銀がしっかり握られていた。

左内はその後も数人を訪ね、金を貸して回った。自らの戦支度は、今年の禄として下された銭二十貫文、および手許に残った百匁の銀があれば十分であった。

＊

和泉《いずみ》の南部、田中《たなか》に築かれた出城は思いの外に堅固であった。土塁こそ低いが、容易《たやす》く乗り越えられない。周囲に巡らされた空堀のせいである。さらに堀には、落ちた兵を串刺《くしざ》しにする逆茂木《さかもぎ》が備えられていた。鬨《とき》の声を上げて攻め掛かる蒲生勢は、三人も並べないだろう細い土橋に群がり、そこを鉄砲で射貫《いぬ》かれていた。先手と二番手は既に初めの三分目まで削られている。

「怯《ひる》むなよ。いざ進め！」

蒲生隊、三番手を率いる上坂左文《こうさかさもん》が苛立った大声を上げる。太鼓の音が背を押してきた。左内は引き続いて上坂の下に付けられている。いよいよ出番であった。

「さて、行くぞ」

雇い入れた二人の足軽に声をかけ、左内は矢玉の飛び交う戦場に向かった。銭二十貫文の禄なら、本来の軍役は足軽ひとりで良い。敢《あ》えて二人にしたのは、手柄を上げられぬ場合でも主君の覚えがめでたくなるようにと思ってのことだった。

兵の一団、二百余が猛然と野を駆ける。打ち破るべき追手門は二町も向こうで、ここからでは豆粒ほどにしか見えない。遠矢も届かぬ間合いとあって、左内は、或《ある》いは同じく三番手に付けられた北川《きたがわ》兵五郎《へいごろう》や高木助六《たかぎすけろく》でさえ、まだ十分に気を張っていなかった。

しかし——。

「む」

走りながら、左内は小さく身を震わせた。

「おい兵五、助六。来るぞ」

ちらりと右を向くと、北川が眼差《まなざ》しで頷《うなず》いた。敵は寄せ手の一番と二番を粗方退けている。ゆえに、それらはもう捨て置いて、後続を叩く形に改めたようだ。遠矢が届く間合いに入れば誰もが用心するが、その寸前で鉄砲を射掛けるつもりらしい。

北川の後ろから、高木が「どうする」と声を寄越《よこ》した。

「竹束なしで遣《や》り過ごせるか」

竹を一尺余りの太さになるまで束ねると、鉄砲でも射貫けないほどの楯《たて》になる。三人にはこうした備えがない。小禄の身で率いる兵も少なく、竹の塊とも言うべき重い楯など、持っていても使いようがないのだ。北川は左内や高木より多くの兵を連れているが、それでも二十人である。

「構えたな」

走りながら、左内は城方の気配を肌で受け止めた。静かでありながら、小刻みに速い息遣いが感じられる。それらが思念の澱《よど》みとなって城を覆い、ぼんやりとこちらに向いていた。将たる者の「放て」を待つのみなのだ。

だが、まだ撃たない。もう少し。もう少し――。

そして、城を包む気勢が一気に膨らんだ。

「伏せろ!」

左内は大声を上げ、駆け足のまま野に突っ伏した。頭から滑り込む格好になって、具足の胴が地を削る。人の足に踏み固められた草が、青臭いものを撒《ま》き散らした。

途端、束になった鉄砲の音が渡る。一町半も先の城から、鼻を衝《つ》く弾薬の臭いが流れて来るかのようであった。

さっと辺りを見れば、北川や高木は左内に倣って伏せており、手傷を負ってはいない。だが、この斉射で三番手の二百は三十幾人も殺《そ》ぎ落とされている。左内は伏せた格好から顔だけ上げ、敵城を睨《にら》んだ。

「迂闊《うかつ》に近付けんぞ、これは」

数を削られた上で城に取り付けば、櫓《やぐら》からの矢玉で皆殺しにされるのは目に見えている。と、この有様を見かねたか、陣太鼓が打ち鳴らされた。退《の》き太鼓だ。

指図に従って戻ると、主君・賦秀が自ら足を運んで来て、先とは違う下知を与えた。

「三番手の生き残り。二百数えたら、また進め」

続いて、すぐ後ろに控える四番手の三百に向け、各々松明《たいまつ》を持つように指図した。まずは三番手の生き残りが再び突撃し、城方に鉄砲を放たせる。放った後の鉄砲は、砲身が冷えるまで次の弾込めができず、概《おおむ》ね二百を数えるくらいの間が空く。この隙に四番手が走り、そう高くない土塁の向こうに松明を投げ入れる狙いであった。

囮《おとり》を命じられた三番手に、嫌な具合に張り詰めた空気が漂う。賦秀はそこに向けて、もうひとつ言葉を継いだ。

「三番手で生き残った者には、皆に等しく褒美を与える」

「やりましょう」

息ひとつの間すら置かず、左内は喜び勇んで声を上げた。上役の上坂左文が忌々しげな目で睨み付けてきたが、逆に「殿のお指図でござる」と笑みを返した。

勝つために死ねという下知は、鉄砲が相手でなくとも同じである。三番手の誰もが自身にそう言い聞かせ、沈痛な――左内だけは違う――面持ちで時を待った。

下知のとおりに二百を数えた後、上坂が「進め」と声を上げた。腹立たしげな、或いは自棄《やけ》になったような、刺々《とげとげ》しい声であった。

左内は「褒美だ」と叫んで、真っすぐに駆けた。少し後ろに北川や高木も続いている。先と同じく、鉄砲の放たれる気配を読んでくれと言っているらしい。

友の願いに、左内は十分に応えた。

「来るぞ。伏せろ」

叫んで突っ伏し、鉄砲の剣呑《けんのん》な音を聞く。後ろで悲鳴が上がったが、射貫かれた者は先より少ない。ちらと窺《うかが》えば、北川や高木は元より、ほとんどが腹這《はらば》いの体であった。その中には上坂も含まれている。もっとも巧《うま》く伏せられなかったようで、泥だらけの顔に鼻血が流れていた。

「松明、掛かれ」

戦場の空気を貫いて、賦秀の声が飛んだ。四番手の駆け足が猛然と迫る。左内は「えいや」と身を起こし、四番手の波に紛れて駆けた。そして――。

「今だ。投げよ」

四番手を率いる将、赤坂隼人《あかさかはやと》の野太い声が上がる。低い土塁の上を目掛け、三百の松明がくるくると回りながら飛んだ。城方の兵に叩き落とされるもの、投げ損なって空堀に落ちるものはあったが、それでも二百以上は確かに土塁を越えた。

不意に、門の向こうで恐るべき轟音《ごうおん》が上がった。千、二千という鉄砲を一斉に放ったかというほどの音である。人の手が、足が、千切れて飛んで来た。支度されていた弾薬に火が回って爆発したのだ。門も内側から吹き飛ばされている。

左内は「よし」と喜び勇んで駆け、巻き上がる炎をものともせずに、破れた門を抜けて高らかに声を上げた。

「岡左内、一番乗りでござる！」

皆が唖然《あぜん》とする中、腰の刀を抜いて「えい、えい、おう」と天を突く。だが、やはり熱い。耐えきれなくなって引き返すと、慌てふためいた敵兵が後に続いて来た。蒲生隊は、それらの城方を存分に討ち果たした。

＊

田中城が落ちると、羽柴勢は俄然《がぜん》勢いを得た。瞬く間に和泉の一揆勢を蹴散らして南へ進み、流れのままに根来衆の拠《よ》る寺、雑賀衆の守る城を落としてゆく。三月二十日に始まった一揆討伐は、五月三日を以《もつ》て羽柴勢の大勝に終わった。

根来・雑賀の生き残りが羽柴に降《くだ》り、それらへの沙汰が下されている間に、蒲生隊は伊勢《いせ》松ヶ島に帰った。

城の本郭《ほんぐるわ》、館の広間に賦秀の声が渡る。

「岡左内。囮の役目を果たした功に加え、城への一番乗りを認めて銀十五枚を取らす」

「はっ！　ありがたき幸せにござる」

褒賞に使われる灰吹銀は一枚当たり四十三匁である。十五枚なら六百四十五匁、銭にして五十貫文余り。左内の禄、二年半分であった。

同じように囮の役目を果たした者には、等しく銀五枚が与えられた。命懸けの働きには、戦支度に使われた以上の報いが与えられたのだが――。

「お主も褒美をもらったではないか。だったら返せるはずだ」

左内は証文を開き、ほれ、と突き出した。銀百八十匁借用、半年毎に利子ひとつ。そう大書された脇に、玉井《たまい》数馬助《かずまのすけ》の名と花押が記されている。

「そんな。百八十とひとつでは、ええ……百九十八ではないか」

六つ年上の丸顔、生来の垂れ眉をさらに下げて、玉井が情けない面持ちを見せた。褒美の灰吹銀五枚は二百十五匁である。百九十八匁を返してしまえば、ほとんど手許に残らない。

「死ぬ思いをした挙句、ただ働きでは……。少し待ってくれても良いだろうに」

「待つのは構わんが、半年のうちにこれを増やせるのか」

「増やすなど、何を申すやら。俺は武士だぞ」

左内は「そこだよ」と玉井を指差した。半年もすれば、この褒美も少しずつ使われ、目減りしてしまうだろう。そうなれば、まとめて返すのは難しい。返し残しに銀十八匁の利子が乗り、次の半年はそこに一割の利子が乗るのだぞ、と。

「貸し借りは互いの約束だ。皆は『武士の金貸し』と俺を蔑《さげす》んでおるが、約束を守らん方がよほど武士として恥ずかしいだろう。そう思わんか」

するど玉井は何も言えなくなった。さて、どうする。返しきれなければ、名を損なうばかりか、利子が乗って借財ばかり嵩《かさ》んでゆくぞ。眼差しで迫ると、玉井は泣きそうな顔になった。

「分かった。返す……」

「それが利口だな。まあ、少しは利子をまけてやるから」

銀五枚から証文の額を引けば、釣銭は十七匁。左内は十匁の粒を二つ差し出し、三匁だけ少なく取り立てた。玉井は粒銀を受け取り、しょぼくれた顔で溜息《ためいき》をついた。

玉井数馬助に続き、岡半七、布施次郎衛門《ふせじろうえもん》、神田清右衛門《かんだせいえもん》と、貸した相手を回って歩く。誰もが頭を抱えつつ、しかし約束を守らぬ恥を嫌って、できる限りの額を返すに至った。

「やれやれ。武士の面目を施すのも、楽ではないわい」

最後に訪ねた相手、上山弥七郎《かみやまやしちろう》が借財を返し、証文を破り捨てながら悲しそうに漏らした。左内は苦く笑って「まあまあ」と宥《なだ》めた。

「だから、いつも言っておるだろうに。銭は力だと」

「銭に拘《こだわ》らんのも武士の面目だ。ともあれ此度《こたび》は……助かったよ、一応な」

「困ったらまた頼ってくれ。商人よりは安く貸すから」

苦笑いの見送りを受け、左内は家路に就いた。自分の屋敷は北向きに七つ先である。空を見上げれば、夕暮れの先へと雲が続いていた。

「人というのは色々だな」

借りた金を返すだけでも、玉井のように渋る者があるかと思えば、上山のように一面で謝してくれる者もある。どちらにせよ取り立てるのだが、相手がどう思っているか次第で心持ちは違うものであった。

「構わんさ。俺は、容易く潰されぬ武士になるんだ。なあ藤右衛門《とうえもん》」

それには力が要るのだと、いつもの笑みを浮かべた。少しの間に深くなった空の茜《あかね》に、かつての傅《もり》役《やく》・若江藤右衛門の穏やかな顔が見える気がした。

ひと月が経って六月、今度は四国の長宗我部《ちょうそかべ》元親《もとちか》を征伐するという戦触れがあった。根来・雑賀の一揆と同じで、長宗我部は小牧・長久手の戦いに際して大坂を脅かしている。徳川家康《とくがわいえやす》の差し金なのは明らかだった。

秀吉にとって徳川は、本当なら戦って潰すべき相手であった。織田信雄《おだのぶかつ》を丸め込み、徳川とも和議に持ち込んだのは、望んでそうしたのではない。長久手で大敗を喫し、睨み合いに持ち込まれたからであった。もっとも秀吉には、和議がもたらした小康すら次の布石に使う周到さがあった。一揆征伐も四国攻めも、再び徳川と戦を構えた時に備え、背を安んじるためである。

そして七月。四国征伐が続く中で、羽柴秀吉に関白《かんぱく》の位が宣下された。即《すなわ》ち、朝廷が秀吉を天下人と認めた証《あかし》であった。

これを受け、蒲生賦秀は名を改めた。自身の片諱《かたいみな》――秀の一字が主君を冒すのを嫌ったためである。新たな名乗りは、蒲生家の祖・藤原秀郷《ふじわらのひでさと》から一字を取って蒲生氏郷《うじさと》と決まった。

主君が名を改めて十日ほど、左内はひとり自らの屋敷にあった。小禄の身では、屋敷とは言っても粗末なものである。平屋造りで、土間ひとつに板間二つ、百姓家と大差ない。違うのは、狭いながらも庭があり、敷地が生垣で囲われていることくらいだった。

そうした屋敷の板間ひとつに、左内は銀や銭を並べていた。灰吹銀が二十六枚、十匁の粒銀が八十と七つ、永楽銭《えいらくせん》は六十五枚あった。

「蒲生に仕えて一年と少しか。短い間に、ずいぶんと増えたものだ」

並んだ財は、取りも直さず自分の力である。だが主君の主君、羽柴秀吉を見れば、それこそ一度に十万の兵を動かせるほどの力を持つではないか。関白に勝とうとまでは思わないが、このくらい貯《た》めた程度ではまだ少ない。関白の屁《へ》ひとつで吹き飛ばされてしまう。

「それでも、だ」

呟《つぶや》いて、左内は恍惚《こうこつ》の笑みを浮かべた。敦賀《つるが》の高嶋屋《たかしまや》久次《きゅうじ》は言っていた。とりあえず持って置かないと、いざという時に困る。それが金というものだと。確かにそのとおりである。こうして眺め、増えたのだと身に沁《し》みる思いが胸に満ちれば、何とも言えず幸せな気持ちになる。

「そう言えば、久次の奴」

幸せは金で買える、とも言っていた。正しいのかも知れない。もっと良く知りたいという気持ちが、沸々と胸に湧き上がってきた。

「ならば、こうだ」

左内は、にた、と気の抜けた笑みを浮かべた。そして着物を外し、褌《ふんどし》一本の姿になると、並べた銀や銭の上へごろりと横になった。

「金だあ。小さいが、俺の力だ」

寝返りを打てば、銀の粒が肩の骨をごりごり押す。古い金物の饐《す》えたような臭いが鼻を打つ。そうした痛みや臭気が逆に心地好《よ》く思えて、ふふふ、あはは、と腑抜《ふぬ》けた笑い声が漏れた。

「……おい。左内」

不意の声は、上役の上坂左文であった。障子を開け放った先、庭に立ち入って、この上ないしかめ面を晒《さら》している。

「呼んでも返事がないからと、入って来てみれば。何をしておるのだ、おまえは」

「これは上坂様。見て分かりませぬか」

「阿呆！　何をしておるのかは、見れば分かるわ。何ゆえ斯様《かよう》なことをしておるのかと、それを問うておるのだ」

思いきり怒鳴られた。訳を話すのも面倒だが、言わぬ訳にもいくまいと身を起こす。だが上坂は、そもそも聞く気がないようであった。肌に貼り付いた永楽銭を剝がしている間にも、とにかく、ぶつぶつと不平を並べ立てていた。

「まったく、名を変えても人となりは変わらんではないか。むしろ、ますます酷《ひど》い。此度の戦で留守居など命じられたのも、おまえのせいだぞ。斯様な銭の亡者が下にあるから、俺が割を食っておるのだ。そうに決まっておる」

「おや。また戦にござるか」

「だから留守居だと言うたであろうが」

来月、八月を期して越中《えっちゅう》の佐々成政《さっさなりまさ》を攻め下すという。秀吉はかつて柴田勝家《しばたかついえ》と織田の跡目を争ったが、佐々は柴田の寄騎《よりき》だった男で、柴田亡き後も秀吉に抗《あらが》っていた。蒲生も参陣を命じられて三千余で出向くが、上坂以下に出陣の下知はなかったそうだ。

「それを報《しら》せるのに、わざわざ自らとは。上坂様は、それほど俺を買ってくれるのですか」

「たわけ。何ごとも良い方にしか受け取れんとは、おまえの頭の中はどうなっておる」

とは言われても、である。幼き日からの我が身に比べれば、今の暮らしは全てが恵まれているのだ。何もかも良い方に考えるのは、左内にとっては当然であった。

「斯様な話ひとつくらい、人を遣《や》れば十分だったに決まっておろう。されど、おまえのせいで槍働《やりばたら》きを取り上げられたと思えば、ひと言でも苦言を吐きとう思うて当たり前だろうが。おい。聞いておるのか、ええ？」

引き続き、じくじくした思いが吐き出されている。左内は右の耳から左の耳へ、生返事で聞き流しながら、板間の銭を麻袋に詰め直していた。それを終えると「さて」と庭へ向く。

「次の戦で留守居というのは承知しました。俺は用ができて出掛けますので、お引き取りを」

「何だ、いきなり。どこへ行く」

「去年の長陣から間を置かずに一揆との戦、その上また越中で戦ときたら、金繰りに困っておる者は必ずおりましょう。ゆえに、貸しに参ります」

にこやかに笑って一礼し、左内は城下へと出て行った。強い怒りを湛えた金切り声が、しばらく聞こえていた。

この後、羽柴軍は越中攻めに出陣した。関白の大軍に攻め立てられて、佐々成政はひと月もせずに降伏した。八月二十九日であった。

戦が終わると、左内は貸した金と利子を取り立てて回った。財は、さらに一割ほど増えた。

＊

かねて行なわれていた四国攻めは、越中攻めと同じ八月のうちに終わった。

そして九月、関白・秀吉は朝廷から「豊臣《とよとみ》」の姓《かばね》を下賜された。およそ千年ぶりの新姓は、摂関家がひとつ増えることを意味する。或いは――。

「信長公《のぶなが》の領に加えて四国に越中か。越後《えちご》の上杉《うえすぎ》も西国の毛利《もうり》も膝を折ったし、もしかしたら摂関の位は豊臣が代々受け継ぐようになるかも知れんな」

差し向かいに座る北川が、そう言って椀《わん》の汁を啜《すす》る。左内は「ふうん」と応じ、膳に饗《きょう》された芋の煮付けを口に放り込んだ。

「お。旨《うま》いぞ、これ」

十一月の末、城への出仕を終えた後に、良い魚が手に入ったからと夕餉《ゆうげ》に誘われていた。北川は左内よりひとつ年上の二十歳《はたち》だが、二年前に嫁を取っている。北川の妻が作る飯はかなりの腕前であった。

「鰤《ぶり》の焼き加減もいい。久次の鯖《さば》にも劣らん」

幼い頃に食わせてもらった鯖は、久しぶりにあり付いた食いものとあって、この上なく旨《うま》かった。あれより旨いものはないと思ってきたが、世の中は広いものだ。

目を閉じ、魚を存分に味わっていると、北川は少しして「ああ」と得心した声を出した。

「久次というのは、おまえが世話になった商人だったな。氏郷様を頼んで近江《おうみ》の商いを広げたいという話、あれはどうなった」

「どうもこうも。殿の所領が伊勢になってしまったからな。立ち消えだそうだ」

昨年の木造合戦――戸木城攻めが終わった頃に文《ふみ》を発して、蒲生の伊勢転封を報せた。高嶋屋は手広く商いをしているが、それは専ら船を使ってのことである。陸《おか》の道を取って商いをするには、伊勢はあまりに遠い。返書にはそう記されていた。

「かわいそうに、当てが外れたのか。おまえも、恩返しができんのは心苦しいだろう」

「いつか返すさ。それより、当てが外れたのは俺の方だ」

左内は椀から飯をひと口、鰤の皮と共に嚙《か》みながら続けた。

「豊臣の天下になれば、戦もなくなるのだろう。もっと出世して儲《もう》けるつもりだったのに。能のありすぎる人というのも困ったものだ」

北川は「おい」と眉をひそめた。

「武士の働きは戦ばかりではあるまい。領国を平穏に治めるのも大事な役目だぞ」

「おまえは五百石でも知行取りだから、そう言えるのだ。俺のように銭で禄をもらっておる身には、治める場がない。あぁあ……戦、起きないかなあ」

槍働きでなくとも構わない。越中攻めのように留守居であったとしても、そこに財を蓄える道がありさえすれば良いのだと続ける。北川は大いに呆《あき》れて返した。

「これだものな。まあ、まだ戦はなくならんよ」

左内は「お」と目を見開いた。

「その戦、どこだ。蒲生の殿は出陣せよと言われるかな」

「前にも言ったろう。徳川だ」

関白の座に就いた秀吉は、できる限り戦わずに諸国大名を束ねたく思っている。一ヵ月前の十月、鎮西――九州に発せられた惣無事令《そうぶじれい》はその顕《あらわ》れであった。

惣無事令は大名同士の争いを禁じ、関白が命じる戦だけを認めるという法度であった。背く者は、関白が発する軍に討伐されるのみ。従えば、豊臣に臣従したのと同じことになる。

「この法度は今のところ鎮西にしか出ておらん。つまり関白殿下は、少なくとも徳川は戦って潰すおつもりなのさ」

小牧・長久手の戦いを和議で決着させたせいだろうと、北川は言う。天下人が戦って、明らかな勝ちを収められなかった相手がいては按配《あんばい》が悪いのだと。

左内は「なるほど」と満面に笑みを湛え、椀に残った飯を掻《か》き込んだ。

「なら俺は、その戦でもうひとつ出世するぞ。知行取りになれば、戦をせんでも金を貯める手立ては見付けられようからな」

「おまえ、商人の方が向いておるのではないか？」

「それはどうか知らんが、俺は武士として身を立てる。これも話したろう、容易く潰されぬ男になると、藤右衛門と約束したのだ」

北川は何も言わず苦笑を浮かべた。

夕餉を終えると、礼を言って辞する。帰り着いた自らの屋敷には、明かりのひとつも灯《とも》っていない。下男や下女を雇わずにいるからだ。身辺の用も屋敷の掃除も、ひとりでできる。日々の飯とて、敦賀で過ごした九年で少しは嗜《たしな》みがあった。嫁を取るなら話は別だが、人を使って余計な金をかける気はなかった。

慣れた家、しかも狭い間取りゆえ、暗い中でも動き果《おお》せる。左内は一番奥の寝屋に入ると、旨いものを食った満足のまま寝てしまった。

だが、どうしたことか。少しまどろむくらいで、ふと目が覚めた。

何だ、と欠伸《あくび》をする。なぜ深い眠りに落ちないのだろう。訝《いぶか》しく思っていると、ぴん、と来るものがあった。

まさか、と気を研ぎ澄ます。

いや。来る。間違いない。

さっと起き上がり、戸棚の中に仕舞いこんだ銭壺《ぜにつぼ》を取り出した。それを抱えて再び屈《かが》むと、身を亀の子にした。

じわりと伝わるものがある。獣や人、生き物の気配ではない。だが、確かに感じられた。

そして――。

尻の下から、いきなりドンと突き上げられた。屋敷の柱が軋《きし》み、それに続いて低い地鳴りが迫って来る。

瞬く間に、寝屋の闇が激しく蠢《うごめ》いた。ぐらぐらと絶え間ない揺れが障子を壊してゆく。具足が倒れたのか、続き間になっている隣の部屋で金物の音が響いた。がらがらと、頭上で鳴るのは瓦だろう。続いて、狭い庭で焼き物を叩き割る音が幾つも重なった。

「うわ」

ざああ、と音が押し寄せた。銭壺を取り出した戸棚が、板間の上をこちらへ滑って来ている。未《いま》だ続く揺れに足許も覚束《おぼつか》ないまま、左内は転げるように避《よ》けた。

戸棚は続き間を仕切る板戸にぶつかり、どか、と音を立てて割った。そして跳ね返り、少し前まで寝ていた布団《ふとん》の上へ仰向けに倒れる。砕けた戸棚の木屑《きくず》が散り、地の揺れとは違う揺れが尻に伝わった。

どれほど揺れていただろう。わずかな間だったかも知れないし、一時ほど続いていたようにも思えた。夜中の騒ぎがようやく収まると、左内は「ふう」と安堵の息を漏らした。額には冷汗が浮いている。屋敷はあちこち壊れているようだが、柱や梁《はり》などの骨組みは無事らしい。

「……色々と直さねばならん。余計な銭が出る」

ぼんやりと呟き、嘆く。しかし次の刹那、うな垂れていた首を「お」と上げた。

「直すのは他も同じだ」

それは、また金を貸す相手ができたということだ。我が身と銭壺が無傷ならばと、左内はたった今までの怯《おび》えを拭い去った。

天正十三年十一月二十九日、夜。北は越中から加賀《かが》、越前《えちぜん》、そして飛騨《ひだ》、美濃《みの》、近江、南は尾張《おわり》と伊勢、果ては西の若狭《わかさ》や山城《やましろ》、大和《やまと》に至るまで、激しい揺れが寝込みを襲った。天正大地震であった。

＊

地震の翌朝から、左内は銭壺を片手に松ヶ島城下を歩いた。まずは武家屋敷が固まっている辺りを訪ね、壊れ方の酷《ひど》いところに声をかけて、修繕に入用な額を貸して回った。誰もが、戦触れの時より素直に借りてくれた。自分で使わねばならない銭を除けば、銭壺には灰吹銀四枚、粒銀が二百匁と永楽銭十二枚しか残っていない。

金を借りたのは、左内と同じく身分の低い面々であった。そういう者は粗末な屋敷に住んでいるが、とは言え武家屋敷は相応に頑丈な造りであり、家そのものが潰れてしまったところはなかった。しかし。

「何ともはや。これは酷い」

町衆が住まう辺りに至ると、昨晩の揺れがどれほど激しかったかが知れた。屋根が傾いている家もあれば、四隅の柱が倒れて隣に寄り掛かっている家もある。酷いところでは梁が落ちて内向きに崩れ、全てを下敷きにしている家さえあった。昨日まで家だった場所——積み上がった瓦礫《がれき》の前で泣きじゃくる稚児の姿も、五人や十人では利かない。住まう者、おそらく一家の長が命を落としたのだろう。

大工町に至れば、家を造るはずの材木が倒れ、辺りの家を叩き壊してしまっていた。それを片付ける顔はどれも呆《ほう》けていて、何も考えられぬまま体だけ動かしているようだった。

「おい棟梁《とうりょう》」

「ああ。岡様」

見知った大工の棟梁を捉《つか》まえ、声をかけてみる。ぼんやりとした声が返されるのみで、その先の話が続かない。上坂が言う「何ごとも良い方にしか受け取れない」左内でさえ、さすがに気が滅入《めい》った。

「おまえの家は、大丈夫だったのか」

「大工やがぃ、家潰れとったら不細工やんな。けど、あっちこっち壊れてはおりますんや」

棟梁は重い溜息をついて、肩を落とした。

「この先、どない暮らしたらええんやか」

「金がないのか？　だが町中どこを見てもこの有様だ。大工なら稼ぎ口も多いだろう。武家屋敷も、直しを頼みに来る奴は大勢いるぞ」

かく言う自分もそうだ。そして自分が金を貸した面々も、いずれ大工町を訪ねて来るだろうと言って励ましてやる。が、向かい合う顔は「そういう話や、あらへんのです」と沈んだままであった。

「わしの家もあっちこっち壊れたて、さっき言うたやんな」

家の骨組みは残っているが、土壁は崩れて手当てが要る。家の中も目茶苦茶で、片付けねば寝起きする場もない。当面は大工仕事も何もない。抱える職人たちも食わせて行かねばならない。おまけに、そういう諸々《もろもろ》に少しでも目鼻が付くまで、どれだけの時を要するか分からない——ない、ない、ないと語るほどに、面持ちに差す陰が深くなっていった。

「大工町やのうても、周りも同じやんか。まず、そこまで町の皆が食い繋《つな》がんと」

左内は「ふむう」と唸った。この有様でも、まだ昔の自分ほど酷い暮らしではない。しかしながら、一夜で奈落に叩き落とされたのは幼い日の自分と同じだ。町の者たちの気持ちは十分に察せられる。

「町中に銭を回してやれれば良いのだが、俺はそれほど持っておらんしなあ。この分では商人も金を貸すどころではなかろうし。とは言え大工が動けるようにならんと、立て直しも何もなかろうよ。まずは棟梁に金を貸してやるから、それで身の回りを落ち着けて、他を見てやるといい。利子は商人の四半分で構わんからさ」

驚きと、ほんの少しの喜びで、大工の顔が上がった。口を開いて「ほんまですか」と言おうとしたようであった。

そこへ、背後から峻烈《しゅんれつ》な怒声が飛んで来た。

「おい！」

上役か。だが上坂ではない。蒲生家中で指折りの重臣・赤坂隼人の胴間声であった。人より頭二つ高い上背に、がっしりした体軀《たいく》。真四角の顔に目鼻が大きく、すましていても厳めしいものを撒き散らしている。その面立ちが、真っ赤に染まっていた。

「うぬという奴は、城にも上がらんで何をしておる！　それにだ。家中の者共に聞いたが、斯様な時に金貸しとは何ごとか。しかも町衆にまで貸し、あまつさえ儲けを取ろうなどと」

口角泡を飛ばし、捲《まく》し立ててくる。利子こそ取るつもりであれ、この金貸しは儲け云々《うんぬん》ではないのだが。どうやら「まず大工が暮らしを立て直さねば」の辺りを聞いていなかったらしい。

「あの、ですな」

「問答無用！　あれこれと言い訳ばかりしおって。それでも武士か」

赤坂と多くを語ったことはないが、物言いからして一本気に過ぎる男らしい。立ち昇る怒りの気配から、自分だけは常に正しいと信じて疑わないような、横柄なものが感じられた。そして。

「何ごとにも言い訳、言い訳……上役の上坂にそっくりじゃ。この銭侍めが」

なるほど、上坂と赤坂では水と油だろう。だが今のひと言は、いささか肚《はら》に据えかねた。左内は珍しく、むっつりした顔で応じた。

「お言葉を返すようですが」

赤坂が「何を」と殴り掛からんばかりの目を見せた。

「口答えとはな。銭侍と言われたのが気に入らんか」

「そこは構いません。上坂様にそっくりと言われたのが、いただけんのです」

「は？」

「俺は上坂様のように『何かあれば人のせい』ではござらん。成り行きが悪ければ、それは俺に力が足りぬせいです。だから銭を貯めるのでござる。銭は力ですからな」

胸を張って言い返す。すると赤坂は、しばし呆気に取られた上で、くすくすと肩を揺らし始めた。笑いは次第に大きくなり、やがて腹を抱えての大笑となった。怒りを解いた訳ではないらしく、げらげらと笑う声は剣呑そのものであった。

「口を開けば銭、銭、銭！　分かった、もう何も言うまい。代わりに殿からお叱りを頂戴せい。城にも上がらず町衆に金貸しをしておったこと、きっとお耳に入れておくからな」

憤怒のままに吐き捨てると、くるりと踵《きびす》を返す。はて、という思いが湧き上がった。

「ところで。赤坂様は何をしに、ここへ？」

と、赤坂は立ち止まって「おっと」と振り向いた。

「手分けして報せておるところだったと申すに。浅ましき者を見たせいで忘れておったわ」

そして、左内などいないものとばかりに大工を見る。

「向こう三日、城の追手門前で粥《かゆ》を炊き出す。近くの者に伝えて、共に食いに来るが良い。忝《かたじけな》くも殿からの施しを受けるのじゃ。どこぞの銭侍などから金を借りてはならんぞ」

未だ怒りを湛えたままの哄笑《こうしよう》を上げ、赤坂は去って行った。左内は、そして、しばし蚊帳の外に置かれていた棟梁も、嵐が過ぎ去ったかのように大きく息をついた。

「……と、あの四角い顔は言うておったが。金、借りずに済ますか？」

棟梁は、ぶんぶんと首を横に振った。

「とんでもない、借りるわ。三日くらいの粥で、先の見通しなんぞ立つ訳あらへんし」

左内は「そうか」と苦笑し、求められるまま百匁の銀を用立てると、証文を取った。

その日は、他の町衆には金を貸さなかった。赤坂に言われたからではなく、城に上がったためである。追手門では既に炊き出しが始まっていた。城も相当の害を被っており、ところどころ石垣が崩れ、櫓《やぐら》は傾き、二之郭《くるわ》の館も山ほどの瓦を失っている。

「左内、この阿呆め。金ばかりでなく手も貸さんか」

炊き出しの場には北川の姿があった。朝一番から金貸しに回っていたことは耳にしていたようで、さすがに怒っている。左内はひと言「すまん」と詫《わ》び、大釜《おおがま》運びを手伝った。

昼を少し過ぎた頃には、一日分の炊き出しが全て終わってしまった。すると、手の空く頃合いを待っていたのだろう、すぐに氏郷から召し出された。

「隼人に聞いたぞ。おまえ、何を考えておる」

広間の主座には氏郷、左右の斜め後ろに小姓が二人、あとは自分だけである。こうも苦々しい面持ちで咎められては、さすがに頭を下げざるを得なかった。

「城に上がらなんだは申し訳のうござった。ですが町衆に金を貸したのは、儲けより——」

「それも悪い。だが」

強く遮って、氏郷は眉間に深い皺《しわ》を寄せた。

「何よりいかんのは、左文を悪し様《あざま》に申したことだ。おまえ、そもそも左文に嫌われておるのが分かっておらんのか」

「あ、それは知っています。が、まあ上坂様ですからな。少しばかり良い顔を見せても、見る目を変えてはくれぬと思うのですが」

「たわけ！　それが分かっておるなら、少しはわしの苦労も知ろうとせよ」

ともあれ、と三日の謹慎を言い渡される。左内はひと言も不平を言わず、ただ諸々を詫びて下がり、自らの屋敷に入った。

日が暮れると、左内の屋敷に幾人かの町衆が訪ねて来た。紺屋町の染物職人、桜屋町の桶《おけ》屋、工屋町の船大工など、自身の暮らし以外に下の職人まで面倒を見る立場の面々である。大工町の棟梁から安い利子で貸してくれると聞き付け、借財を頼みに来たのだ。それらの者にも銀や銭を都合すると、自らの手許には屋敷の修繕に使うだけしか残らなかった。

そして翌日。謹慎を申し付けられた身でありながら、左内は町へ出た。屋敷でじっとしている暇があるならと、瓦礫の片付けを手伝うためであった。

「おうい。これは、どこに運べば良いのだ」

「あっちに捨ててえや。山になっとるやろ」

町衆に指図を仰ぎ、せっせと片付ける。昼前になると、皆が「ひと休み」と言って城に向かって行く。今日の炊き出しをもらうためであった。

「岡様は、どうするんやね」

「俺が炊き出しを受ける訳にいくか」

はは、と笑って皆を送り出す。左内はそのまま、ひとり片付けを進めた。

しばらくすると、後ろから足音が近付いた。もう炊き出しから戻った者があるのか、かなり早いなと思って振り向く。

「謹慎だと言うたであろうが」

そこにいたのは氏郷であった。目を吊《つ》り上げて睨んでいる。が、心の底から怒っているのではないらしい。身に纏《まと》う気配と、供すら連れずにいることが、それを知らせていた。

本気で怒っていない人を、本気で怒らせてはならない。礼も作法も知らぬ左内であったが、できる限り言葉を選んで答えた。

「これはですな。一日も早う、町を元どおりにしたいと思いまして」

「なぜ、そう思う」

心から憤慨しているのでなくとも、形ばかりは叱責されるものと思っていたのだが。問いを以て返されたのが意外で、しどろもどろになってしまった。

「え？　ええと、その。町が立ち直るのは、早い方が良いのでは？」

氏郷は呆れたように溜息をついた。

「他にも訳があるだろうと聞いておるのだ。おまえは何かと言えば褒美だ銭だと申しておる奴だが、逆に言えば常に正直至極を通して来た。ならば、此度も同じに致せ」

この片付けに別の思惑があることを、どうやら見通している。氏郷は相当の慧眼《けいがん》か。或いは自分という男が分かりやすいのかも知れない。いずれにせよ観念するしかなさそうだ。

「……町が元に戻らねば、貸した金も返って来ないと思いまして」

「そんなところだと思うた。まあ相当な変わり者だが、正直なのは良い」

苦笑とも失笑とも付かぬ笑みを浮かべ、氏郷は怒りの面持ちを解いた。

「おまえは戦場で敵の気配を能《よ》く察し、戦っても強い。そうかと思えば、ものごとの捉えようは商人そのものだ」

言いつつ、いつ立ち直るのかも分からぬ町を見回した。そして目を合わせぬまま、またひとつを問うてきた。

「商人の目で申せ。商売をして領を富ませるのに、この町に足りぬものは何だ」

何ゆえの諮問かは分からない。しかし左内は思うところを正直に話した。

「松ヶ島の城下は、面倒臭い造りでござる」

町とは、同じ生業《なりわい》の者が集まって形作るものだ。この城下もそこは同じだが、互いに関わり合うはずの町が、それぞれ近くにない。

「たとえば白粉《おしろい》町は大工町の奥にあって、櫛《くし》屋《や》町とずいぶん離れておるでしょう。白粉も櫛も女が使うものですから、近くにあった方が商いは捗《はか》るでしょうに。大工町と工屋町も同じで、どちらも木を使うのに隣にない。桶屋の桜屋町など城下の外れですぞ」

氏郷は「ふふ」と笑った。

「面白い。わしと同じ見立てか。おまえ、若狭の出であったな」

「あ、はい。ですが育ったのは敦賀でして。高嶋屋の久次という者に、世話になりました」

今まで聞かれずにきたこと――何ゆえ蒲生家に仕えたかを、ひととおり話した。そして、高嶋屋が伊勢まで商いの手を伸ばせずにいることも。氏郷は時折、頷きながら聞いていた。

「高嶋屋か。縁があれば、そのうち会《お》うてみたいものだが」

「では俺から文を出しましょうか」

「いずれ、で良い。越前も此度の災難で難儀しておるだろう。それより」

真剣な、一方で困ったような顔が向けられる。左内は「はい」と返し、続きを待った。

「わしも近江の出だ。商いや銭がどれほど大事かは承知しておる。ゆえに此度は……いや、斯様な時だからこそ町衆への金貸しは咎めまい。だが他の者は同じでのうてな。おまえを下から外してくれと、左文が申してきた」

左内はしかめ面になって、額に手を当てながら天を仰いだ。

「あ痛たたた……。赤坂様ですか」

上坂を嫌うからこそ、赤坂は敢えて昨日のやり取りを聞かせ、嘲《あざけ》ったのではあるまいか。その意味のひと言に、氏郷は面倒そうな溜息で応じた。

「だから申したろう。ああいうのが何よりいかん。まあ、おまえは礼を知らぬから、肚の内を正直に話したのだろうが……そういうのを馬鹿正直と申す」

かくなる上は勘当するか、とも思ったそうだ。だが、と氏郷は言う。戦って強く、商人並みの才と逞《たくま》しさを備えた男を、一度の過誤で見限る気にはなれないのだと。

「とは申せ、おまえを下に付けると言うと、嫌な顔をする者ばかりでな」

「兵五もですか。あいつとは馬が合うと思うておったのですが」

「あやつは別だ。が、まだ誰かを従える立場ではない。ゆえに、おまえの居場所は我が馬廻しかなくなった。格好が付くように、少しだが禄も上げてやる」

左内は「おお!」と喜びを弾《はじ》けさせた。が、即座に厳とした声で釘《くぎ》を刺された。

「斯様な情けは此度限りと思うておけ。次に落ち度あらば、きっと厳しき沙汰を申し渡す」

「禄が上がるなら何でも構いません」

冷や水を浴びせられても動じない姿に呆れたか、氏郷は「正直な奴め」と鼻で笑い、悠々と去って行った。

天正大地震が壊したのは、各地の町や城、田畑ばかりではない。秀吉の肚——徳川を戦で潰すという思惑も打ち砕いていた。各国の受けた傷が甚大に過ぎ、戦どころではなくなったためである。以後の秀吉は婚姻や人質など、ありとあらゆる手を使って徳川を抱き込みに掛かった。

そして、それは実を結ぶ。天正十四年(一五八六)十月二十七日、徳川家康は豊臣秀吉に臣礼を取り、軍門に降った。

四　心の代価

「いざ、進め」

氏郷《うじさと》の号令一下、蒲生《がもう》隊が進発した。他の豊臣《とよとみ》諸隊が成す長い列に続き、山陽道を下る。目指すは鎮西——九州の地であった。

薩摩《さつま》・大隅《おおすみ》を本領とする島津義久《しまづよしひさ》は、以前より豊後《ぶんご》の大友《おおとも》に侵攻を繰り返し、前年に惣無事令《そうぶじれい》が発せられても従わずにいた。これを以《もっ》て秀吉《ひでよし》は、島津を天下の敵と看做《みな》す。そしてこの天正十五年（一五八七）元日、九州征伐の戦触れを発した。総勢は実に二十五万。桁外れの大軍は関白の実力ゆえだが、それをまとめて西に向けられるのは、昨年に徳川家康《とくがわいえやす》を従えて東に目処《めど》が付いたためであった。

この戦に際し、蒲生氏郷には三分の一役が課された。軍役は所領一万石当たり概《おおむ》ね兵四百人ほどである。松ヶ島《まつしま》十二万石の蒲生家は本来四千から五千だが、その三分の一、千五百を率いよという下知であった。

三月一日、大坂を発した蒲生隊には、氏郷の馬廻《うままわり》となった左内《さない》の姿もあった。

「それにしても、えらい数だな。島津というのは、これほど兵を向けねば勝てん相手なのか」

主君の馬を前に見て、隣を歩く岡半七《おかはんしち》に問う。が、返答はなかった。

「おい半七。訊《き》いておるのだが」

やはり返答はない。幾らか厳しい顔で、じっと前を見ながら歩を進めている。

「なあ。此度《こたび》も金を都合してやったではないか」

或《ある》いは、そのせいで何も言えないのか。あまりの大軍で戦を仕掛ければ、手柄を上げる機会に恵まれぬ場合もある。そうなったら金を返せないと危ぶんで、気もそぞろになっているのかも知れない。

「さっきから何を黙っておるのだ。俺たちは友ではないか」

「おまえは、さっきから何を喋《しゃべ》っておる」

半七ではなく、前を行く馬上から叱責が飛んで来た。顔を向ければ、氏郷が肩越しに厳めしい面持ちを向けていた。

「無駄口を利くな。それが蒲生の軍紀である。行軍も戦と心得よ」

地震の後に城下で話した時とは、まるで別人であった。馬廻衆とは主君の近習であり、振る舞いに気を使うところも大きい。成り行きの綾《あや》でこの役目に就き、禄《ろく》も他の馬廻に見劣りする身であれ、そこに変わりはないと氏郷の目が語っていた。

大坂を発して一ヵ月ほど、三月二十八日。行軍は海を渡って豊前《ぶぜん》国小倉《こくら》に入った。到着するや、すぐさま蒲生隊に戦が命じられた。攻めるべきは秋月種実《あきづきたねざね》、筑前《ちくぜん》・筑後《ちくご》に三十六万石を領する大名である。秋月は昔から大友と相争った間柄で、同じく大友を圧する島津を盟主と仰いでいた。

暗がりの中、蒲生本陣では四角く張られた陣幕が篝火《かがりび》に照らし出されていた。重臣による軍評定の最中である。左内は他の馬廻と共に、槍《やり》を持って入り口に立ち、警護番の任に付いていた。

「我らが向かうは、この巌石城《がんじやく》だ。敵の本拠・秋月城の出城である」

「なるほど。本拠を攻めるのに、この城があっては横合いから手を出されますな」

氏郷に応じたのは坂源次郎《さかげんじろう》か。蒲生に仕官を求めて伊勢《いせ》に向かった際、おまえなど召し抱えてもらえまいと左内を嘲《あざけ》った男である。どちらの声も常ならぬ気勢に満ちていて、外にいても仔細《しさい》はひととおり聞こえた。

「然《しか》らば、巌石の城を見張れというお下知でしょうや」

今度は坂の話しようではない。この円《まろ》やかな口ぶりは横山喜内《よこやまきない》だ。蒲生に仕えようとした折、左内を縛った男である。

氏郷は、さらに声を引き締めて「いや」と応じた。

「殿下のお下知は、確かに城を睨《にら》めというものであった。されど、共に巌石を任された前田利家《まえだとしいえ》殿と少し話してな。攻め落とすに如《し》かず、となった」

小倉に集結した豊臣軍二十五万は、秀吉の本隊が九州西岸を、秀吉の弟・秀長《ひでなが》の率いる別隊が東岸を、それぞれ南下すると決まった。秋月種実は本隊の行路を塞ぐ秋月城に一万二千、巌石城に三千を入れている。さすがの三十六万石だが、それでも豊臣本隊十五万に抗《あらが》える数ではない。必ず籠城すると、氏郷は言う。

「兵を損なわずに進むなら、殿下が仰せのとおり巌石は睨むのみに留《とど》めるのが良い。だが睨むだけでは、秋月の城が容易《たやす》く屈さぬようになる」

巌石の城方が囲みの兵を蹴散らせば、本城・秋月に詰め寄る豊臣本隊の横腹を抉《えぐ》れる。その逆も然り。斯様《かよう》な望みがある限り、敵は何としても持ち堪《こた》えようとする。その間に島津の援軍を呼び込まんと、懸命に抗うはずだ。

「秋月か巌石を落としてしまえば、島津の兵が来るまで城を保つなど、できぬ相談となろう。籠城しても無駄と思い、早々に降《くだ》る」

そのために崩すなら、兵の少ない巌石城である。氏郷と前田利家の見立てが一致し、秀吉を説き伏せてきたという。

「ただし、我ら寄せ手は一万のみである。加えて殿下のご養子・秀勝《ひでかつ》様は後詰にて、前田勢か蒲生勢が崩れた場合に兵を回してくださるのみ。当面は五千で戦わねばならぬ。陣の布《し》き方は、追手と搦《から》め手で挟み撃ちの形を取る。我ら千五百は追手口だ」

敵城には三千があり、挟み撃ちの形であっても双方に千五百ずつを回せる。それに対して同じ千五百で攻め掛かるなど、戦の常道から外れていた。前田利家の手勢が全て共にあっても、峻険《しゅんけん》な山に築かれた城が相手では互角とも言えない。陣幕の内にざわめきが起こり、ぴりぴりと空気が張り詰めた。共に入り口を固める岡半七や西村左馬允《にしむらさまのすけ》などは、声こそ出さぬが、驚いて評定の場をちらちら窺《うかが》い始めた。

一方、左内は固く口を閉じ、真っすぐ前を見て身動きひとつしないでいた。

「敵は城に拠《よ》って、打って出るを是とはすまい。厳しき戦になるゆえ、如何《いか》なる者も一騎駆けを禁ずる。先手も二番手も左右一隊を置き、ひと組で動くを旨とすべし。下の者にも左様に申し伝えておくように。以上だ」

評定が終わると、重臣たちがぞろぞろ出て行く。左内の姿を目にした者は、それぞれに違う顔を見せた。横山喜内はそこはかとなく笑みを浮かべ、坂源次郎は小馬鹿にしたように鼻を鳴らす。上坂左《こうさかさ》文《もん》は小さく舌打ちをした。

最後に氏郷も陣幕を後にする。ようやく、馬廻衆は口を利けるようになった。

「ああ……息の詰まる話だった」

西村左馬允がぼんやりと発し、背を丸めた。岡半七は「ふう」と長く息をついて左内を向く。

「おまえは肝が据わっておるな。城方の備えと同じ数で攻めるなど、聞いたこともない」

左内は「いいや」と笑った。

「戦は戦、今は今だよ。黙って立っておれば禄がもらえるのだから、そうするに限る」

西村と半七は呆気《あっけ》に取られ、ぽかんと口を開けていた。

＊

巌石城は小倉から五十里ほど南の巌石山を利した山城である。麓から頂までは二町半と、然《さ》して高い山ではない。だが山肌は、特に追手口のある西側は急峻《きゅうしゅん》であり、難攻不落の呼び声も高い城だった。

蒲生本陣は先手や二番手の後ろに続き、後詰の形で山肌を登っている。山中のことゆえ、いつもは馬を使う氏郷も徒歩であった。

「怯《ひる》むな。押せ、押せい！」

氏郷が大声を上げ、先手の坂源次郎、二番手の横山喜内や本多《ほんだ》三弥《みつや》を鼓舞した。

左内も主君に従い、じわじわ前に出ている。いざとなれば戦に加わる格好だが、この日は先手と二番手が矢玉の雨を受けながらも奮戦し、既に追手口の木戸を二つまで破っていた。三の木戸を抜けば門は目の前とあって、今日は出番がないかも知れない。手柄首を狙いに行けないのは、左内にとって無念そのものである。

するると、小さな、しかし確かな高揚が、半町ほど先から伝わってきた。三の木戸を抜いたらしい。思う間もなく、蒲生の幟《のぼり》が高々と掲げられた。

「よし！　先手の左右、対になって攻め上れ」

左内の左後ろで氏郷が声を張り上げる。法螺貝《ほらがい》が短く一度、次いで長く二度。声の通りにくい戦場《いくさば》の喧騒《けんそう》の中、しっかりと指図を伝えた。

だが、一段と気勢を上げたのは、先手の辺りではない。膨れ上がった気配、猛々《たけだけ》しい空気の澱《よど》みは左の二番手、本多三弥ではないのか。左内は肩越しに後ろを向き、主君へと呼ばわった。

「殿！　本多様が一騎駆けしそうですぞ」

「何？」

咎《とが》められないところを見ると、無駄口にあらずと認められたらしい。もっとも、向けられた眼差《まなざ》しには疑いの色が漂っていた。木造《こづくり》合戦、戸木《へき》城攻めの折に気配を読めると示したものの、北川兵五郎《きたがわへいごろう》と違って自らの目で見た訳ではないだけに、十分な信を置けずにいるのだろうか。

しかし左内の予見は正鵠《せいこく》を射《い》ていた。鬨《とき》の声を上げ、木立を縫って門へと突っ掛けたのは、まさしく本多の指物であった。

氏郷が「ぬう」と唸《うな》る間もなく、遅れてはならじと本多に続く者があった。左の一番・上坂左文、右の二番・横山喜内である。上坂は右一番の谷崎忠右衛門《たにざきちゅうえもん》を捨て置いて仕掛け、横山は先んじて門に突っ掛けた本多とは別の土塁に取り付こうとしていた。これも氏郷が禁じた一騎駆けに他ならない。

「源次郎！」

本陣の前衛、百五十を率いる坂源次郎に下知が発せられた。

「左文と喜内、三弥に伝令だ。軍令を破るとは何ごとか、すぐ返して本陣に参れと申し伝えい。然る後、そのまま忠右衛門と組んで攻め上れ」

「承知仕《つかまつ》った」

しばらくして兵を返した本多、上坂、横山の三人を、氏郷は厳しく睨んだ。

「おまえたちは、この戦から外す。本陣の後ろに控えておれ」

どちらに転ぶか未《いま》だ分からぬ戦である。一時の勢いに任せて下知に背くのは、勢いに呑《の》まれたに等しいと言って、容赦なく怒鳴り付ける。馬廻の岡半七が首をすくめ、岡田大介《おかだだいすけ》がぶるりと身を震わせた。

戦場では、上坂に代わって左一番となった坂源次郎が、右の谷崎と共に山肌を登り始めた。追手門の櫓《やぐら》から撃ち下ろされる矢玉は一層激しい。

だが、谷崎が鉄砲を受けて下がれば坂が上がり、坂が矢を射られて下がれば谷崎が上がって敵を振り回すと、次第に弓矢も鉄砲も右に左に半々ずつ引き離されていった。

城方の乱れを察し、ついに左右一番が一斉に門へと詰め寄った。扉を叩《たた》く丸太の音が、がんがん耳にやかましい。その音が幾度も響いた頃、どすん、と地の揺れが伝わった。

門を破ったのかと城を窺《うかが》い続けると、やがて櫓の上に白の吹貫《ふきぬき》が立てられた。山を渡る風に、長短の尾が幾つも翻った。

「よし！　源次郎、良うやった」

一番乗りは坂源次郎であった。続いて谷崎忠右衛門の隊が雪崩《なだ》れ込む。城内に滾《たぎ》っていた城方の熱気が、急激に冷めていった。

「おい左内。これはもう勝ち戦だよな」

右側、並んで山を登っていた西村左馬允が、うずうずした気持ちを堪《こら》えきれぬように問うてくる。左の向こうにいる岡田大介と岡半七も同じ気持ちのようであった。戦がどちらに転ぶか分からぬのに、勢い任せではならぬ。氏郷はそう言って本多たちを叱責したが、あれも既に無用の話となっているのではないか。言外に、そう匂わせている。

左内は同輩たちの思いを汲《く》み、城へと気を張った。そして。

「敵、もう少しで逃げるぞ」

呟《つぶや》いて西村を見る。互いに「やるか」の思いで頷《うなず》き合った。二人が左へ目を流せば、岡田や半七も同じような目で、沸き立つものを溢《あふ》れさせている。

「手柄を取りに行くぞ」

西村が吼《ほ》えた。左内と半七、そして岡田、馬廻衆の四人が「よし」と駆け出した。

「おい！」

背後から、ただ一声のみ。氏郷である。左内は躊躇《ためら》いを覚え、駆け足をわずかに緩めて、すぐ左の岡田に呼ばわった。

「なあ、やはり戻らんか」

「何だ、怖《お》じ気付《け》いたのか。いつも手柄だ褒美だとうるさい奴《やつ》が」

岡田はそう言って笑った。西村も続く。

「左内ほどではないが、俺だって手柄は欲しい」

だが、先の氏郷から感じたのは——。

「何と言うか、殿が怒っておるようなのだが」

自分たちは今、一騎駆けの禁を犯している。ただの行軍でさえ戦だと言った人が、果たして許すだろうか。

「功があれば軽いお叱りで済む。戦とはそういうものだ」

応じた半七には、恐れや懸念など微塵《みじん》もない。左内は「む」と唸った。この三人は自分より長く主君の馬廻に付いてきた。軍紀を犯して平然としているのは、今までも許されてきたから、なのだろうか。敵城目掛けて走っている中、確かめている暇はない。

だが氏郷にとって一番大事なのは、この戦で勝つことだ。そもそも秀吉は「巖石城を睨め」と命じていたのに、わざわざ説き伏せてまで城攻めに踏み切ったのだから——。

「どうした左内、遅れておるぞ」

「手柄もなしで帰ってみろ。それこそ大目玉だ」

岡田と西村にも、いささかの迷いさえない。それを察すると、左内の中にある強い願いが、むくむくと頭をもたげてきた。

「……手柄だ」

ついに、左内は呑まれた。金を貯《た》め、より上の立場を目指し、もっと大きな力を得る。武士として身を立てる。幼い頃、心に刻んだその一念に。

「褒美をもらう！」

行くぞ、と足に力が漲《みなぎ》る。山に分け入って鍛え続けた体には、急な山肌とて何でもなかった。

矢の雨を掻《か》い潜《くぐ》り、木立を利して鉄砲を遣り過《や》ごし、既に破られた城門に至る。一気に駆け込むと、左内は辺りを見回した。

「いたか。それっ」

兜首《かぶとくび》を見付け、手にした槍を投げ付ける。相手が気付いて身をすくめれば、そこへ、えいやと摑《つか》み掛かって組み伏せた。負け戦に慌てふためいた敵は、とにかく逃れたいと心を乱していて、急所もがら空きであった。

「首、もらうぞ」

具足の胴に着けた小柄《こづか》――鎧通《よろいどお》しの小刀を取り、敵の左腋《ひだりわき》に突き込んだ。敵はしばらく手足を引き攣《つ》らせていたが、少しすると眼差しを虚《うつ》ろに澱《よど》ませて息絶えた。

やがて氏郷率いる本隊も城に踏み込み、搦め手から踏み込んだ前田隊と共に風上へ回って火を放った。ほどなく火は二之丸に回り、ここも味方の手に落ちる。こうなると、本丸の門が抜かれるまで長くはかからない。城方は一斉に、土塁を越えて逃げ出して行った。

戦が終わり、城の正面、添田《そえだ》の陣に戻る。谷間《たにあい》の地は夕日が届かなくなるのも早く、空が薄い茜《あかね》色になる頃には篝火が必要になっていた。

「先手の左、本多三弥。馬廻、岡半七。同じく西村左馬允、岡左内、岡田大介。各々前へ」

横一文字に陣幕が張られた前で、床机《しょうぎ》に掛けた氏郷が呼ばわる。本多は一番槍の功があり、馬廻の四人も小物とは言え兜首を挙げていた。

「以上の者は一騎駆けで手柄を上げた。敵の只中《ただなか》へ、深く飛び込んだがゆえであろう」

皆が、手柄を賞されると思って得意満面であった。しかし左内は、むしろ慄《おのの》いていた。主君の優しげな笑み――その奥に、冷えびえとしたものが宿っていると思えてならない。

氏郷は笑みを深くし、うん、うん、と幾度か頷いた。そして。

「つまり、他の者と足並みを合わせなかった。これは軍紀に反する。戦とは兵の動きで勝敗が変わるものぞ。将たる者の下知を違《たが》えるは、自ら負けようとする行ないである。よって罪は甚だ重い。其方《そのほう》らには勘当を申し渡す」

驚愕《きょうがく》、悲嘆、狼狽《ろうばい》。そうした声が皆から漏れる。左内は「やってしまった」と心中に悔いた。やはり、あの時の勘が正しかったのだ。氏郷を知る皆がこう言うのだからと、なぜ頭で考えてしまったのだろう。

「今すぐ松ヶ島に帰り、城下の屋敷を引き払うべし。そして早々に蒲生家を去れ」

最前からの静かな笑みをいささかも崩さず、氏郷は言う。その眼差しが皆を見回し、やがて左内に止まった。篝火に照らされた笑みが、すっと消えた。

＊

「引き払うと言っても」

松ヶ島城下の屋敷で、左内は独りごちた。そもそも荷物が少ない。銭壺《ぜにつぼ》に具足と刀、こちらに来て誂《あつら》えた槍、持って行くものはそれだけで、片付けも丸一日で全て終わってしまった。

「左内、いるか」

玄関から声が渡る。共に勘当された岡半七であった。よっこらしょ、と腰を上げる。玄関まで板間ひとつと土間ひとつ、それだけを歩く足が重たかった。

引き戸を開ければ、西村の姿もある。二人はそれぞれ布の包みを手にしていた。

「どうした、二人揃《そろ》って」

「借りた金、返しておこうと思ってな。確かめてくれ」

半七が包みを差し出す。西村も「うん」と力なく笑い、同じように差し出してきた。言われるがまま、左内は中を検《あらた》めた。

二人には、それぞれ二百匁《もんめ》の銀を貸していた。双方とも四十三匁の灰吹銀五枚に二十匁の粒銀が三つ添えられている。元金と利子の全てに加え、銀五十五匁も余計に包まれていた。

「おい。多すぎるぞ」

少し心配になって問うと、西村が「なあに」と寂しげに笑った。

「勘当となっては、銭を持っておってもな」

「だけどなあ。次にどこかへ仕えるのに、先立つものが足りんようでは困るぞ」

すると、今度は半七が「いいや」と溜息《ためいき》をついた。

「あの時『やはり戻らんか』と言ってくれたろう。俺たちが聞かなかったせいで、おまえまで巻き込んだからな。それに俺は、武士をやめようと思う」

半七の顔は実にすっきりとしていた。生まれ故郷の近江《おうみ》に帰り、百姓をして生きて行くつもりだと。西村も武士の立場を捨て、半七と共に近江へ行って商人になると言う。

「そうか。俺が口を出せる話ではないな」

西村は「さて」と、こちらを向いた。

「左内はどうするんだ。俺と共に、商人にならんか」

おまえなら、すぐに一端《いっぱし》の金貸しになれそうだと言って誘う。しかし左内は「いや」と首を横に振った。

「訳あって、武士をやめる訳にはいかんのだよ。まずは蒲生の殿に挨拶して、どこか別の殿様に仕えようと思う。兵五にも色々と礼を言っておきたいしな。発《た》つ鳥後を濁さずだ」

すると二人は、何とも言えず穏やかな顔になった。半七が「やれやれ」と嬉《うれ》しそうに微笑《ほほえ》む。

「律儀な奴め。金の貸し借りと同じで、きっちりしておる。そのくせ阿呆《あほう》で、しかし日頃は気のいい奴で……。だから、心の底から嫌いになれん」

「律儀か。そう言うところを見ると、おまえらは殿に挨拶せんのか」

二人は軽く頷いた。武士を捨てる以上、もう氏郷の味方になることもなければ、敵になる日もやって来ないのだから、と。

「これからはただの民となる身だ。挨拶せずとも不義理にはなるまい」

西村はそう言い、半七と共に「ではな」と残して去って行った。その背を見送って、左内はしばし玄関に立ち尽くしていた。

「行ってしまったか」

寂しいものだ。この先、氏郷が戻るまでの無聊《ぶりょう》をどう紛らわせよう。思いつつ奥の部屋に戻ると、戸棚の中から銭壺を出し、二人からの返済を放り込んだ。

くさくさした気持ちに溜息ばかり出る。銭を敷き詰めた上に寝転がる「銭布団《ぜにぶとん》」で気晴らしでもしようか。思って、壺の中から銀や銭を取り出し、床板に敷き詰めていった。

が、そこで「おや」と違和を覚える。金が幾らか少ないのだ。島津攻めに当たって自分が使った分を差し引いても、銀七百匁ほど足りない。無駄に使った覚えもないのだが。

「あ！」

左内は大きく目を見開き、既に片付けた荷物の中、背負子《しょいこ》にまとめた荷の中から紙の束を取り出した。大地震の折、町衆に貸した金の証文である。

「これを忘れておったとは。さすがに、俺も気が滅入《めい》っていたのだな」

今は六月の初めである。そして数日前、松ヶ島にひとつの報《しら》せが届けられていた。去る五月八日、島津義久が豊臣に降《くだ》って九州征伐が終わったという。氏郷が戻るまでの間、町衆に返済を求めて回らねば。この町を去ってからでは取り立てようもない。

早い方が良い。左内は床に敷いた金を壺に戻し、すぐに町へ出て行くと、氏郷が戻るまでに返してくれと頼んで回った。

そして七月二十八日。氏郷の帰国まで、あと二日となったのだが――。

「ほんま、すんません。どないしても足りへんねやよ」

紺屋町、染物職人の親方が申し訳なさそうに頭を下げた。地震が起きて以来、商売が芳しくない。誰もが暮らしの立て直しで一杯になり、着物を誂える客が減ってしまったのだという。

「しかし、殿は明後日《あさって》には帰って来るからなあ」

それを口に出すと、親方は思い出したように「あ」と口を開けた。

「そやった。岡様は」

「いやその、まあ、勘当された身だからな。殿に挨拶したら、ここを出ねばならんし」

親方は、何とも心苦しい顔になった。

「困ったな。そうは言うても、金を作る手立てがあらへん」

本当を言えば、手立てはあった。地震から時が過ぎ、往時は身動きが取れずにいた商人も立ち直りつつある。それらから借りて返せば良い。が、そう求めようかと思うと、左内の心に嫌なものが湧き上がった。なぜだろう。金が返って来なければ、自分の力が削られるに等しいのに。

「力、か」

独り言を漏らすと、どこか身構えた顔が向けられる。その顔を見て、左内は自分の中にある嫌気、もやもやしたものの正体を悟った。

この男は、昔の自分と同じなのだ。幼かった我が身とは歳《とし》こそ違えど、他は何も変わらない。自分が太良荘《たらのしょう》の城から逃げたのは、力を持たなかったからだ。そして、力のある者に襲われそうになったからである。

手許《てもと》の証文は貸し借りと利子の取り決めのみで、いつまでに返すとは書かれていない。いざ松ヶ島を去らねばならぬからと言って、何が何でも全てを返せ、などと言えようものか。金の力を以て金のない者を押し潰しては、自分から城と藤右衛門《とうえもん》を奪った男と同じになってしまう。

左内は小さく笑った。そして大きく息をつき、両の掌《てのひら》で「えい」と自らの膝を叩く。

「分かった。七分目まで返してくれればいい」

「えええ？　岡様、丸損やあらへんか」

さすがにそれは、と言う。だが、そういう気持ちのある相手だからこそだ。

目の前の男、紺屋の親方は借りた金の八分目、銀八十匁しか返せないと言う。桶《おけ》屋と船大工は利子の分が作れず、全てを返せそうなのは大工の棟梁《とうりょう》くらいであった。

「櫛《くし》屋の旦那がな、七分目までしか返せんと言うのだよ。どれだけ返せばいいか、相手によって変えるのはちと酷《ひど》い気がするのでな。だから皆が七分目で構わん」

左内は「明日中に持って来てくれ」と言って紺屋町を後にすると、その日のうちに貸した相手を全て訪ね、同じように言って回った。

町衆は、翌日までに金を届けに来た。それを以て左内は各々の証文を破り捨てた。

そして七月晦日《みそか》、氏郷が戻って来た。左内は城の追手門前に座って行軍を迎えた。

「やあやあ、あれは誰だ。浅ましい面をした牢人《ろうにん》が城の門を塞ぐとは、何と無礼な奴輩《やつばら》か」

十間も向こうから、聞こえよがしに、わざとらしい大声が飛んで来た。先頭を進む氏郷の馬、その後ろに続く赤坂隼人《あかさかはやと》であった。

「失《う》せよ下郎め。道が汚れるわ」

赤坂がなお罵声を浴びせてきたが、左内は相手にしなかった。代わりに真っすぐ前を見て、こちらを一瞥《いちべつ》もせぬ氏郷へと呼ばわった。

「蒲生氏郷様。岡左内、先だってお暇を頂戴致しましたが、お傍《そば》を離れる前にせめてひと言ご挨拶をとお待ちしておりました」

そして今までの恩に礼を述べ、これを以て家中から去ると続ける。

「俺は武士であり続けるものなれば、どこかの殿様に仕え直すつもりです。いつか氏郷様のお味方となる時もありましょう。その日が来るのを楽しみに、これにてお別れ致します」

氏郷は未だ目もくれない。しかし左内は、深々と一礼した。

さて立ち去ろう。いつまでも門の前にあっては、何の咎を受けるやも知れぬ。思って腰を上げた時、左内の前にばらばらと駆け出して来る者があった。

「お待ちを、殿様」

「殿様あ！」

次々と土下座したのは、左内が金を貸した町衆であった。皆は口々に、岡左内の勘当を解いてくれと直訴している。

「地震の時、岡様が金貸してくれなんだら、わしら揃って首括《くく》っとったはずや」

「わしら岡様に恩があるんですわ」

そして二日前のことを語る。金を借りた者の全てが七分目まで返せば良いと言ってくれた。足りない分は町の商人から借りて返せと言っても良かったろうに、決してそう言わなかった。涙ながらに語る町衆を見ていると、左内の胸にじわりと沁《し》みるものがあった。得体の知れぬ気持ちだが、何とも心地好《よ》い。

「せやから、どうか！」

「勘当、解いたってくださいな」

氏郷の馬は、もう町人の目の前まで来ていた。すると先の赤坂と同じように、わざとらしい大声が響いた。

「これは、これは。岡左内が意地汚く金を貯めていたのは、こういう訳か！　いざ町衆が苦しめば、見過ごさず助ける。ひいては主家の恩に応えるためだったとは」

蒲生家中に加わって以来の友、北川兵五郎であった。

「いや大いに見直した！　そうではござりませぬか、横山様」

北川は、さらに声を張り上げながら歩を進めて来た。

「蒲生に仕えんとした折の左内を、横山様は縛り上げてしまわれた。その左内が陰ながら主家のために働き、町衆に慕われておる姿をご覧《ろう》じて如何《いかが》思われます」

とは言え、そもそも縛らせたのは氏郷である。横山は下知に従ったに過ぎないのだから、これは横山ではなく氏郷に向けられた言葉に他ならない。しかも、縛られたのは用心のためだと、他ならぬ北川が言っていた。にも拘《かかわ》らず過ちの如《ごと》く云々《うんぬん》するとは、多分に無礼であった。

氏郷は北川の大声を聞き流し、町衆のすぐ手前で手綱を引く。そして、帰国してから初めて左内を見た。

「そこな者よ。我が家中にあらぬ身が、我が民のために手を尽くしておったとは驚いた。実に感心である。この働きに免じ、蒲生に仕えるを許してやろう。禄は銭二十五貫文だ。おまえが望むなら、明日より出仕せい」

それだけ言うと、わずかに苦笑を浮かべて門をくぐって行った。慈しむような、何かを喜ぶような、眼差しだけの笑みであった。

氏郷に続き、赤坂が忌々しげな目を向けて城に入る。上坂は苛々《いらいら》していて、横山はいつも以上に穏やかであった。

ひととおりが城に入ると、町人が寄って来て、泣きながら笑って喜びを弾《はじ》けさせた。その輪の外で、北川が安堵《あんど》の顔を見せる。

「良かったな。勘当が解かれて」

「ああ兵五。助け船、ありがとうな。しかしまあ、大それた物言いをしおって。お叱りを頂戴しても仕方ないところだったぞ、あれは」

北川は「ふふ」と笑った。

「一度、戦場で命を助けられておるからな。これで貸し借りなしだ。しかしまあ、おまえほどの欲張りが、貸した金を帳消しにするとは思わなんだ。損をするのは嫌だろうに」

損と聞いて、先から胸に沁みていたものが何なのか、ようやく分かった。内側から、ひとりでに和やかな笑みが浮かぶ。

「いや。違うな」

敦賀《つるが》の久次《きゆうじ》が言っていた。幸せは金で買える――そのとおりだ。

何を以て幸せとするかは人それぞれだろう。だが食うや食わずで命を繋《つな》いだ身からすれば、金で苦労する暮らしに幸せはないと言いきれる。地震に打ちのめされてから、松ヶ島の町衆はまさにそういう身の上だった。

力のない者に無体なことをしたくない。その思いで取り立てを諦めた。それで助かった皆が喜び、報いようとしてくれた。この胸の内、満ち足りた思いは、手放した金が生んだものだ。

「俺は損などしておらんよ」

心の底からそう言える。幼い日に鯖《さば》を食わせてくれた久次の気持ちが、今こそ分かった。左内の中で、金の力は新たな意味を持ち始めていた。

＊

九州征伐が終わると、蒲生家中では奮戦した諸将の功を論じ、恩賞が発せられた。

氏郷が与えたのは、蒲生の苗字《みょうじ》と片諱《かたいみな》の「郷」一文字であった。これを以て赤坂隼人は蒲生郷安《さとやす》を、上坂左文が蒲生郷可《さとよし》、横山喜内が蒲生頼郷《よりさと》、坂源次郎が蒲生郷成《さとなり》を名乗ることとなる。主君の苗字を与えられ、偏諱を受けるのは、家臣にとって誉れであった。

もっとも家中の面々としては少々ややこしい。ゆえに他家とのやり取りを除けば、誰もが今までどおりに「赤坂」「上坂」で通していた。

氏郷がこうした恩賞を発したのは、家臣の序列を改めて明らかにし、領国差配の形を改めるためである。そして、それは武士に留まる話ではなかった。

恩賞の沙汰から四ヵ月、年が明けて天正十六年（一五八八）を迎える。正月一日、左内は新年参賀の挨拶を済ませ、北川と共に城を辞した。すると。

「北川様に岡様！　ええとこ来てくれたわ」

二人を見付けた町衆が声を上げ、ちょっと来てくれと手招きをした。

「あれかな」

「だろうな」

左内は北川と頷き合い、十幾人の町衆が待つ辺りへ歩みを進めた。初詣に出た帰りか、いつもより小綺麗《こぎれい》な着物に身を包んだ面々は、少しばかり不安そうな顔をしていた。

「これ、何ですの」

指差されたのは高札であった。それなりの商人や、人を使う立場の者を除けば、町衆は概ね字を知らない。正月早々の布告にうろたえるのも致し方なかった。

「城普請の触れだ。もう少し山に近いところに城を造って、殿がそっちに移る」

左内が説いて聞かせると、集まっていた皆は拍子抜けしたようであった。蒲生家の御用商人を除けば町衆には関わりがないと、安堵のざわめきが起きる。

そこに、北川が「待て待て」と割り込んだ。

「話は終《しま》いまで聞け。百姓衆と漁師の村はそのままだが、町衆は殿に従って新しい城下に移らねばならんのだぞ」

すると皆が「は？」と口を開けた。鳩が豆鉄砲でも食らったような顔とは、このことか。

「何で？　嘘《うそ》ですやろ、北川様」

「嘘なものか。城を造るなら、当然、城下の町割りもする。そこに町衆がおらぬでは話になるまい」

安堵のざわめきが、不安のどよめきに変わる。皆の戸惑いは話の前よりも大きかった。

天正大地震で城の石垣や櫓が壊れたことから、氏郷は、もう少し大きく堅牢《けんろう》な城が要ると判じた。松ヶ島城下が狭かったのも理由のひとつである。武士の実入りは年貢に加え、商いに課す地子から成る。石高以上に国を潤わせ、蒲生家が財貨の力を蓄えるには、今までの城下では頭打ちと見たのだ。

そして普請の地は四五百森《よいほのもり》——松ヶ島からやや南西、二つの川の流れる低地の中に、ぽっこりと突き出た高台と決まった。ここには、かつて国衆・潮田《うしおだ》氏が使っていた城があり、それを土台に縄張りを広げる。普請に使う材木や石垣の大半は、松ヶ島城を壊して運び、組み立て直す形を取ると決まった。

「この町も、あの地震で酷く壊れたろう。そのままになっているところが多いくらいだし、ならば新しい城下に建て直す方が楽なはずだ……というのが殿のお考えである」

北川の話を聞くと、町衆は途端に色めき立った。

「建て直す方が楽やなんて、何言うんや！」

「そや。壊れたまんまにしとるん、直す金がないからやないか」

「新しい町ができる前に、わしら食えんで死んでまうわ」

異口同音になじり、攻め立ててくる。たじろぐ北川の肩に、左内はぽんと手を置いた。

「ほら、俺の言ったとおりだろう」

北川は「む」と唸って、助けを求める眼差しになった。

「おまえ、これほどとは申さなかったぞ」

「聞かせ方が悪いんだ。まあ任せておけ」

肩に置いた右手を引き、北川を少し下がらせて自分が前に出ると、未だ騒いでいる町衆に向けて胸を張った。

「何を言うのだね。金のかからんやり方なら、殿が示してくれたろうに」

氏郷は松ヶ島城を壊して運び、組み立て直すのだ。そうすれば、材木や石垣を運ぶ以外の金はかからない。

「おまえらも同じにすればいい。壊れかけの家を材木に戻すのは、城を材木に戻すより楽ではないか。地震で壊れて、使いものにならん材木はあろうがな。そこだけ新しく買えば済む」

だが町の皆は黙らなかった。それでも金はかかるし、建て直す間は商売にもならない、と。左内は大きく首を横に振った。

「待て待て。城を移すのに、まず壊すと言ったろう。誰がやるんだ。石やら材木やらは誰が運ぶのだね。そう、おまえたちだよ。此度の賦役《ぶやく》には飯と給金が出るのだぞ」

その糧食があれば食い繋げる。給金を使えば新しい城下に家を移せる。そう言ってやると、皆の不平はぴたりと止《や》んだ。

もっとも、心中に燻《くすぶ》るものは少しばかり残っているようだ。察して、左内はなお続けた。

「まあ、足りなければ俺が貸してやるさ」

これを以て、皆の気持ちはすっかり落ち着いたようであった。とは言え、あまりにも穏やかになりすぎではないか。そこが幾らか訝《いぶか》しく、思わず眉をひそめる。次いで、大きく「あ！」と声を上げた。

「おまえら早合点するな！　今度はきちんと利子まで返してもらうぞ。何しろ新しい町は、今よりも稼げるんだ。稼いだら、借りたものは返す。それが道理だろう。なあ？」

町衆はおろか、北川まで腹を抱えて笑った。左内は「笑いごとではない」と苦言を呈しつつ、誰も踏み倒す気はないと知って安堵した。

「やけど岡様。稼げるて、どういうこと？」

「町が新しゅうなるだけで、なあ」

左内は皆に「まあ見ておれ」とだけ返し、にんまり、北川と笑みを交わした。

四五百森に造られる城——松坂《まつさか》城の普請はすぐに始まった。町衆や百姓衆、果ては漁師までが賦役に名乗りを上げ、石や材木、瓦などを運んでいる。

そうした人の列を遠くに眺めながら、左内は城下に縄を張って歩いた。北川が町割り奉行のひとりとなっており、それを助けよと氏郷から命ぜられたためである。地震のすぐ後に「この町をどう思う」と聞かれた日があった。あの時にはもう、氏郷は今日のあることを見定めていたのだと知った。

「ここまで大工町、と。この先は工屋町だな」

ひと息ついて辺りを見回す。縄を引いて来た道を、北川が遠く振り返った。

「向こう側は桶屋だな。その先はどうする」

「樽《たる》ものでどうだ。味噌《みそ》やら酒やら」

松坂城は南西を背にし、北東に大手門を備える。城下は大手門から南へ、弦月の如く広がるように縄張りされた。城のすぐ近くは武家屋敷の並ぶ侍町、その外側に町家であった。どの町をどこに割り付けるか。北川は町の形をより良く整えるよう思案し、左内は町衆の便を良くする形を考えて、これを助けた。

普請が始まって七ヵ月、松坂城は秋八月に落成した。松ヶ島城を壊して移すのみ、少しだけ足りないところを補えば良いとあって、一から作る時ほど長くかからない。

それは城下も同じであった。

「あ、岡様あ」

北川と共に町を見回っていると、店先に出ていた酒蔵の主人に声をかけられた。ひょいと手を上げて「よう」と応じる。

「どうだ。儲《もう》かっておるかね」

「お陰さんで。お二人の町割り、すごいわ。樽屋やら人足やらが近うにおるだけで、ひとつか二つ儲けが違うんやから」

　この蔵の商いは二割増しになったようだ。うん、うん、と頷いて返す。

「ちゅう訳で、ちょっと待っとってくださいな。借りた銭、半分くらい返せそうやよ」

　主人はそう言って店の中に消え、少しして小ぶりな粒銀を三つ持って来た。

「銀、六匁や。ええと、わしが借りたんは銭九百文やったから……」

　左内は懐から紙の束を取り出し、ぺらぺらと捲《めく》って一枚を取った。

「おまえの証文だ。銭九百文を借りて、利子は半年ひとつで九十文。銀一匁は銭八十文だから、六匁なら四百八十文を返すのと同じだ。これを差し引いて、五百と十文残る。年明けには五十一文の利子が乗るから気を付けろよ」

　言いつつ、腰に着けた矢立の筆を抜き、証文の額を書き直す。それを見せると、蔵の主人はにこりと笑った。

「これから新酒の仕込みやから、また儲かりますわ。早めに返しします」

　会釈して下がる主人を見送って、北川が感じ入ったように口を開いた。

「勘当が解けた時にも思うたが、おまえはやはり、銭の亡者という訳ではないな」

　その証《あかし》に、これほど慕われている。町衆の信を得たのに他ならないと、北川は言う。

「所領を治めるのに、民の信は何より大事だ。俺も見習わねばならん」

「お！　おまえも金を貯める気になったか」

「そこだけは真似《まね》とうないわ」

　北川は眉をひそめ、しかし、すぐに大声で笑った。

五　会津の知行

九州征伐から概《おおむ》ね三年、目立った戦はなかった。天下人・秀吉《ひでよし》に刃向かう愚は自明であり、ゆえに豊臣《とよとみ》の側も、残る東国と奥羽は戦わずに取り込みたいところだった。

しかし、東国の雄・北条《ほうじょう》は容易に従わない。北条氏政《うじまさ》・氏直《うじなお》父子は、氏政が上洛《じょうらく》して臣礼を取ると言いながら、あれこれ理由を付けてこれを取り止《や》め、以後ものらりくらりと逃げ回った。そこで秀吉は、氏直の舅《しゅうと》に当たる徳川家康《とくがわいえやす》に恭順を説かせたものの、北条はなお拒み続けた。

そして――。

「掛かれ！」

天正十八年（一五九〇）三月二十九日、豊臣勢二十万による北条征伐は、伊豆《いず》韮山《にらやま》城で始まった。北条領の西の入り口である。

「伏せ勢はないぞ。進めい」

左内《さない》の後ろで、馬に跨《またが》った氏郷《うじさと》が声を張り上げる。その言葉どおり、城の一帯には敵が伏兵を置けそうな場所は見当たらなかった。

ここは谷間《たにあい》の地だが、駿河《するが》から続く平野の東端でもある。右手近くを流れる狩野《かの》川の河原も、常なる谷と違って広く、対岸の向こうまで田畑が続いていた。田植えも間近の頃とあって、水が引き入れられた泥濘《ぬかるみ》があり、畑には菜の花の青と黄色が目に眩《まぶ》しい。小さな城下の町並みは既に焼き払われていて、黒焦げになった家々の柱がちらほらと天に突き出すばかりである。寄せ手を阻むものは何もない。

もっとも、それだけに厄介でもあった。城下を残して伏せ勢に阻まれるよりは良いが、遮るもののない中で高所の城を叩《たた》かねばならないのだ。当然ながら豊臣勢の動きは敵に丸見えである。夥《おびただ》しい数の矢を射掛《いか》けられ、鉄砲を浴びせられて、寄せ手はなかなか城に近付けない。ろくに進めず、城のある丘に踏み込んでは退きを繰り返している。

苦戦して数を殺《そ》がれるばかりの先手衆を遠目に、左内は「む」と唸《うな》った。これを聞き付けた氏郷が、すぐ後ろの馬上から問う。

「何か良い手がありそうか」

苦境を打ち破る綻びを見付けたのかと――左内の場合は「勘付いたか」という意味だが――問われ、大きな溜息《ためいき》で「いいえ」と応じた。

「どうにもならんでしょう、これは。手負いの猪《いのしし》の群れでござる」

獣は手負いとなった時が最も恐ろしい。自らの命を守らん、或《ある》いは狩る者を道連れにせんと、逞《たくま》しい膂力《りょりょく》に歯止めを利かせず逆襲してくる。今の城方も同じだ。豊臣勢は先手の四万五千、対して韮山城は四千足らず。戦わねば負ける、このままでは殺されると思う心は、まさに手負いの獣である。

氏郷は「ふむ」と思案し、少ししてまた問うた。

「手負いが向かって参った時、おまえはどうやって仕留めていた」

「さあ?　猪は弓矢も鉄砲も使いませんので」

腕組みをして首を捻《ひね》り、真剣に答えた。ひと際大きな声で「阿呆《あほう》」と怒鳴られた。

「そうではない。どうやったら暴れる獣が観念するかと訊《き》いておるのだ」

「あ、それなら。付かず離れずで暴れさせて、疲れるのを待つに限ります」

すると氏郷は面持ちを曇らせ、首の力を抜くように頷《うなず》いた。

「やはり、それしかないか」

そのまま少し思案して、再び顔を上げる。氏郷はしばし先手の戦いを眺めていたが、やがて肚《はら》を括《くく》ったように「よし」と眉を引き締めた。

「二番手、三番手、進め！　我らも前に出るぞ」

下知に応じて法螺貝《ほらがい》が吹き鳴らされ、二番手の蒲生郷安《がもうさとやす》――赤坂隼人《あかさかはやと》が駆け出した。少し間を置いて蒲生郷可《さとよし》と蒲生郷成《さとなり》、つまり上坂左《こうさかさ》文《もん》と坂源次《さかげんじ》郎《ろう》の三番手が続く。氏郷の本隊もじわりと前に進み、城との間合いを詰めた。

絶え間なく攻め立て、敵を疲れさせるべし。氏郷がそう判じたのと同じく、共に右翼にあった稲葉《いなば》貞通《さだみち》隊も少しずつ兵を前に出している。左翼の細川忠興《ほそかわただおき》、中央の筒井《つつい》定次《さだつぐ》や蜂須賀《はちすか》家政《いえまさ》などの各隊も、先手が疲れたら二番手、二番手が苦戦すれば三番手と、兵を入れ替えて戦った。

そうこうするうちに、蒲生本隊もずいぶん前に出た。彼方《かなた》に見えていた韮山城の丘が、軽く見上げるほどに近い。晩春の陽光はようやく傾き、田畑を橙《だいだい》色に染め始めている。

「放て！」

城から、天地を割らんばかりの声が飛ぶ。もう数えきれぬほど放たれた鉄砲が、またも轟音《ごうおん》を響かせた。

冷やりとするものを覚えて、左内は思わず「あっ」と声を上げた。刹那の後、二町も向こうで馬から転げ落ちた者がある。三番手を率いる上坂の指物であった。

「左文！」

背後、氏郷の叫びには焦燥の色が濃い。上坂は常に不平を漏らしているような男だが、兵の指揮に於《お》いてはやはり腕利き、失うべからざる将であった。

固唾《かたず》を吞《の》んで目を凝らす。少しすると、落馬した上坂は身を起こし、足を引き摺《ず》るようにして脇に退いた。未《いま》だ槍《やり》を握っていて、それを振るって兵を動かしているらしい。

氏郷から安堵《あんど》の息が聞こえた。

「おい左内。左文の奴《やつ》、脚を撃たれたようだ。行って助けて来い」

意外な下知を受け、左内は思案顔で振り向いた。

「俺は上坂様に嫌われておりますが」

「だから行けと言っておるのだ。苦しい時に助けられたら、少しは見る目も変わるものだろう」

「あの上坂様が、そんな人並みの心を持つとは」

まさか、と笑う。ごつ、と槍の柄で頭を叩かれた。

「どこまでも人並みでない奴が何を申しておる。行けと言ったら行け」

軍令に背く気かと目が語っている。九州攻めの折に勘当された日が思い出された。左内は身震いして一礼すると、自らの雇った足軽三人に手招きした。

「まあ、致し方ない」

上坂がどう思おうが知ったことではないが、前に出れば手柄を挙げられる目もある。褒美をもらえるかも知れないと、兵を搔《か》き分けて前に出た。本隊の先頭から上坂までは概ね一町半。重い具足を身に着けていても、三十か四十を数えるくらいで走り果《おお》せる間合いであった。

「そろそろ次の鉄砲だ」

敵が撃ったら向かうぞと、足軽たちに目を流す。待つこと少し、ダダダン、と音の束がこだました。聞き終えるや、左内は「行くぞ」と駆け出した。鉄砲は続かない。矢の雨も丘を登ろうとする三番手の兵に集まっていて、たった四人で馳《は》せ付ける人影には向けられなかった。

「上坂様あ」

呼ばわりながら駆け寄る。上坂は苦悶《くもん》の面持ちで右の太腿《ふともも》に指を突き込んでいた。撃ち込まれた弾を抜き取ろうとしているらしい。

「助けに参りましたぞ」

こちらに向けられた顔には、苦しげなものに嫌そうなものが重なっていた。

「助けんでいい。戻れ。おまえに助けられたら、後で助け賃をせびられそうだ」

左内は「はは」と笑い、左手――城の方を向いて横薙《よこな》ぎに槍を払った。兵の殺気を乗せて迫る矢が、四、五本まとめて叩き落とされた。

「助け賃とは良いことを聞きました。殿のお下知で参ったものゆえ、それは殿からもらいます」

「阿呆め。助ける気があるなら、無駄口を利かずに戦え」

しばらくの間、上坂は苦しそうに呻《うめ》き声を漏らしていた。左内は足軽三人と共にこれを守り、矢を払い退《の》け続けた。

やがて上坂は脚から弾を抜き取り、傷口を固く縛って歩いて来た。

「もう大丈夫だ」

そう言って、ひょこひょこ前に出る。乗っていた馬はどこかに行ってしまっており、この先は徒歩《かち》で戦おうという姿である。いささか驚いて「お待ちを」と声をかけた。

「それほどの傷ですぞ。兵は坂様に任せて退くが良うござる」

「たわけ。まだ今日の戦は終わっておらぬわ」

「ふむ。上坂様も手柄と褒美が欲しいのですな」

二歩前で、この上なく嫌そうな顔が肩越しに向く。

「おまえと一緒にするな」

少し怒った声で返すも、傷に響いたのか、がくりと膝が折れた。

「やはり無理でしょうに。足軽に肩を借りてお戻りなされ」

左内は足軽のひとりに上坂の身を預け、残る二人と共にこれを守りながら陣へと返した。

道中、上坂は「助け賃代わりだ」と自らの胸中を語った。

上坂は元々、秀吉に敵対した柴田勝家《しばたかついえ》の家臣だった。しかし七年前、賤ヶ岳《しずたけ》の戦いで柴田は滅び、ならばと秀吉に仕える道を探った。敵方からの鞍替《くらが》えとなれば、誰かに口を利いてもらうに越したことはない。そこで蒲生賦秀《やすひで》――氏郷を頼んだ。

「されど秀吉様の家来にはなれなかった。仕方なく蒲生に仕えたのだ」

上坂にとって戦場とは、名を売って豊臣の直臣になる足掛かりなのだという。しかし。

「どうでしょうなあ、それは。叶《かな》う話と叶わぬ話がありましょう」

左内はこともなげに答えた。秀吉は今や国中の大名を従える関白である。よほどの大物でない限り、陪臣《またもの》になど目を止めそうにない。それは上坂にも分かっているのだろう。忌々しそうに「ふん」と鼻を鳴らしただけで、珍しく不平を口にしなかった。

韮山城はなかなか落ちなかった。丘の裾から中腹くらいまでは攻め上るものの、どうしてもその先まで兵を進められない。明くる日、その次、豊臣勢はなお城を攻め立てたが、やはり退けられて夕刻を迎え、日々の戦を虚《むな》しく終えるのみであった。

韮山の城将は北条当主・氏直の叔父、北条氏規《うじのり》である。歴戦の雄はさすがに手強《てごわ》いと見るや、秀吉は方針を転じた。いつまでも韮山に拘《こだわ》ってはならじと押さえの兵だけ残し、大軍のほとんどを率いて北条の本拠・小田原《おだわら》へと向かった。

天正十八年、四月五日。蒲生氏郷率いる四千も、この行軍の中にあった。

*

小田原に到着すると、豊臣各隊は城を囲む格好で陣張りし、各々が土塁や柵を立てて砦《とりで》を築いた。蒲生の陣は足柄道《あしがらどう》の久野口《くのぐち》である。戦場でこしらえた砦の常で、主将以外に陣屋など宛《あて》がわれない。左内は今日も地べたに腰を下ろし、北川兵五郎《きたがわへいごろう》と共に夕餉《ゆうげ》の粥《かゆ》を啜《すす》っていた。

「退屈だな」

呟《つぶや》いて、ぼんやりと敵城を眺めた。小田原は総構え十三里、ぐるりと周囲を巡るだけで一時も要する壮大な城である。空堀の向こうには松坂《まつさか》に数倍する城下があり、日暮れを迎えた今時分にはあちこちに町の灯が見て取れた。

「見てみろ。いつもどおり、のんびりと暮らしておる」

「町衆の気も萎えておらんか。気配を読めるおまえが言うなら、正しいのだろうな」

北川はそう言って粥を食い終える。左内は少し不満を湛《たた》え、椀《わん》から持ち上げた箸の先を友へと向けた。

「おまえは、この間のあれで手柄を挙げたから、暢気《のんき》に構えておられるのだ」

この間のあれ――小田原に布陣して概ね一ヵ月、五月三日の晩の一戦である。将兵が寝静まった子《ね》の刻（零時）頃、敵方の広沢重信《ひろさわしげのぶ》なる者が蒲生の砦に夜討ちを仕掛けてきた。見張りが敵襲を摑《つか》んでいたものの、一報が間に合わず、蒲生の陣は不意討ちを食らう形になった。氏郷本陣には四人の将があるのみ、主従五人で敵に突撃して大立ち回りを演じたのだが、その五人に北川が含まれていた。

「左内こそ真っ先に駆け付けると思っていたのにな。勘付いていながら、糞《くそ》をしていて遅れたとは笑い草だ」

いささか面白くない。粥の残りを一気に搔《か》き込んで不平を漏らした。

「厠《かわや》が、あんなに遠いのがいかん」

「仕方あるまい。ひと月も過ぎておったのだから」

戦場の厠は簡素であり、川の近くならそこに流す格好にするが、野辺の陣では地に穴を掘っただけのものである。皆で幾日も使い、穴が一杯になれば別の穴を掘る。この陣の厠も初めは砦の脇に作ったが、次また次と掘っていったがゆえ、少しずつ遠くなるのは致し方なかった。

ともあれ、左内は氏郷が突撃した後になって参じた。寄騎《よりき》・田丸具直《たまるともなお》の兵に混じって力戦し、敵を蹴散らす働きを示しはしたが、北川と違って「主君の覚えめでたく」とはいかない。それが無念だと溜息をつく。

「あれから敵も仕掛けて来なくなって、睨《にら》み合《お》うて飯を食っておるばかりだ。おまけに、こちらから仕掛けてもならぬと言われては手柄も挙げられん」

「関白《かんぱく》殿下がそうしろと仰せなのだ」

元より秀吉は、戦って小田原城を落とすつもりではないらしい。大軍で囲みを布《し》き、根比べの構えである。一方でこの相模《さがみ》や武蔵《むさし》に散らばる北条方の城を落とし、じわじわと締め上げてはいるが、蒲生隊にその任は与えられていなかった。

左内は「やれやれ」と地に寝転び、星を眺めた。ようやく残照の消えた空を、天の川が乳色に濁らせている。毎夜のことゆえ、これも見飽きた。何か変わったものを見られないだろうか。

「変わったもの……。そうか」

よいしょ、と身を起こして傍らの戦行李《いくさごうり》を探った。この遠征に際して皆に貸し付けた証文の束がある。それを脇に退けて新しい紙を取り、矢立から筆を抜いてさらさらと走らせた。

「おい左内。何をやっておるのだ」

「松坂の商人に文をしたためておる。これで良し、と」

書状を仕上げると、行李から灰吹銀を十枚取って包んだ。

「殿が奥方様を呼びにやるの、明日だったよな」

「そうだが。遣いの者に文を運ばせるのか」

「退屈凌《しの》ぎが欲しくなってな」

小田原攻めはかなりの長陣を見込んでいるようで、総大将の秀吉も日々を凌ぐために側室・淀《よど》の方を呼び寄せた。参陣の大名衆にも奥方や子を招くように勧めていて、氏郷もこれに従って正室を呼ぶ。

そのための使者が明日、松坂へと発《た》つ。左内はこの使者に書状を託した。

そして二十日ほど、六月を迎えた。左内は砦の中に四角く陣幕を張り、十二畳ほどに区切った中にあった。目の前では篠笛《しのぶえ》と太鼓に合わせて能役者が舞っている。横に広がりのある大口袴《おおぐちばかま》に厚手の小袖を着付け、袖の広い長絹の羽織を片脱ぎに乱舞する様は、優美かつ力強い。

ひと差しの舞が終わると、左内は手を叩いてこれを賞した。

「これは見事！　能など初めて見たが、なかなか面白い」

面を着けたままの舞い手が静かに一礼する。と、外と区切った陣幕が背後で開いた。顔を覗《のぞ》かせたのは、同じ馬廻衆《うままわり》の上山弥七郎《かみやまやしちろう》であった。

「なあ左内。わしらにも見せてくれんか。退屈しておったところだ」

「お！　いいぞ。ほれ」

大きく頷いて右手を差し出す。上山は「はて」と首を傾げた。

「この手は？」

「見て分からんか。見物代だよ。銀一枚」

すると上山の眉が、渋く寄っていった。

「まさか、とは思うたが……金を取るのか。砦の中を勝手に使っておるくせに」

左内は「その言い分はおかしい」と首を横に振った。

「飯を食う時には弥七郎とて座るだろう。その地べたも勝手に使っておるはずだが」

「屁理屈《へりくつ》を捏《こ》ねるな」

「まあ、そこは譲ってもいい。だが、この役者は俺の金で呼んだ訳だからな。おまえも見たいと言うなら、金は持ち合いにするのが道理ではないかね」

金など取るな、いや取る、と押し問答が続く。少しすると陣幕の外が騒がしくなり、然《しか》る後、しんと静まった。どうしたのかと思っていると、上山に向けて「弥七郎」と呼ばわる声がある。

「これは殿。え？　あ……ああ、あ！」

上山は仰天の面持ちで飛び退き、地べたにめり込むかという勢いで平伏した。主君を前に謙るのは当然としても、これは只《ただ》ごとでない。左内は陣幕から顔を出し、昼下がりの日を浴びる氏郷に問うた。

「殿もご覧になりたいので？　でしたら見物代、銀一枚ですぞ」

氏郷は無上の呆《あき》れ顔で「違う」と応じた。

「わしではない。あちらのお方じゃ」

顔をひょいと右に避《よ》け、主君の背後へと目を向ける。砦の面々が左右に分かれて整然とひれ伏す先に、豪奢《ごうしゃ》な羽織を纏《まと》った醜い小男と、煌《きら》びやかな着物の美しい女性《にょしょう》が佇《たたず》んでいた。

「あのお二人ですか。では見物代を」

のそりと外に這《は》い出る頭を、これでもかと張り倒された。

「たわけめが！　畏《おそ》れ多くも関白殿下、並びに淀の方様にあらせられるぞ」

秀吉とその側室だという。左内は「痛たた」と頭を押さえつつ、驚いて、もう一度二人を見た。見たのだが、すぐに氏郷に頭を押さえられ、平伏の格好を取らされた。

「ここな慮外者はきつく叱っておきますゆえ、平にご容赦を」

氏郷の詫《わ》びに、秀吉は甲高く捻《ね》じれたような声で「まあまあ」と返した。

「そんな叱らんでもええがね。退屈凌ぎじゃて、わしが無理言うとるんじゃから」

「ご寛典《かんてん》、痛み入りまする」

畏《かしこ》まった主君の声に続き、軽い足音と、静々とした足音が続いた。

「おみゃあ、左内ちゅう名らしいな。宴《うたげ》にも飽きたとこじゃったが、能見物しとる奴がおるて聞いてな、堪《こら》えきれんで来てしもうた」

「あ、しか——」

しかしですな、と続くはずの言葉は出せなかった。氏郷に思いきり首根を摑まれ、放り捨てるように脇へ退けられたからである。左内は自分で誂《あつら》えた席から締め出され、他の面々と共に外で控えることになった。陣幕に向かって左の列の中ほど、右隣には北川がいる。

昼過ぎにこうなって、ずいぶん経《た》った。そろそろ夕暮れである。陣幕の内からは、折に触れて秀吉の嬉《うれ》しそうな声と拍手の音が漏れ聞こえた。

「自分が見物できん上に頭まで張られて、しかも、ただで見せるなど割に合わん」

溜息に交ぜ、囁《ささや》くように愚痴を零《こぼ》す。北川が「馬鹿を申すな」と囁き返した。

「少しくらい分別を身に付けろ。首が飛ばなかっただけ儲《もう》けものだぞ」

そういうものだろうか。確かに、今まで多くの者に同じような言われ方をしている。世の常なる人であることは難しい。思ううちに、また音曲が終わる。

茜色の空の下、篝火が支度された頃になって、陣幕の口が開いた。秀吉の能見物は終わったらしい。皆が一斉に平伏するのに倣って頭を下げた。

すると秀吉が「ええから頭上げい」と上機嫌に呼ばわる。皆が言うとおりにしている。これも下知のうちなのかと、左内も続いた。

「ん……ああ、おみゃあじゃったな。左内とやら、こっちゃ来い」

秀吉が手招きをする。天下人にどう対したら良いかなど知るはずもない。北川が「ほれ」と背を押すのに従い、左右に分かれた蒲生家中の中央で腰を下ろした。

「京や大坂の能にゃ及ばんが、ええ暇潰しじゃった。戦場に能役者を引っ張って来るなんぞ、聞いたこともにゃあでよ。風流な奴《や》っちゃ」

尾張《おわり》弁丸出しの下卑た物言いだが、なるほど、言葉に漲《みなぎ》る鋭気には抗《あらが》えぬものがある。これが天下人かと固唾を呑み、左内は頭を下げた。

「褒めていただいたのは嬉《うれ》しいのですが、風流と言われても、俺には何のことやら。皆が能見物を嗜《たしな》んでいるので、ただ真似《まね》てみただけでござる」

「風流が分からんか。何でじゃ」

「金がなくて、辛《つら》い目を見て育ったので。こういう芸ごとの良し悪《あ》しなど知らんのです」

「ほう」

秀吉は少し興味を持ったようで、どういう辛い目を見たのかと問うてくる。左内は掻《か》い摘《つま》んで生い立ちを語った。幼い頃に城を奪われ、父も傅役《もりやく》も失ったこと。高嶋屋《たかしまや》の久次《きゅうじ》に助けられて命を繋《つな》いだこと。山に分け入って獣を捕り、稼いできたこと——。

「蒲生の殿に召し抱えてもらって、どうにか武士に戻れたとは思いますが」

ひととおりを聞いて、秀吉は少し意地の悪い目を向けた。

「そんな育ち方をした奴が能を見て、面白かったかや」

「鹿が暴れる姿よりは面白うござった」

するとと秀吉は「きゃきゃきゃきゃ」と猿のような声で大いに笑った。

「そうか。それにしても、戦支度でたんと使ったろうに。能役者なんぞ雇えるだけ残しとったんかや。偉いもんじゃ」

左内は「はい」と応じて頭を上げ、胸を張った。

「戦支度とは、つまり金繰りでしょう。俺は戦のない時に金を貯《た》めていますので、いざ戦触れがあってから支度をせんで済むのです。能役者を雇うくらいは常に持っております」

「ほう……」

芸ごとの良し悪しなど知らない、と言った時とは違う「ほう」であった。

「ほんに偉い奴っちゃのう。いやいやいや。わしも軽輩の頃は、戦のたんびに金の工面で苦労したもんだがや。常に備えとる、ちゅうのが天晴《あっぱれ》じゃわい」

秀吉は、陣幕の際で跪《ひざまず》く氏郷に「左近《さこん》」と呼びかけた。

「銀三十枚、後で運ばせる。この男に渡してやれや。わしからの褒美じゃ」

「何と忝《かたじけな》きお計らいを」

氏郷が平伏の体となる。自分はどうしたら良いのかと戸惑っていると、北川が「おまえも」と小声を寄越《よこ》した。左内はそれに従って深く平伏した。

秀吉と淀の方が立ち去ると、左内は揉《も》みくちゃにされた。秀吉に声をかけられ、言葉を交わしたことに肖《あやか》りたいと、皆が体に触れる——と言うより叩いてくる。その中には上坂左文の姿まであった。誰よりも強く叩く手からは、羨望と妬みの思いが感じられた。

この二十日ほど後、緒戦で攻めあぐねた韮山城が落ちた。六月二十四日である。さらに相模・武蔵に散らばる北条方の城も次第に落ちてゆく。

そうした中、秀吉の陣城・石垣山城《いしがきやま》では毎夜の宴が催されていた。北条方の士気は大いに挫《くじ》かれた。さもあろう、西の要となる韮山が落ち、味方を次々に削られた上に、関白が持つ底なしの財を誇示されているのだから。

張り合うだけ無駄と判じたのだろう。七月九日、北条氏政・氏直父子はついに膝を折り、小田原城を明け渡すに至った。秀吉は十三日に城を接収すると、徳川家康に国替えの沙汰を下し、北条の旧領二百五十万石に封じた。

そして、蒲生隊四千は小田原を発った。向かう先は北辺の地、奥羽である。陸奥《むつ》と出羽《でわ》の両国で最大の力を持つ者、伊達政宗《だてまさむね》と最上義光《もがみよしあき》が小田原に参陣し、既に豊臣に屈していた。残る面々は小大名と国衆のみ。秀吉が奥羽に駒を進めるだけで呑み込めるのは明白であった。

まず会津《あいづ》に入ると聞いて、左内は行軍しながら「北国《ほっこく》か」と呟いた。左後ろ、馬上の氏郷には聞こえなかったようで、叱責は飛んで来ない。会津は山に囲まれた盆地で、冬になれば雪に埋もれると聞く。左内は生国の若狭《わかさ》、育った越前《えちぜん》の寒い冬を思い出して懐かしみ、笑みを浮かべながら歩を進めた。

＊

「国替えとは」

氏郷の声が微《かす》かに震える。八月九日、会津黒川《くろかわ》城本丸御殿の、中の間であった。畳なら二十畳といった板間の中、余の馬廻衆三人と供を務めた左内は、主君の後ろで息をひそめていた。

「会津は蒲生殿にお任せしたいと、殿下の思《おぼ》し召しにて」

主座には、のっぺりした色白の顔がある。石田三成《いしだみつなり》というらしい。この平たい顔が、何とも素っ気なく続けた。

「所領は今までの十二万石から、四十二万石になり申す」

この厚遇を聞いて、左内の口から「四十二万石！」と出掛かる。だが氏郷の胸中がどうにも荒れていると察し、最初の「よ」だけで止まった。どうしたのだろう。今までの三倍半という加増なのに、嬉しくないのだろうか。

「それは伊達殿への睨みにござろうか。会津を召し上げられて、あの御仁が不平を溜《た》め込んでおるのは明らかなれば」

しばしの後に氏郷が口を開くと、石田は小さく頷いて付け加えた。

「徳川殿もです。関東に国替えをして締め上げたものの、なお目を光らせておかねば。斯様《かよう》に重き任なれば、蒲生殿を措《お》いて他になしと、殿下の仰せにござる」

「……謹んで、お受け致す」

奥歯を噛《か》み締めながら、という声で氏郷が平伏する。左内を含む四人の馬廻もこれに倣った。

「然らばこれにて。松坂を引き払う手配りもありますゆえ」

やり取りを終えた主君に従い、左内は中の間を辞した。廊下を進んで玄関へ。外に出ればすっかり暗い。馬廻衆四人は二人が氏郷の前へ、左内ともうひとり、河瀬与五兵衛《かわせよごへえ》が後ろに付いた。

松明《たいまつ》を持ち、本丸の門をくぐって帯郭《おびぐるわ》をぐるりと右へ。氏郷の居室が割り当てられた二之丸へと向かう。道中、左内は右隣を歩く河瀬に声をかけた。

「なあ。徳川様の国替え、あれは締め上げなのか？」

先に石田はそう言ったが、どうにも解せない。三河《みかわ》、遠江《とおとうみ》、駿河、甲斐《かい》、そして信濃《しなの》。転封される前の徳川領は百五十万石であった。対して、新しく宛がわれた北条旧領は二百五十万石もある。

河瀬は「当たり前だろう」と呆《あき》れたように返した。

「いきなり領主が変わったら民百姓も戸惑う。治めるのは難しかろうさ。それに北条の年貢は四分目だったというぞ」

まだ豊臣の検地が入っていない国に於いて、年貢は概ね五公五民である。また何かしらの用があれば、別途臨時の税を召し上げる。北条では四公六民だったと聞いて、いささか驚いた。

「安……いや待て。徳川様は今までの百五十万石なら、半分の七十五万石しか召し上げていなかったのだろう。関東の二百五十万石で四分目なら、百万石じゃないか」

「そこに、からくりがあるという訳だ」

河瀬がひとつずつ説いて聞かせた。豊臣の検地を受けた国は臨時の召し上げが禁じられ、その代わり、採れた米の三分の二が年貢となる。賦役《ぶやく》や軍役はこれを元に命じられるのだが——。

「これからの徳川様は、二百五十万石に見合うだけの兵を申し付けられる。三分の二なら、ええと……百七十万石分の数だな」

左内は目を見開き、くい、と眉根を寄せた。河瀬が「ふふ」と笑った。

「分かったか。北条が四分目の年貢だったのに、いきなり上げれば民が怒る」

それが国替えの難しいところだ。民が領主に懐いてからでなければ、年貢を引き上げるなどとても覚束《おぼつか》ない。つまり徳川には当面、百万石の実入りしかない。にも拘《かかわ》らず百七十万石分の軍役を課されてしまう。天下人とはかくも恐ろしいものかと、軽く身震いした。

「何と言うか、嫌らしいな。小田原で話した時には、もっと気さくなお人に思えたが」

「おまえと徳川様が一緒の扱いな訳がない」

「斯様に締め付けた上に、殿に見張りまで命じるとは」

河瀬がまた何か言おうとする。が、それは遮られた。

「それだけ徳川殿が厄介なのだ。戦って従えたのではないし、殿下に心から服しているのでもない。おまけに頭が切れる。どんな手を使うか分からぬ御仁よ」

背を向けたままの氏郷である。本丸御殿を辞してから無言を貫いていたが、ようやく口を開いた。もっとも、声を聞いたからと言って安堵はできない。国替えの沙汰に心を乱したのは明らかで、その時から気配そのものは全く変わっていないのだから。

左内の胸に、最前と同じ戸惑いが湧き起こる。なぜだろう。どうして氏郷は加増を喜ばないのか。徳川を締め付けるための国替えとは訳が違うだろうに。

「此度《こたび》の話、殿は嬉しくないのですか」

率直なところを問うてみる。氏郷が足を止めた。主君は空の星を見上げ、少しして「ふう」と大きく溜息をついた。

「加増はありがたい。が、斯様に辺鄙《へんぴ》な地では……打ち捨てられたようなものだ」

馬廻の四人は何も言えなくなった。左内も同じ、うろたえている。氏郷からこれほど気弱なものを感じた日はない。正直なところ、不安を覚えた。

どうしたものだろう。諫《いさ》めるべきか。それとも叱咤《しった》すれば良いのか。

だが、どちらも無理だ。そもそも氏郷は切れ者である。自分が何を考えたところで、この人の思惑を超えはすまい。大地震で松《まつ》ヶ島《しま》城下が乱れた時には、町割りのまずいところを問われもしたが、それは「どう考えるか」ではなく「どう感じるか」であって——。

「あ」

はた、と気付いて声が出た。小さく、喉を滑り出るような囁きであった。

そうだ。自分は考える頭を買われていない。だが大地震の折も然り、韮山攻めで苦戦した日も然り、何かを感じ取る心は求められてきた。ならば。

「俺が殿の立場なら、大喜びするところなのに。いやいや！　加増だからではなく」

主君が「ん？」と顔を向けた。怪訝《けげん》な思いを映す眼差《まなざ》しに、何かを求める気持ちが確かに秘められている。左内の胸にあった不安が、心地好《よ》い高揚に変わった。

「嬉しいではないですか。頼られておるのですから」

すると、氏郷の面持ちが少し変わった。松明の明かりとは違う光が目に宿り、頬に苦笑が浮かんだ。どうやら気付いてくれたらしい。岡《おか》左内が今、何を味わったのか。何ゆえ斯様な気持ちを味わったのか。それは氏郷とて同じであるはずなのだと。

「……やれやれ。肚を括らねばならぬか。よし、左内。この先おまえには加増せず、その代わりに頼ってや——」

それは困る！

「いやいや、いやいやいやいや！　手柄を挙げたら是非とも加増してくだされ。金を貯めさせてくれるのが、何より嬉しゅうござる」

皆まで言わせる前に遮って、捲《まく》し立てた。氏郷がさも楽しそうに大笑する。河瀬ら余の馬廻衆は呆《あっ》気《け》に取られ、何が何やら分からぬとばかり、目を白黒させていた。

*

黒川の町は雑然としていた。

黒川城は二百年ほど前に築かれ、城下は会津守護・蘆《あし》名《な》氏の繁栄に合わせて継ぎ足すように広がった。そのせいか、武家屋敷や町家が入り乱れて秩序がない。家々の大きさも酷《ひど》くまちまちである。あちらでは大きな屋敷がせり出し、こちらでは小さなあばら家が引っ込み、道もでこぼこに歪《ゆが》んで見えた。加えて、同じ生業《なりわい》の職人が町中に散らばっている。大工の棟梁《とうりょう》が住まう辺りを見ても、その下で働く者はずいぶん離れてひとり住み、武家屋敷を挟んでずっと向こうにまたひとり、という具合なのだ。材木屋と櫛《くし》屋の間に酒蔵があり、染物をする紺屋がここにあるのに機織《はたお》りは町の一番外れという有様で、互いに関わり合う者は相当に不便であろう。

北川兵五郎と共にこの様子を見て回り、左内は唸った。

「かなり、やりにくそうだ」

北川はこの上なく渋い顔で、こめかみに手を当てた。

「これでは町の造りから変えねばならん。が、それでは金がなあ」

「だな。かかり過ぎる」

左内も溜息をつき、二人して顔を見合わせた。

天正十八年八月。蒲生氏郷は会津四十二万石を受け取るなり、今の黒川城下では町衆の商いが滞ると見て、町割りを改めると決めた。松坂の時と同じく北川が奉行衆のひとり、左内がそれを助けるように命じられ、こうして見て回っている。

とは言え、時は限られていた。氏郷は木村吉清《きむらよしきよ》と共に陸奥国の仕置を命じられ、北条攻めに参陣しなかった面々——取り潰しの憂き目を見た者の城を受け取りに向かっている。町割りの目処《めど》を立てる日限は、氏郷がその任から戻るまでとされた。仕置には、奥州を知り尽くした男、米沢《よねざわ》の伊達政宗が道案内に付いている。ひととおりを終えるまで概ねひと月といったところか。

「なあ兵五。町割りを直すだけの金、殿は蓄えているのか」

「詳しくは知らんが、それほど多くはなかろう」

松坂城を引き払って会津に移るには、それだけで莫大《ばくだい》な財を吐き出す。町を丸々作り直せるほどは残っていないだろう。北川はそう言って歩き出した。ともかく町を見なければならないのだから、立ち止まっている訳にもいかない。左内も連れ立って歩を進めた。

なお見回りを続けながら、北川が「なあ」と問う。

「まずは、金の及ぶ分だけ町を改めてはどうだろう」

「いやあ？　やるなら一度にやるべきだと思うぞ」

小刻みに町造りを繰り返しては、結局のところ、今の城下が仕上がったのと同じ道を辿《たど》るだけだ。左内の見立てに、北川も「そうか」と力なく頷いた。

少し歩いた頃、遠く向こうに屋敷が見えて、左内は「お？」と目を見張った。武家の屋敷ではない。門や塀は備えているが、堅牢《けんろう》さの見えない造りは町家である。

「あれ、商人の店だろう。それもかなりの大店《おおだな》だ」

「ああ。会津一番の大店、簗田藤左衛門《やなだとうざえもん》殿だ」

「ならば金は持っているな」

「まさか、おまえ」

北川がじわりと眉を寄せる。しかし左内は「その、まさかだ」と満面に笑みを浮かべた。

「簗田殿から、殿に金を貸してもらえばいい」

「いかん。利子はどうするんだ。おまえの金貸しと違って高いぞ」

左内は「なあに」と目元を歪めた。商人は利を求めて動く者たちである。だが大店であればあるほど、目先の益だけを見ているのではない。

「高嶋屋の久次が言っておった。商人は後々の旨《うま》みがあると思えば、地均《じなら》しのために目先の金を捨てるものだと。まあ任せておけ」

「え？　いや待て。待てと言うのに」

慌てる北川を捨て置き、すたすたと簗田の屋敷に進んだ。門は開かれていて、中には左右に生垣がある。それらの植え込みに区切られて、ゆったりと曲がる道が玄関へと続いていた。七つの飛び石を踏んで進み、玄関に至ると、左内は大声で呼ばわった。

「蒲生家中、岡左内でござる。簗田藤左衛門殿に用なのだが、おられるか」

少しすると、店の小僧らしき稚児——とは言っても十三、四という歳《とし》だが——が出て来た。簗田はいるが、会う約束をしているのかと問われる。

「儲け話があるゆえ、いきなり訪ねて参った。取り次いでくれ」

小僧は胡散《うさん》な者を見る目だったが、ともあれ、と奥に戻って行く。北川が少し怒ったように、落ち着かぬ目を向けた。

「殿にお伺いも立てず、勝手なことを」

「そう言うなよ。金が足りないと分かっておるなら、借りるしかあるまい。商いの話は俺の方が得手なのだから、まずは任せてくれ」

「まったく。おまえという奴は」

北川は玄関の前を右へ左へ、苛々《いらいら》と足を動かしている。十幾度か行き来した頃、先ほどの小僧がまた顔を出した。

「お通しするように言われました。どうぞ、こちらへ」

新たな領主の家中というのが効いたのだろう。まずは話だけでもと思ってくれたようだ。左内は「うむ」と頷き、小僧の後に続いて廊下を進んだ。

導かれたのは、中庭を眺める八畳敷きの一室であった。庭には楓《かえで》の木が数本植えられ、中央には玉石で縁取られた小さな池がある。鄙《ひな》の地らしからぬ佇まいは、しっとりと落ち着いて、主《あるじ》の人となりを表していた。

「お待たせ致しました。簗田藤左衛門にございます」

四十絡みの、もの静かな男が顔を見せた。低く割れた声は円《まろ》やかで耳に障らない。背は左内や北川より低めだが恰幅《かっぷく》は良く、引き締まった頬には堂々としたものが漂っていた。

梁田はこちらと向かい合って腰を下ろした。半間と少し、互いに手を伸ばしても幾らか届かぬくらいの間合いである。

「岡左内様は、どちらで？」

「俺です。これは北川兵五郎と申して、立場は俺より上なるも、良き友にござる」

左隣の北川が「よろしゅう」と頭を下げる。簗田は太い眉を開き、凛《りん》とした一重瞼《ひとえまぶた》に笑みを湛えて頷くと、おもむろに切り出した。

「さて、儲け話ということでしたが。どのようなお誘いにございましょう」

左内は胸を張り、衒《てら》いのない笑みを浮かべた。

「回りくどい話はしません。我らが殿は、黒川城下の町割りを改めると仰せにて。ついては簗田殿に、そのために使う金を用立ててもらいたいのです」

「ほう……。ええ、構いませんよ。常と同じく、利子は半年当たり二つでよろしいですか」

問われて、きっぱりと首を横に振った。

「利子なしで、お願いしたい」

簗田は呆気に取られ、左内の顔を穴が空くほど見つめた。

「それでは、手前の儲けになりませんが」

「金貸しでは利子しか取れませんぞ。俺はもっと、先々の儲けについてお話ししたいのです」

最前からの笑みのままで返す。簗田の面持ちが少し変わった。胸に秘めているのは、怒りではない。

「詳しく、お聞きしましょう」

「おお。話せますな」

それでは、と左内は口を開いた。

「まず。町割りを改めるのは、今のままでは町衆が十分に働けないからでござる」

町を作り直し、互いに関わり合う生業の者を近所にまとめる。これによって松坂城下では、それまでの松ヶ島城下に比べて皆の儲けが一割ほど増えた。黒川がどれほど整っているのかと言えば、松ヶ島にも見劣りする。そういう町の姿を改めれば、商いはもっと栄えるだろう。左内は語りつつ、懐から紙を取り出した。

「あ。これは違う」

小田原参陣に際し、金を貸した折の証文だった。簗田は、ちらと見て苦笑を浮かべる。

「岡様は、武士なのに金貸しをなさるのですか。けれど、手前には利子を取るなと?」

「大店のような貸し付けはできんので、これはまた別の話です」

再び懐を探り、まっさらな紙と矢立を取り出す。そして松ヶ島の城下、松坂の城下を大まかに描いていった。

「右が松ヶ島、左が松坂でござる。松ヶ島はうろ覚えですが、それでも黒川よりは整っておるでしょう」

「確かに」

たとえば大工仕事にせよ、材木を運ぶだけで半日使えば、それだけ仕上がりは遅れる。酒蔵が酒を醸して売ろうとしても、運ぶ人足が町のあちこちに散らばっていれば、集めるのに幾日か使う。それだけ売り時を損なうのだ。

「町割りを直すだけで、より多くの実が上がる。さすれば皆が豊かになり、町そのものが栄えるでしょう。簗田殿がそのための金を出したとなれば、町衆はありがたく思うに違いない。ますます商いを大きくするための地均しではござらんか」

「信用……形のない益、ですな。町の皆を味方に付ければ、なるほど簗田の商いは大きくなる」

左内は「如何《いか》にも」と大きく頷いた。かつて氏郷が亀山城《かめやま》を下されながら、元々の城主・関一政《せきかずまさ》に返し、以後の助力を勝ち取ったのと同じである。

しかし、梁田は承知しなかった。

「それだけでは弱い。手前はもっと得をしたいのです」

「これはまた欲張……あ痛たたたっ！」

欲張りなことを申される、と言いきる前に北川の手が伸び、嫌というほど尻を抓《つね》られた。何をするのだと目を流せば、友の顔には「おまえが言えた義理か」と大書されている。

「どうしました？」

簗田は、くすくす笑っている。左内は「何でも」と取り繕って笑みを浮かべ直した。

「ならば、こうしては如何《いかが》か」

町割りを改めるに当たり、簗田の店は動かさず、余計な金が出ないように計らう。また会津の商人を全てこの屋敷の周りに集め、以後、梁田の商いが捗《はかど》るようにする。

「さすれば蒲生に納められる地子も増え、借りた金もすぐに返せます。簗田殿も、さらに儲けられるようになると思うのでござるが」

「……まあ良いでしょう。分かりました」

北川が「おお」と腰を浮かせた。この金繰りを危ぶんでいたのに、利子なしで良いとなると、望外の幸運が降って来たという顔であった。

もっとも簗田は、ひとつ注文を付けた。

「ただし、手前も口を出させてもらいましょうか。岡様が仰せの『さらに』より、もっと儲けたいのでね。松坂の町割りでは、まだ甘いところがございます」

たった今まで柔らかだった物腰に、有無を言わせぬ気迫が籠もっていた。

*

八月の末、黒川城本丸御殿。中の間には、早くも立ち戻った氏郷がある。主座の正面には北川があり、左内はその左後ろに控えていた。

「――という次第でして」

ひととおりを話した北川が、軽く俯《うつむ》いた。主君が簗田藤左衛門の条件を呑むかどうか、気もそぞろという風である。

「その通りで良い。町割りを改めるのは商いのためだ。向こうは我らより、ずっと商いに詳しいのだからな。聞かぬ道理がない」

あっさりと認められて、北川は自らの耳を疑っている。左内は「ほら見ろ」と鼻を高くした。氏郷が「お」と顔を向けてくる。感心半分、嫌そうなもの半分の眼差しであった。

「おまえの策か。まあ、そうだろうとは思ったが」

「はい。これは手柄でしょう。褒美をくだされ」

「頼ってやる。喜べ」

「嫌でござる。褒美の方が嬉しゅうございますれば」

主座から、呵々《かか》と大笑が響いた。

「まずは簗田と共に実を上げい。二人への恩賞は、それからだ」

この言葉に望みを繋ぎ、左内は引き続いて北川を助けた。町の造り直しそのものは年明けからと決まり、簗田と共に町割りの形を探ってゆく。

そうした中、大幅な加増となった蒲生家では家臣の禄《ろく》が改められた。松坂の頃に知行取りだった者は概ね加増となり、一城を任せられる者も多かった。寄騎の関一政は白河《しらかわ》城主、同じく寄騎の田丸具直は須賀川《すかがわ》城主となって徳川を睨む。重臣たちは、坂源次郎が安子《あこ》ヶ島《しま》城、赤坂隼人が猪苗代《いなわしろ》城に配されて須賀川を助け、上坂左文が伊南《いな》城で白河を助ける。横山喜内《よこやまきない》は米沢口、喜多方《きたかた》の塩川《しおかわ》城に配されて、伊達に目を光らせる役目を得た。

そして——。

「北川土佐守《とさのかみ》。越後《えちご》との境、津川《つがわ》城を任せる。同じく北川兵五郎。津川領内で二千石を加増」

氏郷の下知を聞き、北川は伯父の土佐と共に「はっ」と平伏した。

「ありがたき幸せに存じ奉ります」

喜びに満ちた声を聞き、左内は「うん、うん」と頷いて笑みを浮かべた。

以後、今まで銭で禄を得ていた者にも沙汰が下る。こちらも概ね加増となり、黒川城本丸御殿の広間は浮き立った気配に包まれていた。

沙汰を聞いているうちに、左内はそわそわし始めた。いつまでも名を呼ばれないからである。主君の気配に厳しいものは感じられず、ならば自分にも良い沙汰が下されるはずだが。まさか本当に、頼ってやるからそれで喜べと言うつもりなのだろうか。

どうしたものだろう。訊いてみるべきか。いつもならとうに、そうしている。しかし、下手に口を挟んで臍《へそ》を曲げられては敵《かな》わぬ。加増する気だったが見送る、などと言われては堪《たま》ったものではない。

「――内。おい、岡左内はおらんのか」

「え？　え、あ！　はい！」

何としたことか、あれこれ頭の中で捏ね回していて、呼ばれたのに気付かなかった。左内は慌てて背筋を伸ばした。

「いや、今の『はい』は『おります』というあれで、『おらんのか』に『おりません』と答えたのではないですぞ」

「当たり前だ。おらん奴が返事などできるか」

氏郷は「やれやれ」という顔になり、ひとつ溜息をついた。

「おまえには喜多方に二千石やる。その分、役目も重くするぞ。日頃は塩川城を助けて米沢口を固め、戦の折は今までどおり、わしの馬廻だ」

塩川の横山喜内を助け、米沢口を固める。つまりは伊達に備えよということだ。赤坂や上坂など、嫌われている相手の近くでないだけ気は楽だが、しかし。

「ありがたきお沙汰ですが、俺に務まるのですか」

氏郷は小さく含み笑いを漏らした。

「務まる。と申すより、おまえしかおらん」

徳川家康は家中に切れ者を多く抱え、それらの策を良く聞いてことを運ぶ。老練な食わせ者ゆえ、どういう手管を繰り出すか分からない。目を光らせるなら相応の頭が要る。

「伊達政宗という男は、徳川とはまた違った厄介者でな」

小田原攻めの折、政宗はぎりぎりまで参陣の意を明らかにせず、結果として遅参した。そもそも政宗は秀吉の発した天下惣無事《てんかそうぶじ》に従わず、昨年七月に会津を攻め、蘆名義広《よしひろ》を滅ぼしている。小田原に参陣すれば豊臣に屈する形になり、会津を召し上げられると見越して、戦う道を探っていたのだ。

「その上での遅参だ。首が飛んでもおかしくなかったろう。だが」

小田原に至った政宗は死に装束を纏い、金箔《きんぱく》押しの十字架を背負って秀吉に目通りした。如何なる沙汰も受けると示した格好だが、あまりにもわざとらしい。神妙なだけでは能がない、秀吉の度肝を抜いてやれという思い——許しを得られねば一戦に及ぶという脅しに違いなかった。

「殿下に散々逆ろうた上に、これだ。斯様に突飛な男ゆえ、追い詰めれば何をしでかすか分からん。ゆえに殿下も伊達を取り潰さず、会津召し上げのみで済ませたのだがな」

そして氏郷は、改めて真剣な目を見せた。

「分かるか。家康を睨むには、どこまでも頭を絞らねばならん。されど政宗の如《ごと》き暴れ馬には、逆に、頭で考えてはならんのだ。おまえは素っ頓狂で、銭勘定の他は頭の働かん阿呆よ。だが他人には分からん気配を察し、何かに勘付く力がある。それを買うのだ」

左内は当惑して「はあ」と返し、口をへの字に結んだ。褒められたのか貶《けな》されたのか全く分からない。これが分からないのは、自分が阿呆だから、ではないだろう。

だが、それでも二千石の知行取りに引き上げられたのだ。これまでの銭二十五貫文に比べ、実に八十倍の禄である。主君の「頼むぞ」という気持ちは十分に察せられた。

「まあ何でも良しとしますか。二千石、ありがたく頂戴いたします」

左内は最前の迷いを流し去り、恵比寿顔《えびすがお》で平伏した。

六　仕置の禍根

「そんな安値で？」

米四百石の買い取り値を聞いて、左内《さない》は目を丸くした。

「ええと。年貢の上では……米一石を銭にすると」

頭の中で算盤《そろばん》を弾く。米一石は銭一貫文に当たり、買い取りを持ち掛けた四百石なら四百貫文になる。銀に直せば五貫のはずが、簗田《やなだ》が示したのは二貫であった。向こうにしてみれば仕入れ値ゆえ、安くなるのは致し方ないが、それにしても四分目とは。驚いた顔が次第に曇ってゆく。対して、向かいの座にある簗田藤左衛門《とうざえもん》は悠々とした佇《たたず》まいを崩していない。

「そういうものですよ。刈り入れが済んで二ヵ月でしょう。年貢の用に百姓衆が売りに来ますのでね。手前に限らず、今はどの商人も米が余っております」

左内は渋く唸《うな》った。得心したがゆえであった。半分を米、半分を銭で納めるのが年貢の慣わしである。納める銭を作るため、百姓たちは商人に米を売らねばならない。結果、商人は多くの米を抱える。そこへ買い取りを頼むのだから、安値が付いて当然だった。

「とは申せ、その値では売れん。俺が損をする」

「でしょうな。ただ、たとえ高値でも、すぐに売るのはよした方が良いかと存じますよ。戦が起きた時に他ならぬ岡《おか》様がお困りになる」

実入りが増えれば、当然ながら戦で求められるものも増える。知行取りなら一万石当たり四百人の足軽を雇わねばならない。左内の二千石なら八十人である。

だが左内は、苦い笑みで首を傾《かし》げた。

「そう困るとも思えん。高値なら是非とも売りたいのだがなあ」

人ひとりが一年で食う米が一石、兵を雇う時にはもう少し余計に与えてやらねばならない。戦場で常ならぬ日々を送るに当たって、人は常より多く食って心を保とうとするからだ。

それでも、である。二千石の知行から三分の二の年貢を得て、米で納められたのは六百五十石である。ここで四百石を売り払ったとして、自らの蔵にはまだ二百五十石ほど残るのだ。これだけあれば八十人の兵を二年は養える。

「何せ関白《かんぱく》殿下の仕置が終わってまだ二ヵ月だ。戦な——」

話の途中で、閉められた障子の外から歳《とし》若い声が聞こえた。

「旦那様、北川《きたがわ》様がお越しです。岡様が見えてねがって、仰せなんですげんとも」

店の小僧である。簗田は「お通ししなさい」と応じ、左内に向いた。

「どうやら岡様にご用のようですな」

「そうらしい。で、話の続きだがな。そもそも戦というのは、他の奴《やつ》を倒そうとか、こやつに抗《あらが》ってやれとか、そういう者があって起こるものではないか。関白様の仕置が終わったばかりで逆らう阿呆《あほう》が、どこ——」

「簗田殿。北川です」

またも話の腰を折られた。簗田が「お入りくださいと」応じ、障子が開けられる。

北川はこちらの顔を見るなり、両の眉尻をキッと吊《つ》り上げた。

「何をしておるのだ、おまえは。斯様《かよう》なところで油を売りおって」

「いや。油ではなく米を売ろうとしておったのだが」

北川は鋭い眼差《まなざ》しに少し怒りを湛《たた》えた。

「意味が違う。いいから、さっさと戻れ。戦触れが出た」

戦など起きようものかと、話していた傍《そば》からである。どうにも決まりが悪くなって、左内は簗田を向いた。

「そういうものですよ」

少し困ったように、しかし一面で嬉《うれ》しそうに、小さく笑っている。戦で暮らしが荒れるのは嫌だが、戦があれば何かしら儲《もう》けの種がある、という顔であった。

ともあれ兵を集めねばならない。急いで屋敷に戻る道中、左内は北川から仔細《しさい》を聞いた。

かつて北陸奥《きたむつ》の大名であった葛西《かさい》氏と大崎《おおさき》氏は、奥羽仕置で所領を召し上げられたが、それを不服として残党が兵を挙げたらしい。昨日、天正十八年十月十六日のことであった。

発端は大崎領の岩手沢《いわでざわ》城である。旧城主・氏家吉継《うじいえよしつぐ》はこの仕置で所領を失い、伊達政宗《だてまさむね》に仕えることになったが、氏家の家臣にはこれを潔しとしない者があった。そうした面々が領民を語らい、蜂起して城を奪ったという。

葛西・大崎旧領は、蒲生氏郷《がもううじさと》と共に陸奥各城の接収に当たった木村吉清《きむらよしきよ》・清久《きよひさ》父子に与えられていた。木村父子はすぐに兵を整え始めたが、何しろ寝耳に水の話である。かねて支度を進めていた一揆《いっき》の勢いに抗い得ず、親子して佐沼《さぬま》城に押し込められてしまった。

「先ほど木村様から早馬があった。殿は関白殿下にお報《しら》せした上で、家中にはいつでも出陣できるようにしておけと。向こう十日で足軽と兵糧の支度を済ませねばならん」

「そうだったか。だが兵五、俺は八十人も兵を集めるなど初めてだぞ」

「おまえは塩川《しおかわ》城を助ける役回りだ。分からんことは横山《よこやま》様に聞くといい」

左内は「ふむ」と頷《うなず》いた。横山喜内《きない》は他の重臣と違って穏やかな男である。赤坂隼人《あかさかはやと》や上坂左文《こうさかさもん》、坂《さか》源次郎《げんじろう》などに聞くよりはずっと良かろう。

「分かった。わざわざ報せてくれて、ありがとうな。皆に貸す金も支度しておかんと」

「金貸しは後回しにせい」

北川は呆《あき》れ顔で応じ、自らの屋敷へと足早に戻って行った。

十幾日の後、京・聚楽第《じゅらくだい》の秀吉《ひでよし》から下知が届く。一揆討伐には伊達政宗が名乗りを上げたが、秀吉はそれを退けて氏郷に大将を命じ、政宗には副将の役目を与えた。

そして十一月五日、蒲生勢六千は会津《あいづ》黒川《くろかわ》城を発《た》った。

が、伊達勢と落ち合う地――黒川郡の下草《しもくさ》城までがひと苦労だった。出陣の翌日から、大雪に見舞われたためである。行軍は遅れに遅れ、下草城で伊達勢と落ち合ったのは、出陣から九日も過ぎた十四日であった。

翌十五日、一揆討伐について伊達政宗と談合するため、氏郷は朝一番で下草城に向かった。供は馬《うま》廻《まわり》の三人で、左内も含まれる。氏郷と政宗が挨拶を交わすと、早速の談合となった。

「仕置が終わった傍から一揆とは、木村殿の不始末は大きゅうござるな。蒲生殿はあの御仁の指南を仰せつかった身、さぞお腹立ちであろう」

穏やかな声を聞きながら、左内は政宗の顔を眺めた。右目には練革の眼帯。幼い頃に疱瘡《ほうそう》を患い、目を失ったと聞く。左目には、話しぶりと同じ、ゆったりとした光が湛《たた》えられていた。主君は「何をしでかすか分からぬ暴れ馬」と評していたが、とてもそういう男には見えない。

と、氏郷が少し硬い声音を返した。

「不始末には違いないが、彼の地を木村殿に託したは関白殿下にござる。悪《あ》し様《ざま》に申してはならじと存じますな」

政宗は「ははは」と朗らかに笑った。

「殿下のご裁断を責めるつもりなど、毛頭ござらん。木村殿が殿下のご恩に胡坐《あぐら》をかいておったのではないかと、左様に申しておるのみにて」

氏郷の背から、次第に苛々《いらいら》としたものが立ち昇ってきた。

左内は胸の内に「む」と唸った。だとすると、政宗が木村の不始末をあげつらったのは、指南役の氏郷を腐すためだったか。なるほど、相当に手強《てごわ》い。氏郷の言う「暴れ馬」だとすれば、そうした本性に智慧《ちえ》が上乗せされている。

「ともあれ、まずは戦の手筈《てはず》を整えねばなりますまい」

政宗の口ぶりは相変わらず穏やかであった。

左内は思う。自分が供に加えられたのは、馬廻衆だからではあるまい。米沢口《よねざわぐち》に知行を与えられた折に言われたとおり、頭ではなく心で何かを感じ取れということか。氏郷の背がそう語っている。

だが、これと言って察せられるものがない。氏郷をちくりと刺した辺り、やはり肚《はら》には一物あるのだろうが――。

思う間にも談合は進んでゆく。氏郷が「ほう」と発した。

「然《しか》らば一揆の者共も、ここ幾日かの雪で難儀しておると」

「如何《いか》にも。奥羽の勝手は我ら伊達家の良く知るところなれば、先んじて物見を放ち、確かめてござる。この下草から四十里の北、高清水《たかしみず》城に籠もっておる由にて」

そこまでの道中に敵の姿はない。時を置かずに高清水へ進み、一気に蹴散らすが上策であろうと、政宗は言う。

「明日、日の出と共に発ちましょうぞ。殿下が蒲生殿に大将をお命じあったは、木村殿が不始末を収めて恥を雪《すす》げとの温情にござろう。この政宗も精一杯お力添えを致しますぞ」

「……ありがたい。よろしゅう、お頼み申す」

談合は小半時で終わった。蒲生主従は一礼して広間を辞し、宛《あて》がわれた宿所へと戻る。氏郷と重臣の陣所は城の西にある村の寺であった。他の面々は寺から少し東、やや城に近い村で百姓家の離れなどに間借りする。

城の外は一面に白い。足許を確かめながら村へ進めば、左内の宿所となる百姓家は目と鼻の先である。その辺りに至ると、氏郷が「おい」と声をかけてきた。

「もう伊達の目もあるまい。ついては訊《き》く。政宗を見て何か察せられたか」

やはり、それを求められていたのだ。左内は満面の笑みで返した。

「何も」

すると余の供周りが「ふは」と噴き出した。氏郷はさも呆れたように応じる。

「たわけが。なのに、なぜ笑っておる」

「殿が俺に何をお求めだったか、俺は正しく汲《く》み取っていたと分かりまして。嬉《うれ》しいのです」

大きな溜息《ためいき》が返された。がっかりした、という胸の内が表れている。それではならじと、左内は言葉を継いだ。

「あ。伊達様が殿に厭味《いやみ》を言ったのは分かりましたぞ。木村様をどうのこうの言った時に、殿がお怒りになったようなので。これは、と思いまして」

「少しでも頭の働く奴なら、俺が怒るより何より、政宗の物言いだけで分かるわ。まあ、おまえには左様な頭は求めておらんがな。他には、まこと何もないのか」

主君の後ろに付いて歩きながら、左内は「そうですな」と腕を組んだ。

「やはり何も。伊達様は摑《つか》みどころのないお人でした。明日には戦だというのに、ああも悠々と構えておるとは。おまけに、殿がお怒りになったような、気持ちの波まで見えませんでしたぞ」

氏郷は「ん?」と軽く首を傾げ、歩を止めて肩越しに向いた。

「戦場を前にした昂《たかぶ》りも……か?」

「はい。そういうのも、全く」

「なるほどな」

それだけ返すと、氏郷はまた前を向いて歩き出した。左内は「はて」と、狐《きつね》に摘《つま》まれたような思いであった。

＊

その晩、左内は寝付かれなかった。雪を掻《か》き分けて行軍した疲れも残っているのに、どうした訳だろう。それに、漂う空気に落ち着きのなさを感じる。

「目が冴えてしもうた」

小さく独りごちて身を起こした。囲炉裏には夜中に暖を取るための炭が薄暗い火を湛え、その向こうで同じ馬廻の上山《かみやま》弥七郎《やしちろう》が身を横たえている。暗さに慣れた目で様子を見遣《みや》れば、上山は良く眠っていて、静かな寝息が聞こえるのみ。この姿を見ると、最前から感じる空気のざわつきも「勘違いか」と思えてくる。

「俺も、鈍《なま》ったのかな」

齢《よわい》十八で蒲生家に仕えてから、ずっと狩りをしていない。獣との駆け引きで会得した勘が鈍くなっているのなら、自分の値打ちはどこにあるのだろう。これまで槍働《やりばたら》きで挙げた功も、そうした勘の賜《たま》物《もの》なのだ。

ふう、と息を抜く。自分には、伊達政宗の気配を読むことが求められていた。にも拘《かかわ》らず、何ひとつ察せられなかった。そう伝えた時の氏郷は、ただ「なるほどな」と言っていたが、或《あ》るいは見限られたのかも知れぬ。

「困った」

主君の中に「見限る」「見捨てる」という気配はなかった。しかしながら。それすら勘が鈍ったせいで察せられなかったのだとしたら――。

座ったまま首の力を抜き、背を丸めてあれこれ考える。だが自分は「銭勘定の他は頭の働かん阿呆」と評されたくらいである。考えて何が分かるというのだろう。

堂々巡りをしているうちに、ぶるりと身が震えた。厠《かわや》の方が先のようだ。上山を起こさぬように気を付け、静かに立つ。土間に下りて板戸を押し開ければ、小さく「きい」と響いた。

行軍を悩ませた雪雲は、すっかり消えている。十歩かそこら向こう、低い生垣の際にある厠に進んで小用を足した。再び表に出て生垣の向こうを見れば、空を濁らせる星明かりが雪に映え、遥《はる》か先まで白い。漆黒が下から照らされていた。

その、おぼろげな明かりの中に、左内は見た。一町余り東、右手の闇から二つの影が浮き上がったのを。どうやら人のようだ。真っすぐ西を指し、こちらに向かっている。

「誰だ。こんな時分に」

眉をひそめて目を凝らし、気を研ぎ澄ます。二人のさらに向こう、闇の果てに、ただならぬ気配があった。慌てている。否、血相を変えていると言うのが正しい。だとすれば、あの二人は追われている。もしや一揆勢の物見か、それとも間者か。

左内は生垣の影に身を屈《かが》め、息をひそめた。足音は聞こえない。道の雪は踏み固められているが、それでも小さな音を吸い込むくらいの力は残しているようだ。

ならば気配で探るのみ。大丈夫、俺はまだ鈍っていない。二人を追う者たちの息遣いは確かに察せられたのだ。総身に気を回し、小さな揺れを感じ取るべし。

一町も向こうにあった二人は、足早に近付いて来る。あと二十間。ここに至って、二つの乱れた息が微《かす》かに聞こえるようになった。

それは徐々に大きくなる。あと十間。五間。

もう少しだ。そして、いざ生垣の向こうを通り過ぎようとしている——。

「お主ら、誰だ」

がばと立ち上がり、植え込みを挟んで二人の襟首を摑んだ。驚きゆえだろう、向こうは声も出せず、身を強張《こわば》らせていた。

「蒲生家中、岡左内だ。名を聞こうか」

小声で凄《すご》む。と、二人は目を皿のように見開いた。そして心底安堵《あんど》したという風に、がちがちの体から力を抜いた。

「蒲生のご家中とは……助かった」

右手に摑んだ方が涙声を出す。左手に摑んだ側が、それに続いた。

「我ら伊達家中の者なれど、訳あって城を抜け出し、蒲生様に助けを請うべく参上した次第」

今ひとつ呑《の》み込めない。伊達の者が氏郷に助けを請うとは、いったい何か。不埒《ふらち》なことでもして政宗を怒らせたのだろうか。

「ひとまず、貴殿の宿所に入れてくだされ」

「早うしないと追手が」

左右から小声が向けられる。切羽詰まった様子には偽りを感じない。ちらと左手を見れば、厠の向こうに生垣の切れ目と粗末な戸がある。左内は顎でそこを示して手を離した。二人は「忝《かたじけな》い」と会釈して入り口に向かう。左内もそちらに運び、小さな門《かんぬき》を内側から外してやった。

二人を招き入れ、宿所として宛がわれた離れに導く。板戸を開けて中に入れば、上山弥七郎はまだ眠ったままであった。

「まずは入れ。しばし土間におるようにな」

指図すると、二人は中に入って板戸を閉め、土間の隅へ進んで身を寄せ合っていた。下手なことはしないと示している。左内は一段高い板間に上がり、囲炉裏の奥に横たわる上山の肩を揺すった。

「弥七、起きろ。おい弥七郎」

二度繰り返すと、上山は目を開け、さも迷惑そうに大欠伸《おおあくび》を漏らした。

「何だよ。まだ夜中だろうに」

「ちと面倒ごとが起きた。とりあえず灯りを頼む」

上山が戦行李《いくさごうり》から蠟燭《ろうそく》を支度する間に、ことのあらましを話して聞かせる。そして伊達家中を名乗る二人に手招きをした。

蠟燭の支度が終わると、二人は囲炉裏端に進んで腰を下ろした。

「痛み入る。それがし伊達家中、須田《すだ》伯耆《ほうき》と申す者」

「同じく曽根《そね》四《し》郎助《ろうすけ》にございます」

仔細を訊けば、須田は物頭——足軽大将だという。一方の曽根は政宗の右筆《ゆうひつ》らしい。

「右筆なら伊達様の近習であろう。左様な御仁が何ゆえ？」

上山が驚いて問う。応じたのは曽根ではなく、右隣の須田であった。

「実は此度《こたび》の一揆、他ならぬ伊達政宗が唆《そそのか》したものにて」

左内は自らの耳を疑った。上山も「信じられぬ」という面持ちである。さもありなんと、須田が仔細を語った。

秀吉が発した天下惣無事《てんかそうぶじ》に反し、昨年六月、伊達政宗は会津の蘆名義広《あしなよしひろ》を攻め滅ぼした。ゆえに先の北条《ほうじよう》攻めに際し、小田原《おだわら》への参陣を渋った。豊臣に臣礼を取れば会津を失うと、見越していたがゆえである。

「案の定、会津は召し上げとなり申した。されどお仕置はそれのみで、首は繋《つな》がった。ならば、これを以《もつ》てご温情、ご恩と思うのが当たり前にござろう。にも拘らず」

政宗は会津召し上げを不服として、それに代わる地を手に入れんと企《たくら》んだ。奥羽仕置で取り潰しとなった大崎・葛西の旧臣を唆し、一揆を起こさせる。そして自らが討伐し、恩賞として相応の所領を求める算段らしい。

「無論、成敗など形ばかりじゃ。ほど良いところで一揆衆に退いてもらい、蹴散らしたと見せかけるのです。新恩が下された暁には大崎・葛西の残党を召し抱えると、左様な約定を交わした上の話にござる」

密約の書状は、右筆・曽根の手で記されていた。しかしながら、それは天下人を欺く行ないである。曽根は、露見すれば命がなかろうと慄《おのの》き、須田と共に伊達から逃げたという。

「今日も、一揆の衆に宛てて一筆したためるように命じられまして」

曽根が、懐から一通の書状を取り出した。そこには明日の朝一番で出陣する旨が明かされており、末尾には政宗の花押も入っていた。

「蒲生様がお見えになっておられますに、斯様なものを発するなど。それがし、恐ろしゅうなりまして。何も書いておらぬ紙とすり替えて、使いの者に渡したのです」

夕刻を前に発した偽の密書は、そろそろ一揆勢の手に渡っているだろう。時がないのだと、曽根の涙声が震えた。なるほど、真っ白な紙が送られて来れば、向こうも「これは何か」と怪しんで、政宗に確かめようとする。

「一大事だな。それにしても」

左内の胸に、怒りの炎が上がった。

自分は嘘《うそ》をついて人を騙《だま》すような頭を持っていない。だから常に正直であり続けた。そして何より、主君・氏郷は正直な心根を好む。かつて大地震が起きた折も言われたのだ。おまえは相当な変わり者だが、正直なのは良いと。

然るに政宗のこれは酷《ひど》い。先に須田が言ったとおり、秀吉は伊達家を取り潰さず、政宗の命も助けたのだ。それを恩として誠を返すのが人の道だろう。嘘の上に嘘を重ね、恩を仇《あだ》で返すとは何ごとか。

「よし。お主らを殿に引き合わせよう。弥七も共に来てくれ」

左内は、すくと立った。だが上山は難しい顔のまま腰を上げようとしない。

「いや。殿に引き合わせるのは、どうかと思うぞ」

再び腰を落として、左内は上山に「おい」と詰め寄った。今の話を聞いて何も思わないのか。それでも氏郷の家来かと。

しかし上山は、ゆっくりと三度、首を横に振った。そして須田と曽根に目を流す。

「一揆が伊達様の企みだと疑うなら、二人の言い分も疑わねばならん」

上山はなお言う。須田の訴えが正しいとして、政宗にとって最も邪魔なのは誰かと。

「知れたことだ。一揆成敗の大将を命じられた、我らが殿ぞ」

政宗にとって氏郷が邪魔者なら、この二人は氏郷を害するための刺客かも知れない。引き合わせて、いきなり襲い掛かったらどうする。そう言われ、左内は言葉に詰まった。悔しいが――或いは恥ずかしながら――自分の頭ではそこまで考えられなかった。

上山は面持ちに深い苦渋を湛え、鼻から溜息を抜いた。

「須田殿と曽根殿に無礼を申しておるのは、承知の上だ。だが斯様な話は過ぎるほどに用心せねばならん。もし俺が間違っておったなら、後で心の底から二人に詫《わ》びよう」

真摯《しんし》な物言い、氏郷が愛する正直な心根である。左内は俯《うつむ》くように頷いた。

「……ならばこの書状を持って、俺が殿に会って来る」

須田と曽根を見遣る。二人の安らいだ眼差《まなざ》しから、それで良い、という思いが伝わった。左内は今一度「よし」と立ち上がった。

「追っ手が出ておるらしい。弥七は二人を匿《かくま》って、守ってやってくれ」

「ああ。見張っておく」

伊達の二人が、穏やかに笑みを浮かべた。

件《くだん》の密書を携え、左内は急ぎ氏郷の許へ走った。陣所の寺に至ると、僧坊の外では不寝番の小姓たちが守りを固めている。これらに「伊達に裏切りの疑いあり」と伝え、氏郷を起こしてくれと頼む。すると――。

「左内か。入れ」

小姓が動くまでもなく、氏郷は目を覚ましていた。

寝所に入って仔細を話す傍ら、小姓のひとりが蠟燭を支度した。やがて部屋がぼうっと明るくなり、氏郷は密書に目を落とした。

「やはりな」

「やはり、とは。殿はこれをお見通しで？」

談合の後、幾つか言葉のやり取りをした上で、氏郷は「なるほどな」と返した。今にして思えば、斯様な次第を予見していたように思える。

氏郷は「ん？」とこちらに目を流し、小さく笑った。

「政宗から何も感じない、それこそ戦の前の昂りもないと、おまえが申しておったのでな。もしや、とは思うておった」

戦というのは殺し合いの場、狂乱の場である。それを前に気が昂らないのは、あまりにもおかしい。だからこそ逆に、政宗には何かあると察したのだという。

「或いは必ず勝てる算段があるだけか、とも思うた。さもなくば何かしら企んでおると睨《にら》んでおったが、どちらなのかは見極められなんだ」

その意味では、政宗と共に出陣するのは端《はな》から危うかった。伊達勢を出し抜いて蒲生だけで出陣することも考えたが、もし何もなかったら、約定を違《たが》えたという一事で付け入る隙を与えてしまうだろう。

「ゆえに、政宗と共に出た上で、用心を重ねるしかないと思うておった。されど、これにて迷いなく動ける」

書状を畳み、手を叩《たた》いて右筆を呼ぶと、氏郷は再び左内に向き直った。

「いずれにせよ、おまえの勘があったればこそだ。手柄と申して良い。須田伯耆と曽根四郎助に出くわしたのも、そうなる定めだったのであろう」

語り終えた頃、右筆が参じる。氏郷は伊達の企みを報せる書状をしたためさせ、秀吉に早馬を出すよう命じた。

「さて。斯様な次第なら、高清水城まで敵はいないという話も疑わねばなるまい」

伏せ勢か、或いはどこかの城に拠《よ》っているのか、敵兵に襲われる目は大きい。その時、もしも伊達勢と行軍を共にしていたら。

「政宗の鉄砲衆は、ここを狙う」

氏郷は自らの眉間をトントンと叩いた。乱戦の中なら、流れ弾だと言い張れよう。

左内は「分かりました」と、勢い良く立った。

「須田殿と曽根殿に、道中に敵がおるかどうか聞いて参ります」

「阿呆。おると思うて動けば済む。朝を待たずに出陣し、政宗が思惑を外してやることこそ肝要ぞ。おまえも疾《と》く戻って支度せい」

立ったまま「はっ」と一礼し、左内は自らの宿所に戻った。

半時の後、蒲生隊六千は単独で出陣した。未《いま》だ真っ暗な中、松明《たいまつ》の列が足許の白をくっきりと照らした。

＊

「ぶち破れ！」

先手衆の左、坂源次郎の野太い声が上がる。応じて足軽衆が十幾人で丸太を抱え、門へと突っ込んで行った。

天正十八年十一月十六日、夜中のうちに出陣した蒲生勢はやはり道中で敵と出くわした。高清水城の十余里ほど手前、かつて大崎氏の本拠だった名生《みよう》城には、ようやく明けるか明けないかの頃に明々《あかあか》と篝火《かがりび》が湛えられていた。

とは言え楽な戦ではあった。蒲生勢は敵があると知っていて、いつでも戦えるように気を引き締めながらの行軍だったのだ。名生城の城方は違う。政宗の密書の仔細を知らず、今日が戦の日だと思っていなかった。黎明《れいめい》の野、青白い中にいきなり六千の兵が現れて、不意討ちを喰《く》らった格好だった。

半日もかけずに名生城を落とすと、氏郷はそのまま留まって籠城の構えを取る。伊達政宗に備え、ことと次第によっては迎え撃つためであった。

一揆扇動の企ては、もう秀吉に報じてある。これは他ならぬ政宗も察していよう。蒲生勢が名生城で敵と戦ったことで、高清水城まで敵はいないという嘘が露見しているのだ。これを以て二心を報じられたことくらい、悪辣《あくらつ》な策を弄した当人が察していない訳がない。

さて政宗はどう出るだろう。自身と一揆に関わりがないと取り繕うだろうか。或いは表立って一揆勢と手を組み、開き直って暴れ回るやも知れぬ。いずれにせよ兵を動かすと判じた氏郷は、四方に物見を発した。

左内には、その物見に加わるようにと下知があった。政宗が本性を顕《あら》わにしているかどうか、伊達勢の気配から探るためである。

昨日は東へ、今日は北へ。氏郷の見通し違わず、やはり伊達勢も兵を動かしていた。だが、そこに

「捨て鉢」という心の動きはないように思われた。

そして八日後、十一月二十四日。

「開門、開門！」

名生城に伊達の使者が参じた。何ごとかと、家中が追手門に群がる。左内もその中にあり、門内の右手に聳《そび》える櫓《やぐら》に登った。

「木村吉清殿、清久殿をお守りして参った。開門を」

一揆勢によって佐沼城に閉じ込められた二人を、救い出したという。名生城は騒然となり、すぐに蒲生郷安《さとやす》——赤坂隼人が寄越《よこ》された。

「銭侍、どけ。邪魔だ」

櫓に登った赤坂は、左内を邪険に突き飛ばすと、門の外を見下ろした。

「木村様にあらせられるか」

「おお。郷安殿か」

胴間声に応じ、線の細いひ弱そうな声が返る。赤坂は「うむ」と頷き、左内には一瞥《いちべつ》もくれずに櫓を下りて行った。

送り届けられたのは、木村吉清・清久父子に間違いなかった。二人は伊達の使者と共に本郭《ほんぐるわ》の大館に通され、氏郷に目通りする運びとなった。

その晩、左内は北川と夕餉《ゆうげ》を共にした。戦場では馬廻衆と一方の将、持ち場が違う。名生城に籠もり始めてからは左内が物見に加わっていたため、膳を共にするのも久しぶりであった。

「伊達様は佐沼攻めで大いに戦ったというが……どうにも、な」

北川は津川《つがわ》城代の伯父に随行、氏郷と共に木村父子の話を聞いている。政宗は木村父子を「助けた」後も、各地の一揆勢を退け、落とされた城や砦《とりで》を奪い返して回っているそうだ。

左内は飯椀《めしわん》から大きくひと口を頬張り、小皿から漬物を加える。半ば凍った大根が熱い飯に融け、しゃりしゃりと音を立てた。

「で、殿は伊達様を信じたのか」

「まさか」

信用ならざる相手なのは、密書を取り次いだ身なら重々承知しているだろう。その意を短い返答に押し込め、北川は味噌汁《みそしる》を啜《すす》った。

「伊達様の使いに、人質を寄越せとお求めあられた」

思わず「ははは」と笑いが弾けた。政宗の企てを知った折には憤りを覚えたものだが、いざ頓挫《とんざ》してあれこれを繕おうとする様は滑稽でしかない。

氏郷が求めた人質は二人。片方は政宗の智囊《ちのう》・片倉景綱《かたくらかげつな》である。もう片方は政宗の従兄弟《いとこ》にして伊達随一の猛将・伊達成実《しげざね》か、或いは政宗の叔父・留守《るす》政景《まさかげ》を差し出せと申し送ったらしい。

「伊達様の奥方とか母御ではないのか」

人質としての値打ち、効き目があるのかと問うてみる。北川は呆れ顔で返した。

「この方が効くから、そうお求めになったのだ。片倉景綱と伊達成実は、伊達家にとって智勇の要だぞ」

ただの人質ではない。政宗から戦う力を殺《そ》いでしまうためなのだという。

「企みがまことか否かは知らんがな。どちらにせよ、伊達様は『身に覚えなし』と申し立てねばなるまい。二人を寄越さざるを得ん」

北川はまた味噌汁を啜って「辛いな」と眉をひそめた。確かに陸奥の味噌はかなり塩辛い。左内は汁椀に残りの飯を放り込み、ざらざらと流し込んだ。すると良い按配《あんばい》の味となって、塩気の下に隠れていた豊かな旨《うま》みが顔を出す。北川もこれに倣った。

政宗は、氏郷が求めたとおりの人質を寄越さなかった。数日して名生城に参じたのは国分盛重《こくぶもりしげ》である。これも伊達家中では指折りの大身だが、氏郷は承知しない。国分の身柄を受け取った上で、なお、先に申し伝えたとおりの者を寄越すようにと突っ撥《ば》ねた。

すると政宗も、ついに観念したのだろう。片倉景綱こそ差し出さなかったが、先んじて寄越した国分盛重に加え、伊達成実を人質に出してきた。

そして、ひと月余り。名生城で年を越した蒲生勢は、天正十九年（一五九一）正月一日、会津への帰路に就いた。未だ一揆は鎮められていないが、秀吉から「政宗への詮議が先」と申し送られたためであった。

「殿。ひとつ訊きたいのですが」

道中、左内は背後を向き、馬上の氏郷に問うた。しかめ面が返される。

「行軍では無駄口を利くなと、前にも申した」

「そこを何とか。いったん戦も収める訳ですから」

「やれやれ。何だ」

では、と腑《ふ》に落ちなかったところを問うてみた。

「片倉殿というのは、俺と違って頭が良いのでしょう」

頷きだけが返された。眼差しには「おまえと比べたら誰でも切れ者だ」と滲《にじ》んでいる。もっとも、常に阿呆、阿呆と言われているので気にもならない。

「その片倉殿を人質に取れないのに、どうして折れてやったのです」

「政宗自ら、企みを認めたようなものだからだ」

片倉景綱だけは決して寄越すまい。氏郷はそう踏んでいたという。どうあっても政宗はきつい詮議を免れない。その時のため、智慧袋は残しておかねばならないからだ。

「政宗は言い逃れの支度をしたのだ」

そして、にやりと頬を歪《ゆが》める。この主君にこういう顔があるのかと驚くほど、冷たい笑みであった。

この後、一月十日になって、豊臣の奉行・石田三成《いしだみつなり》が奥州に参じた。石田は政宗に上洛《じょうらく》を指図すると、氏郷や木村父子を伴い、京の聚楽第へと返して行った。氏郷の小姓衆を除く蒲生家臣は会津に留《とど》まり、領内の守りを固めながら、主君の帰りを待つこととなった。

＊

平時であれば蒲生の家臣は黒川城下、各々の屋敷にある。だが領内を固めるなら話は別だ。昨年の一揆は概《おおむ》ね勢いを失ったが、鎮めきってはいない。いつ手向かって来るか分からないとあって、それぞれが所領に入らねばならなかった。

喜多方《きたかた》に知行を受けてから、左内は既に地侍から四人の代官を召し抱えていた。塩川城代・横山喜内の指南である。そして此度、知行地に詰めるに当たり、屋敷を切り盛りするために百姓の娘を下女に雇った。自分ひとりなら下女は無用だが、人を召し抱えるとなれば話は別であった。

その下女が、白木の文箱《ぶばこ》を届けた。

「殿様あ。文が届いておりますよ」

「ああ、ご苦労さん」

歳《とし》は十五、名を鳩《はと》という。たった今まで薪割《まきわ》りでもしていたのか、襷掛《たすきが》けの姿であった。そこまでは良いのだが、着物を腰まで捲《まく》り上げ、帯に挟み込んであるのは如何《いかが》なものか。尻も前も丸出しである。

「それからな、お鳩。何かしておった途中なのだろうが、人前に出るなら裾は下ろせ」

「これだが？　やだぁ。うっつぁしい」

「うっつぁしい？　ああ、面倒臭いのか。なるほど……いや待て、おまえな」

苦言を呈されても蛙《かえる》の面に水、鳩は手の甲で額の汗を拭っている。百姓の野良仕事は素裸が常とあって、恥じらいがないのだろうか。慣れというのは恐ろしいものだ。かわいらしい丸顔、くりくりとした目に笑みを絶やさぬ良い娘だが、こういうところは直してもらわねば困る。

「ほら殿様。文、受げ取ってくんちぇ。おら薪割りに戻れねえべ」

「ああ。うん」

仕方ない、と文箱を取る。戻って行く鳩の尻を横目に追いつつ、蓋を開けた。

差出人は蒲生家寄騎《よりき》、白河《しらかわ》城の関一政《せきかずまさ》であった。目を落として読み進める。三日前、三月十三日。陸奥北端の南部《なんぶ》家に、重臣・九戸《くのへ》政実《まさざね》の一揆が起きたと記されていた。

「また一揆か。だがこれは、ただ南部の殿様に謀叛《むほん》しただけの話では……。あ、いや。に、あらずと書かれておる」

書状は、塩川城の横山と談合して備えるようにという指図で結ばれていた。左内は難しい顔になって、髷《まげ》の根本をがりがりと掻いた。

「何ゆえただの謀叛ではないのか、全く書かれておらんな。訳が分からん。まあ、そこは横山様に訊けばいいか」

左内はさっそく塩川城に参じた。当然ながら、九戸の一揆はここにも報じられている。到着して案内を請うと、すぐに本丸館に通された。

「ひとまず今までと同じだ。守りを固めるのみ」

横山の指南を聞いて、左内は「は？」と目を丸くした。

「一揆が起きておるのに、ですか」

「書状を見ておるなら、ただの謀叛ではないと承知しておろう」

「そう書かれてはいましたが……俺に分かるように教えてくだされ」

すると横山は「やれやれ」という顔をした。

「思うたとおりだな。お主は斯様な話に疎い」

致し方ないと、仔細が語られた。

一揆が起きた南部家は、奥州の名門であった。先々代・晴政《はるまさ》の代には「三日月の　丸くなるまで　南部領」と詠まれたほどである。三日月の頃に南部領に入ると、通り過ぎる頃は満月になっているくらいに所領が広いというのだ。

だが九年前に英主・晴政が没すると、わずか二十日後、跡継ぎの晴継《はるつぐ》が闇討ちにされた。ここに至って晴政一女の婿・石川信直《いしかわのぶなお》、同じく二女の婿・九戸実親《さねちか》の間に家督争いが起きる。確かな証《あかし》こそないものの、南部晴継の闇討ちは石川信直の仕業と見られていた。ゆえに南部家中では九戸実親を推す声が大きかった。

にも拘らず、家督を取ったのは信直であった。信直派の重臣・北信愛《きたのぶちか》が根城南部氏・八戸政栄《はちのへまさよし》を調略し、武力で抑え込んだためである。

「一揆を起こした九戸政実は、実親の兄だ」

「それが何ゆえ、ただの謀叛ではないと？」

他の者なら、そろそろ苛立ってくる頃だろう。だが横山は、なお穏やかに応じた。

「関白殿下が信直殿の家督をお許しあったからだ」

南部家は四年前、秀吉に従う意を明らかにしたが、それも北信愛の策であった。これによって秀吉は信直を南部当主と認めた。

「あ、やっと分かった。つまり此度の一揆は関白様に逆らっておるのですな」

「そうだ。ゆえに我らは、今までと同じにするのが良い」

横山は言う。この地は春が遅く、四月の声を聞く頃までは雪融けを見ない。そういう中での戦は奥州兵の得手、これに乗るのは上策にあらず。蒲生氏郷に伊達政宗、奥州の大身二人が上洛している今、下手に動けばむしろ一揆を勢い付けてしまうのだと。

「去年の葛西と大崎も、此度の九戸も、豊臣への謀叛じゃ。一揆が二つ重なった以上、関白殿下は天下人の威を示さねばならぬ。山ほどの金を使ってでも大軍を差し向けられよう。しばし一揆の好きにさせたところで、後から巻き返して勝てば良いのだ」

そして、諭すように続けた。

「良いか左内。世の中では、分の悪い戦に挑んで勝つ者を名将だと勘違いしておるが、それは違うぞ。左様なものは支度の甘い薄ら馬鹿が、たまたま僥倖《ぎょうこう》を拾っただけの話よ。しっかりと兵の数を揃《そろ》え、戦う前から勝ちを決めてしまうのが本物だ」

じわりと、心が痺《しび》れる思いがした。

関白・秀吉は、山ほどの金を使ってでも大軍を整え、戦う前から勝ちを決める。横山の見通しを聞くと、貯《た》め込むだけではない、金の値打ちは「どう使うか」で決まるのだと思えてきた。

そのとおりかも知れない。

かつて氏郷に勘当された折、松ヶ島の町衆が直訴に及び、そのお陰で沙汰を解かれたことを思い出す。皆が助けてくれたのは、貸した金は七分目まで返せば良いものとして、残る三分目を諦めてやったからだ。自分がそのように「使った」からなのである。

金は力だ。そして、使い方ひとつで幸せも購《あがな》える。此度、自分は金をどう使うべきだろう。自分が幸せになる、或いは得をするには、雇い入れる足軽が懸命に働く形を作らねばならない。

「ならば……俺は兵を集めて、戦まで気を緩ませぬように金を使うとします」

「ほう?」

何をしようとしているのか、横山は察しかねているらしい。だが怪訝《けげん》な面持ちには、何かを楽しみにする思いが漂っていた。

＊

「え？　結解《けつけ》様の下なのですか？」

九月一日の晩、左内は氏郷本陣に召し出された。すると、明日の戦では馬廻を外れ、結解十郎兵衛《じゆうろうべえ》の隊に入れという。蒲生譜代の大物、氏郷の初陣で介添に付いた老臣の下というのは意外な下知であった。

「十郎の下では不服か」

「とんでもない。馬廻より功を上げやすいゆえ嬉しゅうござる。ただ、そういう話なら横山様の下ではないのかと思いまして」

「激しき戦になりそうなのでな」

言いつつ、氏郷はゆらりと床机《しようぎ》を立った。野営陣の遠く向こうには九戸城の篝火が揺れ、闇の中に漆黒の城構えを浮かび上がらせている。

二ヵ月と少し前、六月二十日のこと、関白・秀吉は奥羽再仕置の軍兵を発した。総大将は秀吉の養子・秀次《ひでつぐ》、寄騎は麾下《きか》第一の大身・徳川家康《とくがわいえやす》である。天下人の本気を見せ付ける布陣であった。蒲生氏郷と伊達政宗はその下に付けられ、豊臣諸侯の隊を率いる。九戸の乱は蒲生が、葛西と大崎の一揆は伊達が大将となって鎮めるように命じられていた。

再仕置軍は一揆勢を平らげながら北進し、蒲生隊以下は八月下旬に南部領に入った。そして今日、九戸勢の先手・姉帯《あねたい》城と根反《ねそり》城を落とし、総勢六万で敵の本拠を囲んでいる。

氏郷は敵城の影を眺めながら、静かに続けた。

「この戦の大将を仰せつかったゆえ、我ら蒲生は追手門を攻めねばならん。ここが最も手強い」

九戸城は東西と北の三方を川に守られている。対して南側、この陣の正面に当たる追手門には天険がなく、城下町があるばかりだった。その城下も既に焼き払ってあり、遮るものはない。城方が追手門に厚く備えるのは必定であった。

「戦というのは生き物だ。おまえには、わしの本陣と先手の間くらいで敵の動きを見てもらいたい。ゆえに後詰の喜内ではなく十郎の下とした。勘付いたことを十郎に伝えれば、良きように計らってくれよう」

左内は得心して「はい」と応じた。

戦場の勢いや流れは、まさに生き物、化け物である。その怪物は、敵と斬り結ぶ中で起きる小さなこと——ものの弾みや細かい綻び、或いは望外の幸運が積み重なって生まれる。だが戦場を広く見るべき大将は、その「初めの一歩」までは見ていられない。周囲の成り行きにどう応じるかは、斬り結ぶ者に委ねられている。

とは言え、戦場の兵は目の前の敵に捉われやすい。しかも明日の戦では、名門・南部でも指折りの将が死にもの狂いで抗うのだ。矢玉の集まる追手門を攻めるに於いては、なおのこと機転など利かなくなるだろう。大将が指図できないところ、個々の将兵が判じるべき部分を補うのが、結解と左内に与えられた役目であった。

自らの任を十分に摑むと、左内は陣に戻って足軽たちと夕餉を共にした。

「たんと食えよ」

八十人の足軽に、ひとり当たり二合、つまり二人分の米を渡してゆく。受け取った皆は陣笠《じんがさ》で粥《かゆ》を炊き、存分に食った。どれも活《い》き活《い》きとした顔であった。

そして夜が明ける。左内は結解十郎兵衛の隊に付き、寄せ手の後備えとして本陣から一町も前にあった。

「いざ、掛かれ」

いつもは真後ろから聞こえる氏郷の号令が、今日は遠く後ろから響く。結解が「掛かれ」と繰り返すと、本陣から低い法螺貝《ほらがい》の音が突き抜けていった。

先手衆は右に坂源次郎、左に谷崎忠右衛門《たにざきちゆうえもん》である。それぞれに赤坂隼人と町野左近《まちのさこん》が続き、敵城へと突っ掛けた。矢玉に備えて楯《たて》持ちと竹束の衆が多い。それらの後巻《うしろま》きとして、中備えの徒歩《かち》勢が前に迫《せ》り出した。

鬨《とき》の声の向こう、敵城から微かに「放て」の声が届いた。ひと呼吸の後、束になった鉄砲が猛烈に唸る。弾を受けるたび、竹束がめきめきと音を立てた。斉射の中には楯持ち衆を捕らえた弾もあり、二寸（一寸は約三・三センチメートル）もの厚さの楯があちこちで砕け散っていた。

「十郎！　弓と鉄砲を前へ。先手を助けよ」

本陣から下知が飛び、陣太鼓が打ち鳴らされる。下知を受けた結解は、自らが束ねる隊の前衛から鉄砲三百と弓矢五百を進ませた。

「どうだ左内。何か分かるか」

左内が雇い入れた足軽八十の後ろから、結解がしわがれた声を寄越した。気を研ぎ澄まして「まだ」とだけ返す。

氏郷が見越していたとおり、城方はまさに必死であった。いったん撃った鉄砲は、砲身が冷えるや否や新しく弾を込め、長く間を置かずに次々放ってくる。味方の弓矢と鉄砲が応じはするものの、敵は土塁の上に顔を出したと思う間もなく放ち、放てばすぐに身を隠してしまうため、なかなか数を削れずにいた。城攻めは城方有利となるのが常だが、この戦は一層その色が濃い。総勢六万もの兵で一時余り攻め立てながら、未だ門に取り付く兵が出てこなかった。

そうこうしているうちに、左内の背筋に薄っすらと粟《あわ》が立った。

「一番手と二番手、怖《お》じ気《け》付いた兵がいますぞ」

これは、と声を上げる。結解がすぐに指図を発した。

「楯持ち、退《ひ》け！　徒歩は竹束に隠れよ」

足軽は金で雇われただけの兵ゆえ、死ぬまで戦おうとはしない。自らの身が危ういと思えば、さっさと逃げて行く。逃げ足の速さ、軽さを以て「足軽」なのだ。そうした者に怖じ気が生まれれば、遠からず逃げ出すのは明白であった。逃げに転じる者が出れば、その弱気は全ての足軽を包んでしまう。結解の「退け」は、逃げるのとは違う形で兵を下がらせ、怖じ気を蔓延《まんえん》させないための指図であった。

もっとも、相変わらず旗色は悪い。苦戦する先手衆、いざ加勢し始めた中備え衆を遠目に見ながら、結解が歯軋《はぎし》りした。

すると本陣から太鼓の音が渡った。ドン、ドド、ドドン、ドドン、ドンドドンと、初めて聞いた拍子である。結解が「む」と唸り、大声で問うてきた。

「左内！　城の鉄砲方が、いつ顔を出すか分かるか」

「分からんこともないですが、それが？」

「いいから読め。顔を出す少し前に知らせよ」

そして先手の徒歩衆、および結解隊から前に出た弓と鉄砲へ大音声に呼ばわった。

「徒歩、いったん下がれ。弓矢、竹束の裏へ」

竹束に隠れたまま手も足も出せずにいた徒歩勢が下がる。空いたところに、入れ替わりに五百の弓が入った。

「鉄砲、前へ」

味方の鉄砲は門まで一町半の辺りへと進んだ。ここでは城方の的になる。だが左内には、結解が何をしようとしているのか、ようやく察せられた。

「なるほど。殿と示し合わせておったのですか」

「そのための、おまえだ。しくじるなよ」

これは大任だ、と左内は総身に気を張った。戦そのものを左右しかねない鉄砲を、何ゆえ敢《あ》えて敵の矢面に晒《さら》したのか――。

城から、じわりと伝わるものがあった。先までにはなかった、浮ついた殺気である。寄せ手の鉄砲を潰してしまえ、さすれば蹴散らせると喜んでいる。こちらの動きを小馬鹿にし、拙《つたな》い戦と侮っているのだ。

そういう軽々しい狂気が、少しずつ束ねられてゆく。弾込めの終わった者から、勝った気になって心が笑っている。初めは含み笑いだった敵の心は、やがて大笑へ。そしてついに、げらげらと品のない笑い声に埋め尽くされた。

「五つ数えた後でござる！」

左内は勢い良く左手を挙げた。併せて本陣の法螺貝が、ボッ、と短く唸る。味方の鉄砲方が一斉に構えた。あと三つ。二つ、ひとつ。

「放て」

結解の号令、味方が引鉄《ひきがね》を引くのと同時に、城方が土塁の上に顔を出した。敵の鉄砲は半分以上が放たれず、代わりに、追手門の上に幾つもの血飛沫《ちしぶき》が舞った。

ぐらりと、城を包む空気が揺れる。明らかな狼狽《ろうばい》――戦場の化け物が敵に噛《か》み付いたのだ。これほど大きな気配の乱れなら、左内でなくとも十分に察せられる。竹束に隠れていた弓方が外に出て弦を弾き、城方の怖じ気をさらに煽《あお》った。

「いざ、再び進め」

先にいったん退いた徒歩衆が、弓矢の助けを借りて前に進んだ。今度は大木槌《おおきづち》を携えた者、丸太を抱えた者の姿があった。赤坂隼人が「ぶち壊せ」と汚い声を上げ、足軽が「ぎゃあ」と叫んで突っ掛ける。戦が始まって二時半《ふたときはん》、ようやく門に取り付いた。

鉄砲の撃ち下ろしは極めて強いが、門に張り付いた兵は狙えないという弱みがある。真下に向けて放とうとすれば、弾が転がり落ちるばかりなのだ。それを尻目に、蒲生勢は繰り返し門を叩く。これを退けるべく、城方が石を投げ落とそうとしてきた。

だが、先んじて前に出た蒲生の弓方が、それを許さなかった。土塁の上に顔を出す敵が、次々と射《い》貫《ぬ》かれてゆく。石も矢も、寄せ手を叩くに十分な数が降って来ない。

そうした中で、ついに九戸城の追手門が破れた。扉そのものが後ろ向きに倒れ、ずん、と重い音が響く。あとは蒲生勢の為《な》すがままとなった。先手に続いて中備えも踏み込んで行き、後備えの結解隊もこれに続いて三之丸へと雪崩《なだ》れ込んだ。

「行くぞ皆の衆。良く戦った者には褒美をやるからな」

左内も自らの手勢八十と共に奮戦した。しかし、既に多くの敵が二之丸まで引き上げた後とあって、兜首《かぶとくび》を挙げるには至らなかった。

九月二日、蒲生勢を始めとする寄せ手は九戸城の三之丸を落とし、ここに陣を移した。

夕闇の頃、左内は今日も地べたに座り、手勢と共に飯を取っていた。そこへ訪ねて来た者がある。結解十郎兵衛であった。

「今日はご苦労だったな」

傍らに立って労《ねぎら》われ、左内はその姿を見上げた。六十を越えた顔は好々爺《こうこうや》の如《ごと》くなって、足軽たちを見回していた。

「それにしても、おまえの兵は強かったのう。他の足軽に比べて、誰もが気を張っておった」

すると、何歩か離れた辺りに座っていた者が「あはは」と笑った。

「そりゃあ気も張るわ。この殿様、わしらを襲うんだがらよ」

結解が「は?」と目を白黒させる。左内は満面に笑みを湛えてそれを見上げた。

「戦場で襲った訳ではないですぞ」

「当たり前だ。何をしたのか詳しく聞かせい」

九戸の乱が報じられた折、横山喜内の指図に従って、いつでも動けるようにと足軽を雇い入れた。だが一揆成敗は、いつ始まる戦なのか分からない。抱え続け、飯を食わせているだけでは必ず気が緩んでしまう。

「だから喜多方におる間、俺はこやつらに不意討ちを仕掛けたのです。もちろん得物は棒やら木刀やらで」

そして、左内が加えた一撃を避《よ》ける、或いは往《い》なすことができれば銭五十文の褒美を出した。いつ襲われるか分からない、しかし気を張っていれば余剰の銭にあり付けるとあって、足軽たちは常に戦場にあるつもりで過ごしていた。

結解は驚きに満ちた目であった。

「左様な話は聞いたこともないわい。そもそも、おまえは金に汚いと聞いておったが。雇うより余計に使うとは如何なる風の吹き回しだ」

「何と言いますかな。俺は幼き頃、狩りをして仕留めた獣を売って生きてきたのですが、獲物に傷が多くては売りものにならんと聞きまして、そこに気を付けるようになったのですよ」

足軽衆も、それと同じではないだろうか。気の持ち方ひとつで余計に金をもらえるなら、飯を食って気を緩ませるだけの日々を送りはすまい、と。

「結解様の言うとおり、ずいぶん余計な金を使いました。ですが皆が良く働いてくれれば、俺も多くの褒美にあり付けるでしょうから。なら、構わんかと」

仔細を聞き、結解は「そうであったか」と目を細めた。

「いや天晴《あっぱれ》じゃ。小田原では関白殿下に声をかけられ、会津では二千石も下され……その訳が、わしには分からなんだ。されど殿下も殿も、わしとは違うところをご覧《ろう》じておられたらしい」

感じ入ったような言葉であった。老臣は笑みを残し、ゆったりと戻って行った。

九戸城の城方は、たった一日で半分の兵を討ち死にさせた。これで戦意も何も吹き飛んだのであろう、再仕置軍が降伏を迫ると、九戸政実は城を明け渡した。天正十九年九月四日であった。以後、城兵は撫《な》で斬りにされ、城には火が掛けられる。九戸自身も斬首されるに至った。時を同じくして葛西・大崎の一揆も伊達政宗の手で鎮められた。昨年の仕置から一年余、奥羽はようやく落ち着きを取り戻した。

*

黒川城本丸御殿の大広間に、氏郷の引き締まった声が渡る。

「北川兵五郎《へいごろう》。引き続き津川城付きとし、併せて二千石を加増、四千五百石とする」

「ありがたき幸せに存じ奉ります」

応じて、北川が平伏した。横に十人並んだ列の前から三番目、左端である。十月、蒲生家中では再びの知行割りが為されていた。

主座の氏郷が北川に「なお励め」と笑みを向ける。左内は後ろから三番目の右端に座し、友の栄達に心中で喝采した。

この知行割りでは多くの者が知行を増やした。それというのも、蒲生家そのものが大幅な加増となったからだ。これまでの四十二万石から、実に七十三万四千石である。昨年の葛西・大崎一揆に加え、先の九戸一揆での功を認められた結果であった。

葛西・大崎一揆に際し、伊達政宗は、一揆を唆した疑いによって詮議を受けた。今年、二月四日のことである。当然ながら政宗は「自身は一揆に関わりなし」と申し開きをした。

関白・秀吉はこれを認め、伊達を取り潰そうとはしなかった。左内には解せないところだったが、北川によれば、伊達を潰せばまたぞろ一揆の芽を生むからだという。伊達家中には智慧者も剛の者も多くあり、一揆に及べば葛西・大崎どころの騒ぎではないのだと。

もっとも秀吉はそれを嫌ったのみであって、政宗の言い分を信じたのではなかった。その証に伊達家は六郡四十四万石を召し上げられ、代わりに葛西・大崎の十三郡三十万石を与えるという沙汰を下されていた。差し引き十四万石の減俸である。しかも新しく得るのが一揆で荒れ果てた地とくれば、向こう二年から三年は満足な収量が見込めない。加えて政宗は葛西・大崎一揆成敗の大将を、つまり自ら唆した者を自らの手で始末するように命じられてもいる。天下人を愚弄した行ないは、この上なく高く付いた。

そして蒲生家に下された新恩とは、伊達から召し上げられた六郡のほぼ全てだった。

「次に所領の変わる者について申し渡す。まずは田丸具直《たまるともなお》。須賀川《すかがわ》城代の任を免じ、新たに三春《みはる》城五万二千石の城代とする」

座が「おお」と驚きの声に満ちた。五万二千石ともなれば、二千余の兵を持つ大名である。

さらに沙汰が下ってゆく。赤坂隼人は伊達の本拠であった米沢城三万八千石を任された。坂源次郎には白石《しろいし》城四万石、谷崎忠右衛門には四本松《しおのまつ》城二万五千石。伊達から召し上げとなった領は概ね、氏郷が信を置く重臣たちに与えられていった。

それらの知行割りが終わると、旗本衆や馬廻衆の番となった。

「門屋助左衛門《かどやすけざえもん》。安達《あだち》郡に三千五百石を加増、合わせて五千石とする」

森民部《もりみんぶ》、寺村半右衛門《てらむらはんえもん》、浅香左馬之助《あさかさまのすけ》と名が呼ばれ、それぞれ今までの二倍から三倍となる知行を割り当てられてゆく。やがて、左内の名も呼ばれた。

「岡左内。置賜《おきたま》郡の長井《ながい》に八千石を加増、合わせて一万石とする」

一万石。今までの五倍。何が起きたのか呑み込めない。大広間にある者のほとんどが驚き、後ろの隅に目を向けてきた。氏郷の背後にある小姓衆も然《しか》り、ここまでの沙汰では顔色ひとつ変えずにいたものが、揃って目も口も丸く広げている。

「……はい？」

左内本人も同じだった。ものの喩《たと》えではなく、頭の中が真っ白になっている。阿呆のような声しか出せない。

氏郷は、軽く眉をひそめた。

「聞こえなんだか。なら加増はなかったことに――」

「いやいや！　聞こえております。もちろん、ありがたく頂戴しますぞ。ですが殿、いくら何でも一万石とは。ああ違います！　横山様や兵五より多いとは驚きまして。おまけに長井は――」

「ああ、うるさい！」

氏郷の言葉を遮って捲し立てたら、一喝で遮り返される。思わず平伏すると、いつものように呆れた声で「少し黙っておれ」とやられた。次にその声は凜《りん》と引き締まり、満座に向けられた。

「この沙汰に得心できぬ者も、あるやも知れぬ。されど先の一揆成敗で、左内にはそれだけの功があった」

氏郷は朗々と続けた。伊達政宗の企みを潰し得たのは、伊達から逃げた二人を左内が助けたからである。ことは偶然、運が良かっただけかも知れない。だが、もしも誰も気付かずにいたら、どうなっていたか分からないのだと。

「須田伯耆と曽根四郎助には追っ手が出されておったそうな。我が許に参る前に捕らえられておれば、この氏郷のみならず、其方《そのほう》らも揃って討ち死にしていたやも知れぬ。皆々、分かるであろう。戦場の生き死にとて運の良し悪しで変わるものぞ。天佑《てんゆう》を引き込《あ》むは、その者の力である」

そして氏郷は、左内が名生城や九戸城で奮戦した働きを賞し、なお続けた。

「されど左内の功は、そこではない。九戸成敗に向かう前だ」

九戸の乱が報じられて、蒲生家中では四月初めまでに兵を整え終えた。早めの動きは当然である。いつ奥羽再仕置軍が発せられ、一揆討伐に向かうか、初めの段では分かっていなかったのだから。そして家中の皆は等しくこれに応えた。

「が、いざ戦場に至る頃には、兵共の気は鈍っておった」

秀吉が兵を発したのは六月二十日、それが奥州に至り、蒲生隊が会津を発ったのは八月であった。兵を集め終えてから実に四ヵ月である。それほどの時を経ていれば、兵の士気が落ちるのも致し方ない。

「そうした中で、左内の八十だけは違うた。どれも雇われたばかりの如き意気を湛え、先手が鉄砲に悩まされる姿を見ても、怖じ気ひとつ生みはせなんだ」

将たる者の役目は戦場での指図だが、それとて兵の気が萎えていては効き目が薄い。ところが左内は足軽たちが気を張っていられる形を作った。斯様な者こそ多くの兵を率いるべきだと言えまいか。氏郷はそう説く。

左内は、ぶるりと身を震わせた。重臣、特に反りの合わない赤坂隼人や上坂左文などは、確かに怒気と不満を漂わせている。しかし、それらも異を唱えることはできないようだった。斯様な気配を肌で感じ、持ち上げられた面映《おもはゆ》さも手伝って、居心地が悪い。

「あの、殿。その……ですな」

口を挟むと、氏郷はいささか面倒そうに「何だ」と目を向けた。

「おまえが何か申すと、ややこしくなりそうだ」

「褒めてもらったのは嬉しいのですが、それなら横山様にも、もう少し加増があって良いだろうと思いまして」

兵の気を支える手立ては、横山の指南の上で思い付いたのである。自分だけ賞されては申し訳ないと、真っすぐ前、一番前の列の右端を見遣る。

しかし当の横山が、真後ろに向き直って「それは違う」と声を上げた。

「わしが申したのは、関白殿下が本物の名将じゃという話ぞ。殿下を信じ、早々に兵を集めておけと指南したのみ。そこから先は、おまえが成したことだ」

こちらを向く顔は常と変わらず穏やかで、妬みや悪心の臭いがない。結解十郎兵衛も、にんまりとした目を向けている。左手のずっと前では、北川兵五郎が嬉しそうに笑みを浮かべていた。

知行割りは、まだ少し続いた。全ての沙汰が下されると、ひとり二人と大広間を辞して行く。左内は大身の面々が引き上げるのを待ち、人影がまばらになってから腰を上げた。

その背を呼ぶ声がある。北川であった。

「左内。良かったな」

「兵五《へいご》。その、あれだ。何か……すまんな」

蒲生家に仕えてから、北川は常に自分より上の立場であった。向こうは家老の一族、こちらは馬廻衆なのだから、今でもそれは変わらない。城下の町割りについても北川は奉行衆の一、自分はそれを助ける身である。にも拘らず、知行高が逆になってしまった。

北川は「ふふ」と笑った。

「正直なところ悔しいな。だが妬むのは見苦しい。悔しければ成すべきはひとつ。再び、おまえを超えて見せるまでだ」

そう言って笑みを浮かべ、こちらの背を強く叩くと、軽く右手を振りながら帰って行った。

七　恩の対価

新恩の置賜郡《おきたまぐん》長井《ながい》は米沢《よねざわ》の北西、東西を山岳に挟まれた谷間《たにあい》の地であった。とは言え、北流する最《も》上《がみ》川沿いの平地はかなり広く、半ば盆地といった体である。知行割りからひと月ほど、十一月を迎えた今、広がる田畑が凛《りん》とした冷たい空気に包まれていた。

先頃、主君・氏郷《うじさと》が上洛《じょうらく》の途に就いた。奥羽再仕置の上で大幅な加増となり、これに対する御礼言上のためである。氏郷は、雪が降る前に新たな知行地に入っておくように命じて出発した。左内《さない》が長井に入り、諸々《もろもろ》を整えているのはそのためである。

「では、よろしゅう頼むぞ。ご苦労だが、今年の年貢は喜多方《きたかた》の屋敷まで運んでくれ」

五人の男に銭の束を渡しつつ、にこりと笑う。

「分がった、任しぇどげ」

良い顔が返された。喜多方の時と同じく、村々の地侍を代官としている。禄《ろく》は年当たり銭六貫文、士分が大名に仕え始める時の五割増しとした。

「んだげんど殿様、米沢の殿様さ文句言われんでねか？」

「そだな。おらだの禄、米沢より二貫も多いからな」

長井の方が多くの禄を得ていると知れば、すぐ隣、米沢の代官たちが不平を抱くと懸念している。その不平が領主に向き、終《しま》いには左内に跳ね返って来るのでは、と。

左内は一笑に付した。

「構わんよ。俺が何をしようと、米沢の殿様は必ず文句を言うからな」

米沢は赤坂隼人《あかさかはやと》の知行である。北川兵五郎《きたがわへいごろう》や横山喜内《よこやまきない》、結解十郎兵衛《けつけじゅうろうべえ》などと違い、赤坂は未《いま》だにこの身を毛嫌いしていた。名さえ、まともに呼んだためしがない。いつも「おい」やら「銭侍」やらで済まされている。斯様《かよう》な男ゆえ、何がどうだろうと難癖を付けるに違いない。そんなことに気を回すくらいなら、召し抱えた代官たちが少しでも気持ち良く働いてくれる方が大事だった。

「さてと、そろそろ……おや？」

今日の宿とする地侍の家に向かうかと思った矢先、山から丸太を担いで下りて来る者が目に入った。三十人ほどで担ぎ上げる丸太は、戦場で門を破る時に使うものより太い。

「なあ、あれは何だ。木こりだけで、あんなに数が揃《そろ》うとは思えんが」

問うてみると、代官たちは得心顔で訳を話した。あれは百姓衆で、木こりの手伝いで運んでいるらしい。

「酒田《さかた》の湊《みなと》に、高嶋屋《たかしまや》の久次《きゅうじ》つう商人が来ててな。山ほど板ぁ要るがらて、あだな太えのが欲しいて注文したんだ」

その名を聞いて、左内は「お」と目を丸くした。久次の顔が胸に活《い》き活《い》きと蘇《よみがえ》る。いつも穏やかな薄笑いを浮かべ、細い目をさらに細めていたものだ。

「そうか。高嶋屋は越後《えちご》とも商いをしていたっけな」

酒田湊のある庄内《しょうない》は、越後国主・上杉景勝《うえすぎかげかつ》の飛び地領である。高嶋屋が船を回しても、おかしい話ではない。左内は「よし」と発し、自らの両脚をパンと張った。

「今宵《こよい》の宿はいらん。ちと酒田に行ってみる」

代官たちは「え？」と目を丸くした。

「今がらが？　最上様の山形《やまがた》さ行ぐ前に、日ぃ暮れでまうぞ」

長井から酒田に向かうには、いったん米沢に戻ってから北東へ向かい、山形に入って、さらに北の新庄《しんじょう》まで行って西へ山を越えねばならないという。左内はしばし考え、やがて「うん？」と首を捻《ひね》った。

「つまり、酒田はあっちだろう」

北方の山の、やや左寄りを指差す。皆は「んだ」と頷《うなず》きつつ、しかし「それは真っすぐ行けばの話だ」と呆《あき》れ顔を見せた。

「あの山、越えで行ぐ気かい。山ん中で夜んなっつまうぞ」

先に差したのは月山《がっさん》と羽《は》黒《ぐろ》山、湯《ゆ》殿《どの》山——出羽三山であり、修験者くらいしか足を踏み入れない山だという。特に月山は険しく高い。が、左内は「なあに」と笑った。

「山なら任せておけ。それより代官の役目、本当にしっかりと頼むぞ」

懸念顔の面々に「ではな」と手を振り、すたすたと北へ向かった。

皆の言ったとおり、山に入って十里も進むと夜になった。

あちこちに息をひそめる獣の気配がする。敢《あ》えて「来たら殺す」と殺気を撒《ま》き散らし、それを緩めずに闇を進んだ。野の獣は人などより遥《はる》かに恐ろしいが、反面、極めて用心深くもある。殺気を発し続け、かつ獣の領分に深入りしなければ、逆に襲って来ないものだ。

こういう気の張り方も久しぶりだと一面で懐かしみつつ、夜通し歩く。山歩きの動きは身に染み付いていていて、特段に疲れも覚えなかった。眠っていない疲れはあるに違いないが、久次に会えるという喜びで、それを感じないのかも知れない。

空が白み始めた頃には山裾に出た。どの山の麓かは知らない。長井の村々よりも、吹き付ける風はずいぶん冷たかった。

長井に流れていた最上川は、出羽三山を避《よ》けるように大きく東から北へと迂回《うかい》し、西の海へ注ぐ。目指す酒田湊はその河口にあるらしい。まず川を探すべきかと、さらに北へ進んだ。

「お。あれだな」

日の出の頃を過ぎ、空の橙《だいだい》が薄れるくらいになると、遥か先に横向きの流れが煌《きらめ》いて見えた。この川沿いに日の光を背負って進む。やがて遠くの水面《みなも》に、二百石も米を積み込めそうな大船が七つ、八つと目に入った。中にはさらに大きい船もある。五百石船だろうか。目指す酒田湊に間違いなかった。が、困った。湊は向こう岸である。もっとも川幅はぎりぎり遠矢が届かぬくらいで、概《おおむ》ね二町足らずである。泳いで渡れなくはない。

左内は「よし」と唇を舐《な》め、小袖と袴《はかま》を脱いだ。着物と袴は畳んで頭の上へ、袴の腰紐《こしひも》を垂らして顎の下で縛り、どぼんと水に飛び込む。

「うわっは！」

如何《いか》にしても今は冬、水は身を切るが如《ごと》く冷たい。だが泳いでいれば体も温まるだろうと、とにかく向こう岸を目指した。

しばらくして、船が繋《つな》がれた桟橋に至る。ぶるぶる震えながら上がると、辺りには商人たちがいて、化け物でも見たような目を向けてきた。

「何や、おまい。どこの誰や」

懐かしい越前訛《えちぜんなま》りだ。左内はひとつずつ言葉を拾うように、しかし大声で応じた。と言うよりも、歯の音が合わないせいで、そういう話し方にしかならない。

「久次、いるか。いたら、伝えてくれ。源八《げんぱち》が来た。それで分かる」

すると八間も向こう、五百石船の繋がれた辺りで、さもおかしそうな笑い声が上がった。

「相変わらず阿呆《あほう》やな。何しとるんや、あんた」

高嶋屋久次、その人であった。実に七年ぶり、否、八年ぶりに近い。久次は少し恰幅《かっぷく》が良くなって、こちらの顔を懐かしむ笑みにも商人としての貫禄《かんろく》が付いていた。

左内は久次の宿に導かれ、まずは体を温めるが良かろうと、白湯《さゆ》のもてなしを受けた。次第に震えが落ち着いてきて、まともに話せるようになる。今の身の上を語り、一万石の知行を得るまでになったと明かした。

「――と、代官から聞いて会いに来た」

「ほうか。嬉《うれ》しいね、わざわざ」

「まあ、それだけでもない。俺の一万石で久次と一緒に儲《もう》けられる話はないかと思ってな」

久次は「へえ」と小首を傾《かし》げ、然《しか》る後に「ふふ」と笑った。

「あるよ。まさに、渡りに船や」

そして、高嶋屋が庄内まで船を出している訳を話した。出羽から大量の板を運ぶのは、城普請の用なのだと。

「関白《かんぱく》さんが隠居するんや。ほんで隠居場の城が要る、ちゅう訳やな」

「え？　どうしてまた隠居など」

小田原《おだわら》攻めで顔を見たのは昨年六月、秀吉《ひでよし》にはまだ生気が残っていて、とても隠居するような風には見えなかった。驚きを隠せずにいると、久次は「そこや」とこちらを指差した。

「源八さん……今は左内さんか。あんたの言うとおり、関白さんに隠居は早い。せやけど、次の戦に本腰を入れたいて、思てはるみたいやね」

それこそ訳が分からない。豊臣《とよとみ》の下、日の本はひとつになったというのに。

「何で、ちゅう顔やな。関白さんが狙《ねろ》てんのは、海の向こうなんや」

秀吉は何と唐土《もろこし》を攻め落とす気らしい。年明け早々にも戦触れがあるのではないかと、久次は言った。

「鎮西《ちんぜい》に陣城も造るんやて。そやから板も石も、いくらあっても足らん。わしも、まだ何回もこっち来るやろね」

「高嶋屋はそれで儲かるだろうが、俺も儲けられる話というのは？」

「戦があるて言うたやないの。米や、米」

海の向こうを攻めるなら、十万、二十万と兵を送り込むことになるだろう。そして唐土は、とてつもなく広い。長陣を避けられない遠征となれば、兵糧は命綱であった。

「いつもの戦より、ごっつ多く使うやろな。おまけに兵を出すんは、春から夏の頃や」

米が端境《はざかい》に入って値上がりする時期に、目も眩《くら》むばかりの米を集めようというのだ。いつもの年より、ずっと高値で売れるだろうと久次は言う。

「大坂には人が多いやろ。いつかて、ようけ米が要るんや。そこへ山ほど兵糧を集めなあかんときたら、西国だけで足りるはずがねえ」

「なるほど。俺の蔵にある米を売れば、大儲けだな」

「いざ、ちゅう時の分は残しときねや。また二月にも来るから、ほん時わしが買い取ったる」

そうと分かれば、じっとしてなどいられない。左内は久次に篤く礼を言い、喜び勇んで帰って行った。

*

「米を、ですか」

簗田《やなだ》が訝《いぶか》しげな目を見せた。左内はいつもの笑顔で頷く。

「年貢が納められて、まだ二ヵ月ほどだ。今なら安く売ってもらえるだろう?」

米一石を店で購《あがな》えば、概ね銭一貫文である。だが新米の頃には、百姓たちが年貢の用で売りに来るため値が下がる。一年ほど前に売ろうとした折など、売値の四分目で買い取ると言われたくらいだ。まだ米がだぶついている頃ゆえ、梁田の儲けを乗せても一石七百文は超えまい。

「……そうですな。一石を六百八十文でお売りできますが、どれほどご入り用です」

思ったとおり、と勇んで胸を張った。

「銀、千六百二十枚分だ」

灰吹銀一枚は四十三匁《もんめ》、千六百二十枚なら七万匁――七十貫ほど。銭に直せば概ね五千六百貫文で、簗田が示した額なら八千二百石ほど購える。さぞ驚き、喜ぶに違いない。

と思いきや、向かい合う眼差《まなざ》しには一層濃い疑念が浮かんでいる。

「一万石の岡《おか》様が、なぜそんなに？　戦があるとしても足軽四百でしょう。ええと、千六百二十枚なら八千二百石と少しで、二十年分の兵糧になりますが」

「いや、兵糧という訳ではなくてだな。それなりの大身になったし、その」

しどろもどろに返す。簗田は値踏みをするような目で「なるほど」と頰を歪《ゆが》めた。

「何か儲け話があるものとお見受けします。が、困りますな。商人の手前を出し抜くようなことをされては」

参った。やはり自分は嘘《うそ》がつけない。左内は観念して、渋い顔で俯《うつむ》いた。

「まあ……簗田殿の言うとおりだ」

すっかり降参して、久次との一件を洗いざらい白状した。すると簗田の目が、見る見る変わっていった。

「そのお話、手前も乗せていただけるならお売りします。そうですな、少し色を付けて八千五百石でどうです」

左内は「お」と顔を上げた。

「いいのか？」

「ええ。手前の蔵には今、七万石くらいありますからね。岡様の儲けになってしまう分は、良い話を教えていただいた謝礼と割り切ります。ただし、今回限りですよ」

簗田は千六百二十枚の銀で米を八千五百石売り、左内は必ずこれを買い取る。そういう証文を交わし、次の二月に久次が来た折に引き合わせると約束して、城下の屋敷に帰った。

ひと月ほどして十二月二十二日、豊臣秀吉は隠居した。これに伴い、関白の座は養子の秀次《ひでつぐ》に譲られ、秀吉当人は太閤《たいこう》を称するようになった。

そして年が明け、天正二十年（一五九二）を迎える。正月五日、秀吉は唐入《からい》り――海の向こうとの戦を唱え、諸国に戦触れを発した。

二月初め、久次が左内の喜多方屋敷に参じ、したり顔で笑った。

「なあ左内さん。何もかも、わしが言うたとおりやろ」

「ああ。それと、すまんな。わざわざ喜多方まで来てもらって」

久次は「なあに」と首を横に振った。

「こうして、簗田さんと引き合わせてくれたやないの」

唐入りの話を耳にした頃から、高嶋屋は諸々の伝手《つて》を使って米を掻《か》き集めてきたらしい。その中に入れれば、左内の売る米など微々たるものだという。簗田のような大店《おおだな》との繋がりこそ、何よりの恩返しだと久次は言った。

「で、お二方。どんだけ売ってもらえますんやろ」

左内は喜んで、すぐに口を開こうとした。が、それより早く、左隣の簗田が「お待ちを」と言う。

「幾らで買ってもらえるか……にも、よりますな」

久次の笑みに、ぎらりと鋭いものが顔を出した。手強いな、という用心か。しかし一方で、商人・簗田のしたたかさに信を置きもしたようだ。肚《はら》を据えた者ならではの落ち着きが、じわりと滲《にじ》み出している。

「高嶋屋としては、安う買える方が嬉しいですわ。ほやけど自分だけ儲けようて思うてたら、商いは成り立ちましぇんな」

それがどういう意味かは、左内にもぼんやりと分かった。仕入れの先にも儲けさせ、後々の商いを大きくしてもらわねばならない。さもなくば商う品が手に入らなくなり、自らの商売も凋んでしまう。高嶋屋も、あまりに無体な安値は口にできないらしい。

「米がのうなる頃の兵糧なんやから、太閤さんには一石当たり銭一貫と二百文くらいで売ることになりますやろ。よって、梁田さんからは一貫文で買い取る……て、言いたいとこやけど。運ぶんは高嶋屋の船だで、運び賃は引かしてもらわんと割に合いましぇん。米一石、八百八十文でどないですやろ」

左内は頭の中で算盤《そろばん》を弾《はじ》いた。簗田から買った八千五百石に、自らの蔵から二千五百石を足して一万一千石を売りたい。一石当たり銭八百八十文なら九千六百八十貫文、灰吹銀に直して二千八百枚余りだ。元手から千二百枚近く増える。

「よし。それで売るぞ」

身を乗り出すと、久次がじろりと睨《にら》んできた。

「今は、あんたに聞いてねえ。簗田さんがどう思うかや」

静かなひと言ではあったが、この男本来の柔らかな物腰ではなかった。さながら戦場の兵《つわもの》である。そうしたものを受け、簗田は逆に嬉しそうな色を目に映した。

「運び賃がずいぶん高い。とは言え、さすがは敦賀《つるが》に高嶋屋ありと言われる大店ですな」

簗田は言う。それだけの運び賃を払うなら、別に船を頼んで運び、じかに売り込む方が良い。だが、ことは総勢二十万を数える唐入りである。買い入れる豊臣の奉行衆にしてみれば、簗田の持つ米は小口に過ぎないのだと。

「小商いの積み重ねは、商人にとって確かな儲けの道ですが……太閤様の奉行衆にとっては煩わしいだけで、まず間違いなく後回しにされましょうな。その頃には高嶋屋さん始め、五畿七道の大店がごっそり売り込んでいる。悪くすれば次の刈り入れも終わっていて、とても高値では売れない」

「ほやさけえ、高い船賃なんですわ。損して得取れ、言いますで」

久次に鋭さが増す。簗田の目元が引き締まる。しばし互いに眼差しを絡ませていた。どうなるのかと、左内は固唾《かたず》を呑《の》んで見守った。

と、不意に簗田の面持ちが緩んだ。

「分かりました。一石を銭八百八十文で、五万石お願いしましょう。売り時を逃すことほど、つまらん話もありません」

「おおきに、ありがとさんです」

ようやく、久次にも柔らかさが戻る。左内は「ふう」と息をついた。

「なあ久次。俺は？」

「忘れるとこやった。一万一千石やな」

久次は数日のうちに左内の米を買い取り、簗田の米はひと月後に受け取りに来ると約束して帰って行った。

唐入りの戦触れは、蒲生《がもう》家にとっても無縁ではない。もっとも氏郷は、徳川家康《とくがわいえやす》や前田利家《まえだとしいえ》などの大身と同様、唐入りの陣城・肥前名護屋《ひぜんなごや》城に詰めるよう命じられたのみであった。渡海する面々の後詰という形だが、よほどのことがない限り唐土には向かわないらしい。三月下旬、氏郷は京から戻って陣触れを出したが、ほとんどの重臣に肥前行きは命じられなかった。

それというのも――。

「わしが肥前に詰めておる間に、町割りと城普請を行なうべし」

黒川《くろかわ》城本丸御殿の大広間、各地の城代や五千石以上の大身を七十幾人も集め、氏郷はそう命じた。そして赤坂隼人や上坂左文《こうさかさもん》、坂源次郎《さかげんじろう》などの重臣に城の普請奉行を任せてゆく。

「北川兵五郎、並びに岡左内。其方《そのほう》ら二人は町割りの奉行衆に加わるべし」

黒川城下の造り直しは、本当なら昨年から始まっているはずだった。だが一昨年に葛西《かさい》・大崎一揆《おおさきいっき》が起き、昨年は九戸の乱があったせいで延び延びになっている。北川は改めて奉行に任ぜられ、また此度《こたび》は左内も同じ立場とされた。長く時をかけるべからず、という思惑である。

城普請と町普請、それぞれの奉行の下に付く者の名が挙げられてゆく。そして氏郷は、最後に付け加えた。

「この普請を以て城の名を『鶴ヶ城《つるじょう》』に、城下の名を『若松《わかまつ》』に改める」

城の名は蒲生家の家紋「対《むか》い鶴」から取り、町の名は蒲生の故地・近江甲賀郡中野《おうみこうかなかの》に繁《しげ》る「若松の森」から取ったものだという。これを聞いて、左内は胸が温まる思いであった。国替えとなった折には「打ち捨てられたも同じ」と嘆いていたが、今の氏郷にそうした悲嘆は微塵《みじん》もない。会津《あいづ》を自らの国と思い定め、慈しむ気持ちが伝わってきた。

普請は六月一日から始められた。城については大掛かりに構えを広げ、さらに本丸には七重の天守を築くという縄張りである。一方の城下は、かつての約定どおり、簗田藤左衛門《とうざえもん》の商いに便宜を計りつつの普請となった。

町割りを直すに於《お》いては、家を移らねばならぬ者が多い。この辺りの談合や摺《す》り合わせには町年寄の手を借りることとなった。ひとりは倉田為実《くらたためざね》、氏郷を慕って松坂《まつさか》から移って来た大店の商人である。倉田は概ね、同じように松坂から移った者たちの面倒を見た。もうひとりは蘆名《あしな》家旧臣・坂内実乗《ばんないさねのり》で、主家が滅んだ折に下野した男である。この坂内は昔からの町衆を束ねた。

普請の始まりを見届けると、氏郷は千五百を率いて名護屋へと向かった。

＊

かつての町割りはこの上なく不細工であった。会津守護・蘆名氏の隆盛に伴い、城下に住まう者が少しずつ増えたせいである。継ぎ足し、継ぎ足しで町が広がっていくのみでは、商人や職人などの利便など図りようがない。真っすぐ引かれている道も少なかった。しかし、今は違う。

「いやはや、すっかり見違えたな」

「ああ。全くだ」

普請を始めて一年余、左内と北川は大町通《おおまちどおり》を眺めて感慨に耽《ふけ》った。昨年十二月に天正から改元され、世は文禄《ぶんろく》二年（一五九三）九月を迎えている。

大町通は町の中央を南北に貫く。簗田藤左衛門の店を始め、大小の商家が軒を連ねる目抜き通りであった。この道に並行し、幾筋もの真っすぐな道が引かれている。それらの道筋には諸々の職人を住まわせた。松坂と同じく、互いに関わり合う生業を近くに寄せて、便を利かせる町割りだった。また職人たちが大町通の商家に品物を運びやすいよう、各々の道を繋ぐ小路も備えられていた。碁盤の目といった街並みである。

活気に満ちた町衆を眺めながら、左内と北川は大町通を南へ進んだ。真新しい町の中には、造り直さずに残した屋敷がぽつぽつ見えた。簗田の店もそうしたひとつである。これが目に入ると北川が腕組みして唸った。

「簗田殿が唱えて、会津と松坂の技をひとつにした。今さらながら大した御仁だな。これまでより、ずっと商いが栄えている」

九戸《くのへ》の乱が落ち着いてからは、町年寄の倉田為実と同じく、職人たちも氏郷を慕って松坂から移り住むようになった。それらは大町通の東隣、甲賀町通り沿いに住まいを定めている。この中には会津にない職人たちがいた。漆塗りの技を持つ面々である。

一方、会津は盆地よろしく山に囲まれている。そこから切り出した木に細工を施し、椀《わん》や箱などの器を作る職人が多かった。

梁田はここに目を付け、坂内実乗と倉田為実、二人の町年寄と共に職人たちを束ねた。松坂と会津の技が組み合わさり、生まれたのが会津漆器である。

「お。次の市の支度が始まっているな」

簗田の店の少し向こう、楽市の支度をする町衆を見て、左内は満ち足りた笑みを浮かべた。

若松の町では毎月どこかの通りで市が立つ。余所《よそ》の商人を呼び込むための一手であった。会津には概ね何でもあるが、海だけがない。簗田と町年寄は、伝手のある商人に頼み、塩と海の魚を運ばせた。それらの商人は会津が持たないものを売り、漆器を始めとする特産を買い付けて行くようになっていた。

「毎月の市も賑《にぎ》わってきたし、町割りはもう終わったと言って構わんだろうな。ところで城の方はどうなんだ」

問うてみると、北川は「ああ」と苦い面持ちになった。

「城も、ほぼ終わったらしい」

「ん？　なのに、何だその顔は」

「どうにか終わりまで漕《こ》ぎ付けたがな。その前に、ひと悶着《もんちゃく》あったのだ」

一ヵ月ほど前、赤坂隼人と上坂左文が普請に使う金を巡って諍《いさか》いを起こしたのだという。

城普請はかなり大掛かりだったため、初めに見積もっていたより多くの金が必要となった。赤坂は家老筆頭として、見積もりを超える金を使うべきではないと言い張った。足りないなら、賦役《ぶやく》の百姓衆に渡すものを減らせば良いのだと。

北川は、心底嫌そうに溜息《ためいき》をついた。

「そこに上坂様が噛《か》み付いてな。左内が何ゆえ一万石に加増されたかを考えろ、と」

あの折の加増は、九戸の乱に際して足軽に多くの金を使い、戦まで士気を保たせたことを功とされた。賦役も同じ、働く者の気を腐しては普請が遅れるばかりだというのが、上坂の言い分であった。これを聞いて左内の顔も渋くなった。

「そこを引き合いに出すことはなかろうに。赤坂様から厭味《いやみ》を言われるのは俺なのだぞ」

「恐らくそうはならん。もう上坂様と散々にやり合っておるからな」

大いに嫌う左内に比べられ、赤坂は怒って、上坂の言い分を頑なに拒んだ。挙句、家老筆頭に逆らうなど主君に逆らうも同じだと言い放ったらしい。

さすがの左内も、これには呆れた。

「殿が留守ゆえ、赤坂様の言い分にも理がないとは言わんが。相変わらず横着な人だな」

「まあ、形の上では上坂様が折れた」

この諍いは町野《まちの》左近《さこん》や結解十郎兵衛などの重臣が仲裁し、赤坂の言うとおり、賦役衆の賃金を削る形で決着した。が、実のところは違う。結解を始め、坂源次郎や横山喜内などが少しずつ蔵を開き、賦役衆に渡す金が減らないように支えてきたという。津川《つがわ》城代・北川土佐守《とさのかみ》も銀百枚を出し、この伯父に頼まれて、北川も二十枚を出したそうだ。

「兵五……おまえ豪気だな。利子どころか、出した金も戻らんのだぞ」

「俺とて家老の一族だ。蒲生家を支える役目がある。おまえと一緒にするな」

北川は苦笑して、然る後にまた溜息をついた。いつ再び諍いが起きるか分からないという、重たい息であった。

さもあろう。赤坂と上坂の不仲は、この一件に留《とど》まるものではない。昨年六月、氏郷が肥前へ出陣して間もなくの頃など、もっと酷《ひど》い争いが起きていた。

そもそも、反りの合うはずがない二人なのだ。上坂は常に何か不平を抱えているような、言うなれば卑屈な男である。対して赤坂は、どこまでも尊大であった。

この尊大さ、傲慢さを嫌い、赤坂の家臣が出奔した。そこまでなら良い。しかし仕え直した先が上坂であったため、赤坂は激怒して兵を集め、上坂の中山《なかやま》城に進軍した。

幸いにも、この争いは小競り合いで済んだ。とは言え、主君の留守に斯様《かよう》な騒動など言語道断である。太閤・秀吉の耳に入りでもしたら、蒲生家の土台が揺らぎかねない。城普請の諍いに際し、重臣たちが身銭を切って丸く収めたのは、こうした下地ゆえであった。

左内は「やれやれ」と伸びをした。少し向こうでは、楽市の支度をする町衆が、ひと足早く道端で餅を売っている。

「なあ兵五、餅でも買って食わんか。ああ、金は俺が払うぞ。おまえは余計な持ち出しがあったのだから、甘えておけ」

「よせよ。おまえが無駄金を使うなど、雨が……いや、槍《やり》が降りそうだ」

左内は「失敬な」と膨れ面を晒《さら》し、北川は「日頃の行ないだ」と言い返し、普請を終えた町の見回りを続けた。

*

町普請に続き、十月にはどうにか城普請も終わった。そして文禄二年十一月、蒲生氏郷がいったん会津に戻って来る。生まれ変わった鶴ヶ城、賑わいを増した若松の町を見て、氏郷は満足げであった。

「今宵は大いに呑み、しっかり食うが良かろう」

帰還から三日後、多くの重臣が氏郷の酒宴に招かれた。城と町の普請に奔走した面々に、せめてもの礼であるという。北川と共に町割り奉行を務めたがゆえ、左内もこの席に招かれていた。

鶴ヶ城の本丸館、襖《ふすま》を取り払った広間に膳が並んでいる。座に就く各々の面持ちには、労苦が報われた喜びがあった。じめじめとした顔つきが常の上坂でさえ、今日はにこやかに笑っている。赤坂がこの席に招かれていないからだろう。氏郷の留守に騒ぎを起こしたがゆえ、赤坂は叱責されていた。それでも減俸や勘当の沙汰を下さないのは、長く蒲生家のために働いた者への恩情であった。

「殿の、ご無事の帰還をお祝い申す！」

坂源次郎の音頭で酒宴が始まった。膳に饗《きょう》された造りは海の魚である。寒さの募る冬十一月ゆえ、塩漬けにせずとも腐らせずに運び果《おお》せたらしい。酒はかつての領国・松坂から取り寄せた逸品で、皆が会津を楽しみ、伊勢《いせ》を懐かしみながら杯を傾けている。

しかし。ふと主座を見れば、氏郷の箸が動いていない。酒も同じ、少し舐めてはすぐに杯を置いてしまう。そうした姿に、どうにも異なものを覚える。疲れているのだろうか。

と、結解十郎兵衛が氏郷の前に進み、銚子《ちょうし》を取って酌をした。

「いつもより控えめですな。どうです、もう一献」

しかし「ああ」と生返事のみ。結解も少し懸念したらしく、老いた背筋を伸ばして問うた。

「如何《いかが》なされたのです。心ここにあらず、といったご様子ですが」

「いや……ちと、気になることがあってな」

そして氏郷は軽く溜息をつき、話し始めた。

「唐入りの戦が思わしくない」

海を渡った日本軍は、まず朝鮮《ちょうせん》に至り、彼《か》の国の城を次々と落としていった。朝鮮の将兵は意気地がなく、戦いもせずに逃げる者が多かったという。狙うは明《みん》帝国、道はすっかり繋がったかに見えた。

だが、そこからは苦戦が続いた。いつの頃からか民百姓が一揆を起こし、野伏せりとなって日本の兵を襲うようになったからだ。昨今では城と城を結ぶ道を断っているらしい。

「これでは満足に兵糧も届けられん。斯様な仕儀となっては退くしかないが……」

にも拘《かかわ》らず、秀吉がそれを良しとしない。いったん引き上げるにせよ、明と朝鮮に大きく譲らせた上の話である、と。

「わしには、この戦が無駄に思えてならん」

朝鮮王朝の政《まつりごと》は悪いと、氏郷は言う。その証拠に、彼の国の民百姓は初め日本軍を喜んで迎えていた。酷い政から自分たちを解き放ってくれるに違いないと、望みを抱いたのだ。

日本の将兵も、攻め取った地を保つべく心を砕いた。だが如何にせん、戦が続く中で十分な宣撫《せんぶ》は難しい。すぐには形となって現れないのだ。それと見るや、朝鮮の民百姓は掌《てのひら》を返して日本軍に嚙み付き始めた。

「至らなんだかも知れぬが、手は打っておったのにな。然るに彼の国の者共は、我らがやり様を見ようともせぬ。身勝手に怨《うら》みを募らせ、それに凝り固まって生きておるのだ。朝鮮を従えようとするなら、民を根絶やしにするしかない」

なるほど、日の本と朝鮮は気風が全く違い、互いの溝を埋めようがないのだろう。だが民を根絶やしにすれば、彼の地を治めるどころの話ではない。

「斯様な戦を続けるなど、太閤殿下はお歳《とし》を召された」

宴《うたげ》の座が、ざわ、と揺らいだ。当然である。言葉を選んではいるが、有り体に言って「耄碌《もうろく》した」という話なのだ。左内も背筋に冷たいものを覚えた。家中だけの宴であれ、斯様に迂闊《うかつ》な物言いをする人ではないのだが――。

「されど豊臣には、お世継ぎの秀次様がおわしますぞ。今も関白のお役目をしっかり果たしておられます。きっと太閤殿下を支えてくださいましょう」

横山喜内の穏やかな声であった。主君の見せた隙を取り繕うべく、この話を終わらせようとしている。しかし氏郷は、腹立たしそうに鼻で笑い飛ばした。

「秀次など天下の器ではない」

宴の席が、びくびくした気配に満ちてきた。然るに氏郷の舌鋒《ぜっぽう》は止まるところを知らない。

「太閤殿下の他に天下の器と申せるのは、前田利家殿くらいだろう。領国の力で申さば徳川家康だが、あれはいかん。何より、下の者に大きく報いようとせぬ」

誰もが口を噤《つぐ》んだ中、なお放言は続く。

「人というのは愚かなものだ。十の能に十の報いを与えねば、力どおりに働かぬ。然るに家康は十の能に五で報い、さらに報いて欲しくば十二の力を出せと言う。斯様な者が天下を取ろうものなら、息苦しい世になるのは必定だ」

さすがに、これではまずい。はらはらした皆の気持ちを察し、左内は声を上げた。

「おお！　殿が俺に一万石もくだされたのは、左様な訳でしたか。十の能に三十で報いてくれたようなものでござる」

氏郷は毒気を抜かれたように目を丸くし、決まりが悪そうに口元を歪《ゆが》めた。

「おまえは違う」

そして長く息を抜き、首をぐるりと回す。

「酔いが回ると、口数が多くなっていかんな。わしは少し夜風に当たって参るゆえ、皆は宴を楽しんでおるが良かろう」

言い残して座を立つ。宴席の皆が、ほっと息をついた。いつも左内に厳しい上坂や坂なども、こちらを向いて「救われた」という顔であった。

左内は杯を干し、手酌でもう一杯を呷《あお》ると、すくと立った。

「俺はちと厠《かわや》に行って来ます。あ、糞《くそ》ですから長くかかりますぞ」

「この阿呆《あほう》め。膳の場で左様な……さっさと往《い》ね」

坂源次郎が嫌そうに応じた。先には謝意を抱きもしたが、少しでもそういう念を持った自分が馬鹿だった、という声である。左内は「すみません」と満面の笑みで応じた。

宴席を抜け、向かう先は厠ではない。酔い覚ましと言って中座した氏郷の許《もと》であった。

しばし廊下を進んでゆく。氏郷は庭に出て、ぼんやりと七重の天守を見上げていた。部屋の外を囲う廊下で冷たい風に身を晒している。

「殿」

「左内か。先ほどは助かった。礼を申す」

背を向けたままであった。自らの物言いを悔いているらしい。左内は「はは」と笑い、主君の左後ろに進んだ。

「勘の良さで戦ってきた身ゆえか、殿の様子が危うく見えましてな。長く遠国にあって、疲れておるのではないですか」

どこか寂しそうな、乾いた笑いが返された。

「戦場に出てもおらんのに疲れて堪《たま》るか。されど憂えてはおる」

宴の席で口にしたとおり、秀吉はこのところ急に老いてしまった。人は、時の流れにだけは逆らえない。百姓から立身し、一代で天下人の座に登り詰めた人も、終わりの時を迎えようとしているのではないか。それが悩みの種だと氏郷は言った。

「殿下は恐らく、十年先まで生きてはおられまい。そしてな。秀次殿が物足りぬと申したのは、わしの偽らざる思いよ。あの御仁が世継ぎでは、天下を覆そうとする者が出る」

先の話で、主君が口にした名を思い出した。

「勘ですが、徳川様でしょうや」

「あの御仁だけではない」

氏郷は肩越しにこちらを向いた。そして右手を持ち上げ、右目を隠す。左内は「あ」と息を呑んだ。

「伊達《だて》……政宗《まさむね》様」

葛西・大崎の一揆を唆《そそのか》し、秀吉から痛烈な返報を受けた男である。何を考えているのか分からぬ暴れ馬。頭ではなく気配で探らねばならぬ男。氏郷がそう評した難物は、まだ豊臣に逆らう機を窺《うかが》っているのだろうか。

政宗の本性は獣の如《ごと》し、しかし狡猾《こうかつ》な頭を備えてもいる。もう懲りたはずだとは言いきれまい。もやもやした霧が胸の内に立ち込めた。

思いを察したか、氏郷は苦笑を浮かべて頭《かぶり》を振った。

「太閤殿下がご遠行されたら、誰が後を継いでも頼りない。政宗が牙を剝《む》くなら、一揆の時よりは分かりやすいはずだ。が、それはそれで困る。会津は徳川と伊達に挟まれておるゆえな」

何も返せない。金は力と、それだけを信じてきた身にとって、主君の憂いは重きに過ぎる。

氏郷は、実に穏やかに問うてきた。

「殿下がご遠行されたら……か。なあ左内。わしが死んだら、おまえはどう身を振る」

「殿はまだ三十八にござる。死ぬ歳ではないでしょうに」

「人は五十を過ぎれば老骨よ。そこまで、もう十二年しかない」

嫌なものが湧き上がって、腹の中が重くなる。それを振り払おうと、左内は過ぎるほど朗らかに返した。

「殿が五十の時に俺は三十九です。今の殿が自分の死んだ後を思うなら、三十九になった俺とて死ぬ支度をしておく頃でしょう。ならば蒲生に仕えてそのままだと思います」

「ありがたいことだ。だが左内には、もっと大きなことができると、わしは見ておる」

「そうでしょうか」

氏郷は「ああ」と頷き、思うところを語った。

おまえは不思議な男だ。勘の良さと体の強さを生かした武勇があるのだから、槍働きで懸命になれば良いものを、何より金儲けが好きときた。そういう意地汚さの上に頭も足りない男が、人に好かれやすい。

「何ゆえか、分かるか。おまえが、どこまでも正直だからだ」

そして氏郷は、宴の席での話を持ち出した。

「おまえにとって一万石は、十の能に三十の報いだと申しておったな。それは違うぞ。おまえは欲にも正直で、より多くを得るための労苦を厭《いと》わん。十の能に一しか報われなければ、もっと多くもらおうと思って二十の力を出す。どこまで登り詰めても、さらに上を目指すだろう。正直なやり方でな」

「いや……さすがに、十の能には八くらい報いて欲しいのですが」

虚を衝《つ》かれたような顔が向けられる。少しの間を置いて、主君はさも楽しそうに笑った。

「そうではない。家康とは全くの逆で、政宗の如き輩《やから》より高潔だと申しておるのだ」

ひと頻《しき》り笑うと、氏郷の目に真摯《しんし》な思いが宿った。

「斯様な奴《やつ》だからこそ、こう言おう。わしが死んだ後も蒲生に仕えると申すなら、徳川に天下を取らせぬために力の限り抗《あらが》え。締め付けるばかりの者は良い世の中を作らん。伊達から会津を守るために懸命になれ。飢えた狼《おおかみ》の如き者は必ず世を乱す」

この身をそれほど高く買ってくれていたとは。だからこそ「自分が死んだら」などと言って欲しくない。

「俺が殿より長生きするとは限りませんぞ。徳川様や伊達様に用心するのは、やはり殿の役目でしょう。百まで生きて欲しいものですな」

「だと良いな。さあ、もう宴に戻れ。わしもすぐに行く」

左内は「はい」と一礼し、踵《きびす》を返す。去り際、ふうわりとした氏郷の笑みが目に入った。

＊

二ヵ月して年が改まり、文禄三年（一五九四）正月を迎える。新春の祝いが済むと、氏郷は肥前名護屋に戻ることになった。

「形ばかりの出陣だ。連れて参るは小姓のみ、兵は向こうに残してあるだけで良い」

名護屋行きに気を使う必要はない、知行取りは六月に迫った検地に備えて会津に残れ。そう言い残して馬に跨《またが》る氏郷は、実に颯爽《さっそう》としていた。見送りのため登城した左内の目にも、主君の疲れは十分に抜けたと見えた。

そして三月、朝鮮に渡った軍兵の撤退が決まった。明帝国および朝鮮王朝との和議も進められるという。氏郷から会津へ寄越《よこ》された書状によれば、この談合は長くかかる見通しで、当分は帰れそうにないらしい。

六月の検地は、領主が留守の中で施された。知行取りは全て本領に入り、豊臣から寄越された奉行衆に助力せねばならない。左内も喜多方の領で奉行衆を迎えたが、検地のほとんどは代官に任せた。自分の頭では検地の細かい話など分からない。ならば代官を頼み、自分は別の用を済ませる方が良かった。

その用事とは――。

「ああ……相変わらず気持ちいい。この、ごつごつしたのが何とも」

左内は本領・喜多方の屋敷、自らの居室で高嶋屋久次を待っていた。もっとも、今日のいつ頃に来るのか、はっきりとは分からない。人待ちの落ち着かなさを紛らわすべく、十畳ほどの板間に銀や銭を並べて銭布団に興じている。褌《ふんどし》一本の姿で寝返りを打つたび、ひやりと金物の冷たさが伝わった。

夏六月に涼を取るならこれに限る。

「こんなに貯《た》められる身になるとは……。ああ」

転がるたびに漂う、幾らか饐《す》えたような銭の臭いが慕わしい。その喜びを遮るように、呆れ声が降ってきた。

「まぁだ、それやってんだが。やれ若松だ喜多方だってこき使うくせに、自分は気持ぢ悪いごどして遊んでんだがら」

下女の鳩《はと》であった。元々はこの喜多方屋敷のために雇った娘だが、町普請の奉行を命じられた時に若松の屋敷付きに変えた。こうして知行地に入る時には連れて来るが、それだけで「こき使う」と言われては堪《たま》らない。

「ここに残っておっても、屋敷の掃除やら薪割《まきわ》りやらで働いておるのだろう。だったら若松で同じことをしても良いはずだ」

「だども、おがしいでねか。おらしか雇わねぇなんて。殿様、一万石だべ？」

「この検地でもう少し増える。が、人は増やさんぞ。お鳩だけで手は足りておるからな」

かわいらしい眉をひそめ、鳩は「これだよ」と溜息をつく。寝転がりながら見上げると、今日は着物の裾を捲《まく》り上げていなかった。

「お。尻を丸出しにしておらんな。良いことだ」

「何言ってんだ、お客が来でんのに！」

かなりの慌てぶりである。が、少しおかしい。

「おまえしかおらんだろうに」

「久次さんだよ。まず厠貸してくれ言うがら、先に『来た』って報《しら》せに――」

と、鳩の後ろから久次が顔を出し、部屋の様子を見て「うわ」と仰《の》け反《ぞ》った。

「あんた何してるんや。変な癖付いたな……」

鳩は顔を真っ赤にして、挨拶もせずに駆け去ってしまう。雇い主に尻を見られるのは平気なくせに、久次にはその話さえ聞かれたくないとは釈然としない。自分も久次も同じ男なのに。

ともあれ、と左内は起き上がった。

「良く来たな。座ってくれ」

「……まあ、ええわ。で、米はどんだけ売ってくれるんや」

床板の銭を退《の》けつつ腰を下ろし、いきなり問うてくる。そのために呼んでいるのだから仕方ないが、何とも忙《せわ》しない。

「今年は八千石だ」

久次は大いに驚いたようであった。

「ええ？　左内さん一万石やろ。年貢で入るんは、ええとこ三千五百や。梁田さんから買うのも去年限りて話だったやないの」

左内は「そこだよ」とほくそ笑み、種を明かした。

昨年の秋十月、家中を回って米を買い取っていた。城普請の金にまつわる諍いを耳にしていたからである。赤坂の意を通す格好を作るため、余計な持ち出しを強いられた者は多かった。面々には氏郷からの手当てがあったが、それで全てが賄える訳ではない。とは言え武士、しかも重臣の身ときては、いざという時の備えに金を持っていなければならない。

「一石を五百文で仕入れた。梁田殿の買い値より少し高くしたら、皆、喜んでくれたぞ」

「ほんまに、あんた何で商人にならんのや」

「それより、幾らで買ってくれるんだ」

久次が示した値は、一石当たり銭七百文であった。去年より安いのは、唐入りの兵糧という用がなくなって、余剰の値上がりが見込めないからだという。

「まあ仕方ない、それで売ろう」

左内は八千石を売った。儲けは千六百貫文、灰吹銀に直して四百五十枚余りであった。

以後、さらに十幾日かで検地は終わった。これまで七十三万石余りとされていた会津領は、九十二万石ほどに改められる。左内の知行高も一千石ばかり増えた。

＊

その年、氏郷は会津に帰らなかった。唐入りの兵は撤退させると決していても、和議談合が成るまでは交替番で朝鮮に留まる軍勢がある。朝鮮の民――義兵を名乗る者共がそれを襲い、未《いま》だ戦が続いているせいであった。

もっとも九月には、明の使者が秀吉の待つ大坂に参じたらしい。氏郷が評した無益な戦も、あと少しで終わるのだろう。そう思いながら年を越し、新年の祝いを済ませた矢先であった。

悪い報せが入った。氏郷が病の床に伏せ、秀吉の隠居する伏見《ふしみ》に戻されたという。

一昨年に戻った折にも、ずいぶん疲れているように見えた。やはり慣れぬ地での長逗留《ながとうりゆう》は身に応えるのかも知れない。左内は驚いて、北川の若松屋敷を訪ねた。家老を伯父に持つ身ゆえ、もしや仔細《しさい》を知っているのではと思ったからである。

「案配はどうなんだ」

「殿からの書状には『案ずるな』とあったそうだ。が、それしか分からん」

書状があったから良いというものではない。一両日のうちにも、家老筆頭の赤坂隼人が伏見へ向かうという。北川は「なに」と笑みを作った。

「太閤殿下が腕利きの医師《くすし》を付けてくだされたそうだ。じきに良くなられる」

そう思いたい、という顔であった。

しかし。

ひと月ほど過ぎた頃、その報せが届いた。

届いて、しまった。

「我らが殿、氏郷様が……お隠れになった」

結解十郎兵衛が家中の知行取りを鶴ヶ城に集め、涙ながらに告げる。文禄四年（一五九五）二月七日、蒲生氏郷は帰らぬ人となった。

後ろから鉄砲でも食らったような気がした。結解はまだ何か話しているらしいが、全く頭に入って来ない。やがて本丸館の大広間に参じた面々が、ぽつりぽつりと辞して行く。左内はひとり茫然《ぼうぜん》として、それらを眺めるばかりだった。

「おい、左内」

「……兵五」

肩を叩《たた》かれて右上を見上げる。北川も気の抜けきった顔をしていた。

「帰ろう。もう誰も残っておらん」

がらんとした広間の中に、寒々としたものを覚える。促されて城を辞したものの、その後はどこをどう歩いたのか知らない。気付けば自らの屋敷に戻っていた。

「お帰らんしょ。て、どうしたんだが殿様。そんな酷え面《つら》で」

出迎えた鳩に「ああ」とだけ返し、左内は居室に籠もった。

ひとりになると、涙が落ちた。

「殿……俺は」

幼い頃に何もかもなくし、しかし武士として必ず立身すると心に決めた。強い者に押されて割を食うようではいけない——この身を守って死んだ傅役《もりやく》・若江《わかえ》藤《とう》右衛門《えもん》の言葉に従い、命ひとつを繋いでくれた働きに報いるのだと。

そして久次と知り合い、世話になって、金の力を身に着けようと懸命になった。長じて蒲生氏郷に仕えたのも、自ら「この人こそ」と思ったからではない。久次に恩を返そうと、求めを容《い》れただけである。

だが。しかし。自分は氏郷という人に惚《ほ》れてしまったのだ。

厳しい人だった。軍紀に反して勘当されかけたこともある。それでも氏郷が好きだった。あの人の厳しさには、裏側に確かな優しさがあった。

自分は皆に欲張りと言われ、誰からも阿呆と言われてきた。しかし氏郷は、そこに囚《とら》われなかった。正直を愛《め》で、武勇を買い、この身を引き立ててくれた。あの人がいたからこそ、一万石もの知行を得て、少しのことで屈せずに済む男になれたのだ。

寂しい。静かに落ちる涙の雫《しずく》に、胸の詰まるような嗚咽《おえつ》が混じり始めた。

氏郷がいてくれたから——何もかも、それに尽きるのに。多大な恩を受けてきた。その恩も、ろくに返せていない。これからだというのに、なぜ彼岸に旅立ってしまったのか。

悲しい。嗚咽が慟哭《どうこく》に変わってゆく。

「この先、どうしたらいいのです。殿！」

氏郷がいてくれなかったら、自分など、とうに放り出されていた。赤坂隼人や坂源次郎のように、この身を嫌う者は多い。そしてこれからの蒲生家は、その赤坂や坂が動かしてゆく。

心細い。自分には、もう居場所がないのではないか。

「俺は……俺の力では！」

勘の良さと体の強さ。それを土台にした槍働き。頭が回らぬゆえ、何ごとにも正直を貫く心。今日まで蓄えた金の力。これが自分の全てだ。

その力では足りなかった。人の幸せでさえ、金の力を抜きには語れないというのに。氏郷の、人の命だけは、この力では取り戻せない。

虚《むな》しい。ただ、ただ虚しい。慟哭が次第に薄れ、嗚咽に戻り、そして再び静かな落涙に戻っていった。

「殿様ぁ。どしたんだが」

閉めきった障子の向こうから、鳰が声をかけてきた。何も答える気になれない。

「泣いでんのげ？」

自分の持つ勘とは違う、女の勘だろう。左内はやはり何も答えず、洟《はな》を啜《すす》り上げて「はあ」と熱い息を漏らした。

「すまねぇな。入るよ」

躊躇《ためら》いがちな小声に続き、障子がすっと開く。昼下がりの明るさが左から差し込んだ。

鳰が、はっと息を呑んだ気配がする。今の自分はきっと、抜け殻のような顔なのだろう。

「……お鳰」

それきり言葉を続けられない。しかし鳩は、ずっと傍らに座って、待ってくれていた。日の色が、昼下がりの黄色から橙に変わる。もう少ししてそれが茜《あかね》になった頃、左内はようやく口を開いた。

「殿が、死んでしもうた」

「殿様の殿様が?」

小さく頷いて返す。そのまま俯いて、辛《つら》い胸の内をぽつぽつと語った。ひととおりを聞き終えると、鳩は「そうけ」と返した。涙声だった。左内は自身の膝元に目を泳がせたまま、ゆるりと二度、首を横に振った。

「すまんな。こんな……」

「いんや。辛ぇの分がるから」

そして「だども」と、細い声を寄越した。

「恩なら、今からでも返せるんでねが」

力の抜けた顔を少しだけ左に向ける。鳩は夕闇を背に、こくりと頷いた。

「一昨年《おととし》だっけか。蒲生の殿様が帰って来た時さ、殿様ぁ『褒められだ!』って喜んどったね。徳川さ天下取らせんな、会津を伊達から守れって言われたんだべ」

「ああ。だが」

「それな。遺言だったんだべな」

ぞくりとした。泣き腫らした目が、ぐいと開く。丸まっていた背がじわりと伸びていった。

遺言――そうだったのかも知れない。

いや。そうだったのに違いない。

あの晩、氏郷は酷く疲れているように見えた。事実、疲れてはいたのだろう。しかし、疲れていたのは体ではない。心だったのだ。

恐らく、氏郷はもう自らの病を知っていた。長くない命だと。それを受け止めるには、人の心はあまりに弱い。秀吉の老いを嘆き、秀次の器を云々して皆を冷や冷やさせたのは、自らの命が尽きかけている苦しみに苛《さいな》まれ、心が擦り減っていたからだ。

しかし氏郷は、やはり強い人だった。去年の正月、再び名護屋に向かう折には、すっかり疲れが抜けたと見えた。死ということ、我が身が尽きるということ、人である以上は避けられないものを受け入れたのだろう。他人に厳しいだけではない。自分にはもっと厳しかったのだ。

その人が言ったではないか。十の能に一の報いしかなければ、もっと多くを得るために二十の力を出すのが岡左内だと。それは徳川家康の逆で、伊達政宗に勝る高潔なのだと。

徳川に天下を取らせぬために力の限り抗え。

伊達から会津を守るために懸命になれ。

氏郷の、その言葉が耳の奥に蘇る。左内は両の目から涙をひと粒ずつ落とし、そして、じんわりと笑みを浮かべた。

「そうだよ……氏郷様の遺言に従えば、恩を返せる」

受けた恩は返さなければならない。金の貸し借りと同じだ。懸命に手を尽くしたと、彼岸の人に胸を張りたい。そうでなければ自分の男が廃る。

「受けた恩、利子を付けて返さねばな」

左内の顔に笑みが戻ってゆく。鳩は右手で軽く目元を拭い、照れ臭そうに頷いた。

「えがった、笑った顔見られで。おら、そだ顔の殿様が好きだよ」

「お鳩。ありがとうな」

膝立ちになって近く寄り、鳩の小柄な体をしっかりと抱いた。

「あれ殿様！　え？　ええと」

かなり慌てている。だが、嫌がってはいなかった。弾む息遣いに、娘の喜悦が感じられた。

八　蒲生の風雲

氏郷《うじさと》の嫡子・鶴千代《つるちよ》は父と離れて育った。幼少から京の南禅寺《なんぜんじ》に入り、修行を積んでいたためである。その鶴千代が還俗《げんぞく》し、諱《いみな》を秀朝《ひでとも》と改めて蒲生《がもう》の家督を継いだ。氏郷の死から二日後、文禄《ぶんろく》四年二月九日であった。

氏郷の亡骸《なきがら》は京で荼毘《だび》に付され、骨となって会津《あいづ》に帰って来た。そして葬儀が執り行われ、家中には一応の落ち着きが戻った。

「何はともあれ、秀朝様の家督が認められたは祝着である」

鶴ヶ城《つるじよう》本丸館の広間、主座を空けて右前に座した赤坂隼人《あかさかはやと》が声高に語った。得意満面の姿を末席から見て、左内《さない》は心中に溜息《ためいき》をついた。

赤坂は氏郷が病の床に臥《ふ》した頃に伏見《ふしみ》へ旅立ち、その死を看取《みと》った。しかし、まさに「看取った」訳ではない。氏郷が明日をも知れぬ命となってからは、豊臣《とよとみ》への根回しに奔走していた。

家督を継いだ秀朝は当年取って十三歳である。それを以《もつ》て秀吉《ひでよし》は、国替えの上に減俸——蒲生の故地・近江《おうみ》に二万石という捨扶持《すてぶち》——の沙汰さえ口にしていたらしい。何しろ会津には、奥州の入り口で伊達政宗《だてまさむね》を制し、また関東二百五十万石の徳川家康《とくがわいえやす》を睨《にら》むという重い役目がある。若年の当主がその任に応え、九十二万石の国主を務められるのかと疑念を持つのは、当然と言えば当然であった。

とは言え、そのとおりにされては堪《たま》ったものではない。二万石では吹けば飛ぶような木っ端大名である。今の家臣、ほぼ全てに暇を出さねばならない。赤坂は豊臣の奉行・石田三成《いしだみつなり》に取り成しを頼み、どうにか会津九十二万石を保ったまま秀朝の家督を認めさせていた。鼻高々なのも頷《うなず》ける。

「加えて太閤《たいこう》殿下は、秀朝様に縁談をお勧めくだされた。徳川家康様のご息女、振姫《ふりひめ》様である」

誰もが無駄口を利かぬ中、左内は「え?」と声を上げてしまった。赤坂が、じろりと睨む。

「おい。何ぞ不服でもあるのか。畏《おそ》れ多くも太閤殿下の思《おぼ》し召しだぞ」

「いえ。あまりのお話に驚いただけで」

驚いたのは、嘘《うそ》ではない。だが「あまりのお話」が良縁だとは思っていなかった。

赤坂は忌々しそうに「ふん」と鼻を鳴らし、今後のことを語った。

氏郷の喪が明けるのを待ち、来年の五月に祝言が執り行なわれる。秀朝はそれまで京に残り、以後は会津に入って領国を治める。後見は岳父となる家康であった。会津の政《まつりごと》は家老筆頭の赤坂がひととおりを視《み》る。

「新たな殿がお入りになるまで会津を平穏に保つべしと、太閤殿下からのお達しである。さにあらずとも、豊臣家中第一の大身と縁続きになるのだ。武士にあるまじき行ないなど言語道断、わずかな綻びさえ許されぬ。ご一同、重々心しておくように」

武士にあるまじき行ない、のところで赤坂の嫌そうな目が左内に向いた。金儲《かねもう》けについての厭味《いやみ》に違いない。赤坂がこれからの会津を視るというのなら、こういうことも増えるのだろう。

下達が終わると、広間に参じた面々は城を辞して行った。左内もそれに倣ったが、胸の内には楽しまぬ思いを持て余している。如何《いか》にしても、顔が渋くなるのを止めようがない。

「――内。おい左内、どうした」

大手門を出ようとしていたところであった。後ろからの声に驚いて振り向く。

「おまえか」

北川兵五郎《きたがわへいごろう》であった。あれこれ考えごとをしていて、呼ばれても気付かずにいたらしい。北川はこちらを見て「ん？」と首を傾《かし》げた。

「何を難しい顔をしておる。熱でもあるのか」

「考え過ぎて、そうなりそうだ。が……おまえなら色々と分かるかも知れん」

少し教えてくれと疑問をぶつけてみた。徳川との縁談は、果たして蒲生家にとって良縁と言えるのだろうか。秀吉は氏郷に家康の見張りを望んでいた。それが何ゆえ、秀朝には徳川の姫を娶《めと》れという話になるのだろう。

「良縁……には違いない」

どうにか家督を認められはしたものの、やはり秀朝は会津国主として若すぎる。いざという時に徳川の力を頼めるなら、国は安んじられるだろうと北川は言った。

「代替わりの折、何より恐いのは一揆《いっき》だ。されど蒲生と徳川を相手にすると思えば、左様な者も二の足を踏む」

「徳川の見張りというのは、どうなるのかな」

「そこは諸刃《もろは》の剣《つるぎ》よな。秀朝様が徳川様の言いなりになってしまえば、蒲生は取り込まれたも同じだ。が、まあ……そうはなるまい」

赤坂が、家老筆頭として会津を支えると張り切っていた。家中がそのつもりでいれば、蒲生家は逆に、徳川の喉元を窺《うかが》う刃《やいば》ともなろう。北川の言い分に頷き、左内は「やれやれ」と腕を組んだ。

「赤坂様に張り切られるのが一番窮屈なのだが。二万石に減らされていたら、俺の知行など消えてなくなるだろうし、致し方ないか」

これだけは赤坂に感謝せねばなるまい。それにしても秀吉は、何を思って九十二万石から二万石への減俸などと、訳の分からぬ沙汰を口にしたのだろう。

「なあ兵五。覚えているか」

一昨年の十一月、国許《くにもと》に戻った氏郷は、宴《うたげ》の席で秀吉の老いについて口にした。有り体に言って、耄《もう》碌《ろく》したと嘆いていたのだ。秀朝への沙汰も、それなのではないか。

「豊臣の天下、大丈夫なのかな」

北川は「む」と唸《うな》って口籠もったが、すぐに「なあに」と笑みを見せた。

「関白殿下……秀次《ひでつぐ》様がおられる。大殿は秀次様を『天下の器にあらず』と仰せだったが、それとて俺たち蒲生家中と同じよ。上に立つお人は、家臣が支えるものだろう」

まして豊臣には智慧《ちえ》者も多く、易々《やすやす》とは覆されないだけの力がある。秀吉が耄碌して如何《いかん》ともし難ければ、その時には豊臣家中が秀次の下に力を合わせれば良い。

「確かに……な」

「あまり悩まんことだ。世の中、なるようにしかならん」

そう言ってこちらの肩をぽんと叩《たた》き、北川は去って行った。

とにかく所領を平穏に保つ。それだけを肝に銘じて、左内は時を過ごした。赤坂に睨まれると面倒ゆえ、今年は端境期《はざかいき》に米を売るのも差し控えた。

ところが、そこで寝耳に水の大事変が起きた。

七月、豊臣秀次が自害して果てた。養父・秀吉から謀叛《むほん》の嫌疑をかけられ、高野山《こうやさん》に追放された挙句、切腹を命じられたのだという。

「何たる」

若松《わかまつ》の屋敷で一報を受け、左内は身震いした。

『あの御仁が世継ぎでは、天下を覆そうとする者が出る』

その言葉が胸の中に蘇《よみがえ》った。あの御仁――秀次が世継ぎではと、氏郷は言った。北川の言い分は違った。家臣が主君を支えれば良いと。北川には「確かに」と返したが、得心した訳ではなかった。友を疑うつもりはないが、氏郷の見通しの方が正しく思われたからだ。

しかし。秀次が死ねば、天下を引き継ぐのは秀吉の実子・拾丸《ひろいまる》だ。そして拾丸は、まだ三歳の稚児なのである。

「……俺は頭が悪い。が」

秀次の天下でさえ覆そうとする者がいるのなら、拾丸の天下など間違いなく覆されよう。北川の言うように家臣が守り立てても、上に立つ者に世の諸々《もろもろ》を判じる力がなければ話にならない。こればかりは火を見るよりも明らかだ。

秀吉は十年先まで生きておるまいと、氏郷は言った。あれから概《おおむ》ね二年、あと八年残されているとしても、その時に拾丸は十一歳。蒲生の家督を継いだ秀朝よりも若年である。

「氏郷様。俺は」

秀吉が何年先に没するのかは分からない。しかし拾丸が稚児のまま、その時を迎えてしまったら。果たして自分は、恩ある主君の遺言どおりにできるのだろうか。

秋七月の夕暮れ時、左内はふらりと縁側に出て、遥《はる》か西の空を仰いだ。浄土の氏郷は何も答えてくれない。ただ、山の端から赤みを増した光が差すばかりであった。

*

「今年は四千九百石か。一石、銭七百文でええか?」

「ええと。銀に直して千枚くらいか。それで構わんよ。よろしく頼む」

喜多方《きたかた》の屋敷に高嶋屋《たかしまや》久次《きゆうじ》を迎えている。豊臣秀次の死からほぼ一年が過ぎ、文禄五年(一五九六)六月初旬を迎えていた。

「せやけど左内さん、ええの? 赤坂様に睨まれとるて言うてたやないの」

「構わんさ。あの人は今、俺など相手にしておる暇がないしな」

去年は米を売るのを差し控えたが、今年は別だった。

去る五月、秀朝は家康の娘・振姫と共に国許に入った。十日余り前であった。当主一行を迎えたのは、家老筆頭・赤坂隼人である。赤坂は秀朝の駕籠《かご》を先導し、意気揚々と馬上で反り返っていた。あたかも、これからは自分こそが蒲生家だと言わんばかりに。

「そこに冷や水さ。殿が赤坂様を家老筆頭から外してしまった」

替わって筆頭とされたのは、秀朝の小姓頭・亘理八右衛門《わたりはちえもん》であった。その辺りを話して聞かせると、久次は「うは」と目を丸くした。

「何で、そんな」

「分からんよ。が、殿は長く京にいて、赤坂様とは縁も薄い。おまけに赤坂様は横着な人だからな。そういうのが気に入らなかったのかも知れん」

「ああ、分かるわ。良う知らんおっさんが、いきなり偉そうに出て来たら『何やこいつ』て思うでな」

得心した、という顔である。だが久次は、すぐに懸念を滲《にじ》ませた。

「けど新しい殿様、頭悪いわ。あんたと、ええ勝負や」

「俺と？　いかんのではないか、それ」

「納得してどうするんや」

呆《あき》れつつ、久次は自らの思うところを語った。

秀朝は十三歳で蒲生の家督を継ぎ、今年で十四歳である。父の代からの家臣に溝を感じるのは致し方ないが、これを蔑《ないがし》ろにするなど以ての外だ。先代の氏郷は、秀朝と同じ十三歳の時に織田信長《おだのぶなが》の人質となりながら、すぐに煥発《かんぱつ》な才気を認められ、信長の娘婿になっている。

「先代なら、古くからのご家中を大事にしたん違うかな」

「あ。そうだな。結解《けっけ》様など、大殿の父上様が介添えに付けた人だ」

「まあ赤坂様は面っ白《し》ょないやろ。もしかしたら大変な話になるかも知れんで、左内さんも気ぃ付けねや」

忠言と買い取りの銀を残し、久次は帰って行った。

それから三日ほど、左内は若松に戻った。日々城に出仕し、夕刻に屋敷へと帰る。赤坂は、新たな家老筆頭・亘理に何をするでもない。久次の言うとおり、面白くないものを抱えているはずなのだが。どうしたのかと思う間に十日余りが過ぎ、非番の日を迎える。左内は鳩《はと》のこしらえた朝餉《あさげ》を食い終えると、自らの居室に銭や銀を敷き詰めた。

いざ銭布団を楽しもうか――思った矢先、猫の額ほどの庭から無遠慮な声が響いた。

「おい。何をしておるのだ」

汚く割れた声、赤坂隼人であった。自分を嫌う人が、わざわざ訪ねて来るとは思わなかっただけに、驚いて返した。

「おや。何をしに参ったのです」

「何をしに来たとは何だ！　わしが来てやったのに、銭勘定などしおって」

勘定しているのではないが、説いて聞かせたところで勝手に怒るだろう。致し方ない、と銭を片付けながら応じる。

「座るところを作りますので、まあ上がってくだされ」

「ここで構わん。銭侍の薄汚い家に長居をする気はないからな」

相変わらず散々な言われようである。だが長居をしないと言うのなら、さっさと話を聞いてしまった方が良い。

「では用向きを」

赤坂は、くわ、と眉を吊《つ》り上げた。

「うぬの長井《ながい》領は、わしの米沢《よねざわ》から目と鼻の先だ。実に腹立たしい。それを我慢してやっておるのだ。

ありがたく思って、小姓上がりの味方などするでないぞ。わしに付くことを許してやる。それだけだ」

こちらの返答など待たず、言いたいことだけ言って帰ってしまった。いつもは受け流しているが、こうまで酷《ひど》いとさすがに気分が悪い。

「何だ、あれは。おい、お鳩！」

大声で呼び付ける。すぐに「はぁい」と返り、鳩がぱたぱたと庭まで走って来た。

「どうしたんだが」

「どうもこうもあるか。何であの人を通した」

「何でって、お客でねぇが」

「それに、おまえ。取り次ぎもせんとは」

「取り次ぎ、いらねって言うんだもの」

左内は「はあ」と強く息を吐いた。嫌われているのは重々承知している。それは構わないし、誰に何と思われようと知ったことではない。だが今日ばかりは赤坂の横柄に腹が立って仕方がなかった。

そもそも、この身を常に蔑《さげす》んできたのだろうに。それが何だ。家老筆頭から外された途端、おまえなど大嫌いだが俺に味方しろとは虫が好すぎないか。おまけに、こちらが一も二もなく従うものだと思い込んでいる。

だが、間違っても赤坂の手駒になる気はない。自分が蒲生家臣であり続けるのは、氏郷に託された遺言に応えたいからである。金を貯《た》めるのは、武士としてきちんと身を立てるためであり、氏郷の恩に応えるための力としたいからなのだ。

赤坂が亘理に何をするでもなかったのは、しばし味方を集めていたからだろう。とは言え、あの男の傲慢を煙たがる者は多い。特に町野左近《まちのさこん》や上坂左文《こうさかさもん》などは赤坂を毛嫌いし、既に幾度もぶつかっている。なるほど、久次の言うとおりだ。今のままでは、何か大変なことが起きるかも知れない。

自分には何ができるのだろう。溜息を漏らすと、鳩が「ん？」と目を丸くした。

「本当、どうしただか。そだ悄気《しょげ》ちまって」

ふと見れば、鳩はうろたえていた。少し気が咎《とが》める。

「何でもない」

「悩みでもあるんだら聞くよ」

「おまえに話しても、どうにもならんことでな」

気まずさから、笑みを作って見せる。しかし鳩は、かえって悲しそうな目をした。

「ほだか。おら難しい話、分がんねから」

余計に心苦しくなって何も言えない。少しの間、鳩も黙っていた。が、不意に「よし」と膝を叩く。

そして、かわいらしい顔で腰を浮かせ、着物の裾を捲《まく》り上げた。

「おらと、すっぺ。いい加減、手ぇ出して構わねえ頃だ」

「は？　ええと。何を？」

「分がっぺよ。着物、捲ってんでねえの」

艶を孕《はら》んだ眼差《まなざ》しに、どきりとした。思えば鳩も二十歳《はたち》、嫁にも行かず五年も屋敷の用をこなしている。

「とは言え、その……いいのか？」

「殿様、おら好いてんでねぇの？　ほら、あん時さ」

あの時——氏郷の死を知らされた日だろうか。確かに鳰の身を抱き締めた。この娘はそういう風に受け取っていたか。全く違うと言えば、嘘《うそ》になるかも知れない。

「すれば元気も出っぺ。けんど銭布団の上じゃ、やだな」

こちらの目つきから気持ちの移ろいを察したらしい。鳰は十分に、女になっている。左内は静かに立って障子を閉めた。

少しの後、八月を迎える頃になると、家中のあちこちで赤坂の陰口が叩かれるようになった。他で味方を集めようとした時も横柄に迫ったのだろう。この頃から赤坂は、すっかりおとなしくなった。当人が思っていたほど家中を束ねられなかったのに違いない。どうやら騒ぎの火種は消えたと、誰もが思うようになった。

＊

文禄五年は十月二十七日を以て慶長《けいちょう》と改元された。明けて慶長二年（一五九七）二月、再度の唐入《からい》りが布告された。明《みん》や朝鮮《ちょうせん》と続けてきた和議談合が物別れに終わったためだった。

もっとも蒲生家は出陣を命じられなかった。代替わりから間もなく、また、やはり当主・秀朝が十五を数えたばかりの若年ゆえである。赤坂隼人もおとなしくなり、蒲生先代・氏郷が「無益な戦」と評した唐入りに付き合う必要もない。まず会津は落ち着いていくのだろうと、蒲生家中は安堵《あんど》していた。

「お鳰、戸締まりはきちんとしておけよ」

「分がってるよ。昼も夜も、人使いの荒えことで」

雪融けの四月、左内は鳩を伴って喜多方へ向かうことにした。再度の唐入りが始まったため、ずいぶん米の値が上がっている。

この唐入りについては、去年のうちに北川から「あるやも知れぬ」と聞いていた。ゆえに他国から会津に来る商人を捉《つか》まえて米を買い入れ、喜多方屋敷の蔵に運ばせていた。

それらの商人には「いつ出陣の下知があっても良いように」と言った。或《ある》いは本当に出陣を命じられるかも知れなかったが、それならそれで米があって困ることはない。もし唐入りが立ち消えになっても、いつもの端境と同じに売れば済む。ともあれ手持ちの銀を半分ほど使い、実に一万五千石を買い入れた。久次に売れば灰吹銀で千枚ほどの儲けが出るだろう。

鳩と話しながら若松の町を進むと、道の向こうから小走りに駆けて来る者があった。年の頃十七、八の若者である。

「岡《おか》様！　えがった。まだ、こっちにいましたか」

「ん？　おまえは確か、坂内《ばんない》殿の」

町年寄・坂内実乗《さねのり》の下で働く小間使いだった。

「うちの旦那様が、ちっと岡様に頼みてえことがあんだ、って」

坂内自ら、こちらの屋敷を訪ねようとしていたそうだ。それを伝えるため使いに出たところ、上山《かみやま》弥七郎《やしちろう》に会い、左内が喜多方に行くと耳にしたのだという。

「なら、今から坂内殿の屋敷に寄ろう。喜多方に行くのはその後だ」

左内は小間使いと連れ立って坂内の屋敷へ向かった。

坂内邸は古いが、立派な構えである。四部屋しかない左内の屋敷より倍ほども大きい。玄関を入ってすぐの六畳に鳩を残し、八畳敷きのひと間に進む。少しして坂内が入り、五十路《いそじ》の白髪頭を下げた。

「いやいや、わざわざお運びいただくとは。申し訳ございませなんだ」

会津訛《なま》りで話さないのは、かつて蘆《あし》名《な》氏に仕えていた身ゆえか。他国の衆と話す時に備えた、武士としての嗜《たしな》みであった。

「それなのですが」

「さて、頼みとは何ですかな。俺のような阿呆《あほう》にできることなど、高が知れておりますが」

幾らか歯切れが悪い。が、すぐに思い切ったように話し始めた。

「去年から、亘理様と縁のある方々が若松に移り越しておりまして」

新たに家老筆頭となった、亘理八右衛門。その名を聞いて、幾らか胸がざわついた。

「その者たちが?」

「これが、なかなか不作法に振る舞っておるのです」

聞けば、各々手前勝手なところに居を定めてしまうのだという。商いを促すために町割りを定めていると言っても、聞く耳を持ってくれないらしい。

「若松には家を建てるところなど、ろくに残っておらんが」

「そういう、わずかの隙間に建ててしまうのですよ。大工町に商人が入り、大町通《おおまちどおり》の外れに小間物の職人が住んで、商いも何も勝手に進めてしまいましてな」

そのくせ、梁田《やなだ》が音頭を取り、坂内と倉田《くらた》、二人の町年寄が骨を折って始めた漆器は真似《まね》ている。これが若松の東や南の外れ、つまり町の入り口で常に市を立ててしまうものだから、余所《よそ》から来た商人がそこで用を済ませてしまうことも多いらしい。

「毎月どこかの通りに楽市を立てると、氏郷様がお定めくださったのに。それにも知らぬ顔を通して、何かあれば『亘理様に逆らうのか』と申すものですから、どうにも」

怪《け》しからぬ話だ。毎月の楽市は町のため、会津のためだというのに、家老筆頭がそれに反しているとは。

とは言え、である。

「俺に言っても仕方なかろう。こういう時こそ赤坂様じゃないのか」

「赤坂様では話がこじれるばかりですよ」

しばらく鳴りをひそめているが、傲慢極まる赤坂隼人では、またぞろ某《なにがし》かの諍《いさか》いを生みかねない。そこで町割りの奉行を務めた左内に相談を持ち掛けたのだという。

それにしても。赤坂の横柄がおとなしくなったと思えば、今度は亘理が我が物顔で振る舞うとは、何と厄介な。

「ああ……そう言えば兵五も言っていたっけ」

赤坂の味方集めが頓挫《とんざ》した頃から、亘理はずいぶん威張り散らしているらしい。鶴ヶ城内で廊下を歩けば、氏郷の代からの家老に道を譲らせる。若松の法度について腹案を上申するも、亘理に不都合なものは主君の耳に入る前に握り潰してしまう。数え上げればきりがないと、北川も憤懣《ふんまん》やる方ない様子だった。

坂内は弱りきった顔であった。

「赤坂様は、戦場での働きを重ねて大身となられたお方ですからな。少しばかりの我儘《わがまま》も、まあ致し方なしと思えるのですが」

そうかも知れない。赤坂は、蒲生家が近江日野《ひの》の六万石しか持たなかった頃から骨を折ってきた男だ。向こうは自分を嫌っており、自分も向こうを良く思っていないが、それでも赤坂には下の者に強く出られるだけの土台があると認めている。対して亘理は、秀朝の小姓からいきなり家老筆頭になった。それが昔からの功臣を軽んじているのだから、憤っているのは北川だけではあるまい。

「そうだなあ。結解様や横山《よこやま》様から諌《いさ》めてもらえるよう、話しておくよ」

「お願いします。一度では直らずとも、重ねてお話しすれば効き目もありましょうし」

左内は坂内の屋敷を辞すると、ひとまず喜多方に入って久次と会い、米を売った。久次は忙しく、常に商いの話だけで帰ってしまう。いつもはそれを残念に思っていたが、此度《こたび》は左内の方が早々に切り上げた。若松に帰って結解十郎兵衛《じゅうろうべえ》に会い、横山喜内《きない》も訪ねなければならないからである。

数日で若松に戻ると、左内は鳩だけを屋敷に帰し、自身はその足で結解を訪ねた。が、少し様子がおかしい。昼過ぎだというのに屋敷の門は閉めきられ、家中の者が数人で固めている。

「どうしたんだね、これは。岡左内が訪ねて来たと伝えて欲しいのだが」

すると結解家中の若い者が、驚いた顔を見せた。

「岡様。お聞きではござらんのですか」

その気配に、冷やりとしたものを覚える。思わず顔が強張《こわば》った。

「何かあったのか」

「ええ。亘理様が……斬られてござります」

赤坂が亘理を鶴ヶ城に呼び出し、上意にて成敗すると言って斬り殺したらしい。二日前、喜多方で久次と会っていた日だった。

　しまった――その思いだけが頭の中を駆け巡る。喜多方に向かう前に、一度でも結解を訪ねていれば。横山に会っていれば。こんな顚末《てんまつ》には、ならなかったのではないか。

気の利いた言葉など出せようはずもない。ようやく「そうだったのか」とだけ応じ、曖昧に挨拶をして自らの屋敷に帰った。

この一件以来、蒲生家中には重い空気が伸《の》し掛かるようになった。

亘理八右衛門は、かねて横暴に振る舞っていた。北川のように気の良い男でさえ、それには苛立《いらだ》っていたのだ。他の者が「亘理憎し」に傾いたとしても当然だろう。しかし、それでも相手は家老筆頭である。おまけに筆頭の任を与えたのは、蒲生当主・秀朝なのだ。赤坂の称した「上意討ち」など嘘に違いあるまい。

そのせいか、亘理への怒りが逆しまに返り、赤坂への反感に化けてしまった。赤坂と反りの合わない面々が味方集めに奔走している。中でも町野左近などは「赤坂の米沢城を攻め落としてくれん」と息巻いて、兵の支度まで始める始末だった。

「困った……。氏郷様、俺はどうしたら良いのでしょう」

若松屋敷の居室にあって、左内は寝転がって天井を見上げた。身は褌《ふんどし》一本、床には灰吹銀が敷き詰められている。困惑、戸惑い、そうした気持ちを落ち着けようと、銭布団の最中である。

「殿様。馬鹿なごと、してんでねえよ。お客が来てんだから」

鳩が毎度の呆れ顔で告げる。左内は寝転がったまま眉をひそめた。

「客とは誰だね。この忙しいのに」

すると鳩のすぐ後ろから、ずかずかと進み出る者があった。

「とても忙しそうには見えんな」

じめじめした声、上坂左文だ。坂源次郎《さかげんじろう》の嫌そうな顔もある。

「なあ左文。やはり、こやつを引き入れるのはよさぬか。隼人めに見くびられるぞ」

坂は小声のつもりだったようだ。が、全て聞こえている。左内が「よっこらしょ」と身を起こす間に、上坂が「いや」と応じた。

「小田原《おだわら》で太閤殿下にお声をかけられた男だ。味方に付けて損はなかろう」

そしてこちらに向き、何と頭を下げた。あまりにも意外で、左内の声が裏返った。

「何をしておるのです」

「頼む。赤坂を討つのに手を貸してくれ」

左内はそれに答えず、鳩に「下がっておれ」と促した。

下女の戸惑った姿が消えると、上坂は顔を上げて思うところを語った。町野左近が兵を集め始めている。遅ればせながら自分たちも続くつもりだ。赤坂をのさばらせ、太閤・秀吉の勘気に触れることがあってはならない、と。

「喜多方と長井、おまえの知行は赤坂の領を挟んでおる。我らに付いて、両所から米沢を睨んでくれぬか。さすれば彼奴《きやつ》は身動きも取れまい」

その上で皆の兵を回し、米沢を囲んで攻め立てるつもりだという。

「蒲生を危うくするは、豊臣の天下に逆らうと同じよ。赤坂隼人は今や悪党にて、これを成敗すれば太閤殿下の覚えもめでたかろう。褒美とて、もらえるのではないか」

上坂が「どうだ」と、じめじめした顔を歪《ゆが》ませる。左内は間髪入れずに強く返した。

「嫌でござる」

上坂と坂は呆気《あっけ》に取られた面持ちだった。褒美を云々《うんぬん》すれば容易《たやす》く口説けると思っていたのだろう。だが、これは蒲生家の、氏郷が残した会津領の危機なのだ。当代・秀朝の下命ならいざ知らず、家臣同士で争うなど、余計に会津を危うくすると思えてならない。

「俺は、蒲生の家を支えるために仕えているのでござる。赤坂様のやり様は酷《ひど》うござるが、より大きな騒ぎを起こす気はありません。そもそも、お二人は初めから赤坂様が気に入らんのでしょう。此度《こたび》のことに託《かこつ》けて、嫌な相手を蹴飛ばしたいと思っている。違いますか」

違うまい。二人から漂う気配が、そう示している。この争いに関わってはならないと、自らの勘が告げているのだ。

坂が「こやつ」と唸り、腰の刀に手を掛ける。が、左隣の上坂がその手首を摑《つか》んで制した。

「よそう。左内がどうやって槍働《やりばたら》きをしてきたか、知らぬ訳ではあるまい」

勘付かれたからには、翻意させられないと察したらしい。しかし。

「だが覚えておけ。我らが勝った暁には、おまえの居場所はないぞ」

恨みの籠もった眼差しを残し、二人は帰って行った。

しばし、左内は黙っていた。胡坐《あぐら》の膝元から、銀を一枚取って目を落とす。

「良かったのかな、これで。居場所がなくなったら」

「それで良かったのだ」

「うわはっ!」

独り言に声を返され、飛び上がらんばかりに驚いた。部屋の外、狭い庭を背にした廊下には北川と鳰の姿があった。

「兵五《へいご》。いつから」

「訪ねて来たら、上坂様たちがお運びだと聞いてな。お鳰と隣の部屋におった」

赤坂が味方を集め、町野や上坂たちが数を束ねようとしている。この動きを知った北川は、どちらにも付いてはならぬと、左内に釘《くぎ》を刺しに来たという。

「なお騒ぎを大きくすれば、それこそ太閤殿下のご機嫌を損ねよう」

何しろ秀吉は耄碌しているのだと、北川の目が語っている。左内は長く息を抜いた。

「なるほど。俺の勘は正しかったらしいな」

「ああ。おまえならではだ」

北川は言う。こうした争いが続けば、なお蒲生を危うくするだろう。秀朝が家督を取るに当たって、秀吉は蒲生を近江の二万石へ減俸しようとした。それを忘れてはならぬ、と。

「明日にでも、結解様や横山様に会うて来る」

落ち着きのある面々と共に手を尽くそう。いざという時には力を貸してくれと頼んで、北川は帰って行った。

こうした動きが効いたか、少しの後、いがみ合う双方は矛を収めた。だが、争いそのものが鎮まった訳ではない。赤坂が家老として法度を出せば、上坂が味方を集めて異を唱える。町野が知行地に入ろうとすれば、赤坂が「謀叛の支度か」と罵る。一朝ことあらば、の事態には何ら変わりがなかった。

「まこと、困ったことです」

亘理八右衛門の後ろ盾を失って、若松の町から不作法な者は消えた。にも拘《かかわ》らず、坂内実乗は左内と北川を前に困惑の溜息をついた。

慶長二年は年貢を納める秋を迎えている。いつもの年なら村々の祭が賑《にぎ》やかな頃なのに、今年は町衆にも百姓にも元気がない。月々の楽市を訪れる者も数が減っているという。

「ご家中が刺々《とげとげ》しくなっておりますから、誰も心安く生業《なりわい》に精を出しておられません。このままでは路頭に迷う者も多いでしょう」

北川が思案顔で頷く。そして左内に向いた。

「なあ。町衆と百姓が安堵して暮らせるように、少し銭を回してやらんか。俺も出すから」

「……だな。では、俺からは坂内殿と倉田殿に銀を千枚ずつ貸そう。町年寄二人で、困っている奴《やつ》に都合してやってくれ。あ、利子は取るぞ」

領民の、当面の暮らしを支えてやらねばならない。左内と北川は坂内屋敷を後にすると、この人にも助力を頼もうと、梁田藤左衛門《とうざえもん》の屋敷へと向かった。

＊

「痛恨の極みじゃ。無念なれど、ここにおる者のほとんどに暇を出さねばならぬ」

鶴ヶ城本丸館、主座の右前——いつもなら赤坂隼人が座を取る場所で、結解十郎兵衛が絞り出すように声を震わせた。

集められた面々は一千石以上の知行取りばかりである。それらの誰もが口を開くことさえできずにいた。たった今の話、太閤・秀吉が下した沙汰を聞いて途方に暮れている。

会津の国情を危うくした騒動に対し、蒲生家は会津を召し上げとなり、宇都宮《うつのみや》への国替えを申し渡された。これまでの九十二万石から十八万石への大減俸である。主座にある蒲生秀朝も蒼白《そうはく》な顔であった。

一万石の領主たる左内も、当然ながらこの場にあった。慶長三年（一五九八）一月半ば、新春の広間に漂う空気が冷たく感じる。雪に閉ざされた会津だから、ではあるまい。自分は蒲生に残れるのか。残ったとしても、大きく知行を削られるのではないか。皆のそうした不安が寒々しいものを呼んでいた。

しばしの沈黙が続く。結解は観念したように、深く溜息をついた。

「他へ仕える者、野に下る者は、向こう十日で申し出よ。暇を出す者は、その後で定める」

そして昔日を懐かしむように、虚空に目を泳がせた。

「かく申すわしも、歳《とし》を取った。この上は野に下って武士を捨てるつもりじゃ。いや……つまらぬ話をしてしもうたな。皆々、すまぬ。下がって良い」

どんよりしたものが渦巻く中、大広間に集められた面々が少しずつ散って行く。誰ひとりとして口を開く者はなかった。この場に赤坂の姿がないことが、唯一の救いであろう。赤坂は騒動を起こした責を問われ、伏見《ふしみ》に召し出されていた。あの男が家老筆頭の座にあったら、刃傷沙汰《にんじょうざた》に及ぶ者がいてもおかしくなかった。

若松の屋敷に帰ると、左内はひとり部屋に籠もって背を丸めた。夕暮れ時の薄暗さが、しんみりとしたものを醸し出した。

自分は間違いなく暇を出される側だろう。結解が野に下るからには、これからの蒲生家を動かすのは上坂左文である。赤坂との争いに際し、上坂の誘いを素気《すげ》なく断った時に言われていた。こちらが勝ったら、おまえの居場所はないのだと。

「殿様ぁ。どしたんだか、帰るなり」

すっと障子が開く。鳩が不安げな眼差しを寄越《よこ》していた。左内は項垂《うなだ》れたまま、顔だけそちらに向けて笑みを作った。

「もう殿様ではない」

「あれま！　だら、おらを嫁さ取るってのかい？」

驚きと喜びを弾《はじ》けさせ、顔を真っ赤にしている。何と、かわいらしいことか。それを見ていると、くすくす笑うくらいの気力と、申し訳なく思う心が戻ってきた。

「それも違う。実は」

蒲生家が国替えとなり、家領を大きく減らされる。暇を出される家臣は多く、自分もその中のひとりだろう。若松や喜多方の屋敷も立ち退《の》かねばならない。噛《か》んで含めるように説いて聞かせると、鳩は次第に怪訝《けげん》なものを纏《まと》っていった。

「それで、おらにも暇出すんだか。おかしいべ、それ。蒲生の殿様に暇出されて、殿様は何もしねぇのかい。別の殿様の家来になんでねぇの？」

ならば引き続いて下女は要るだろうと、拗《す》ねた顔をする。慕われているのだな、と胸の内に潤んだものが満ちた。しかし、だからこそだ。

「どこかに仕えるとしても、いつになるか分からん。おまえを引っ張り回すのも、かわいそうなのでな」

鳩は「心底呆れた」という風に眉尻を下げた。

「ほだから、殿様は阿呆だて言われんだ。ここにいたら、いいでねえの。蒲生の殿様が他さ行くんなら、会津にゃ別の殿様が来んでねか」

「あ」

ぽかんと口が開いた。新しく会津国主となる者に仕えれば良い。まさにそのとおりだ。

太閤・秀吉は養子の秀次を亡き者とし、天下騒乱の火種を作ってしまった。徳川が天下を覆す下地はでき上がっている。加えて、葛西《かさい》・大崎《おおさき》一揆を起こした男——伊達政宗も、豊臣の天下が乱れた暁には尻馬に乗るだろう。

会津は伊達政宗を制し、徳川家康を睨む地である。蒲生に暇乞《いとまご》いしてこの地の新たな国主に仕え、両者の野心を阻むために働く。それが氏郷の遺言に応えるための、一番の道ではないか。

「お鳩、おまえ頭がいいな」

と、そこへ客があった。玄関の外、粗末な門から「御免」と通りの良い声が渡る。

「誰だべ、もう夜になるっづうのに」

鳩が幾らか迷惑そうな顔をする。しかし左内は「通せ」と笑みを浮かべた。

「この声は横山様だ。上坂様や坂様なら嫌だが、あの人が訪ねてくれるのは嬉《うれ》しい」

では、と鳩が玄関に向かう。左内はその間に藁《わら》で編まれた円座を支度した。

「すまんな、今時分に」

横山喜内は、いつもどおりの穏やかな顔で、膝詰めに向かい合った。鳩が白湯《さゆ》を運んで下がると、横山はそれをひと口含んで「ふう」と息をついた。

「早速だが、これからの身の振り方についてだ。おまえ、石田様に仕える気はないか」

「石田様とは、もしや奉行の？」

石田三成。豊臣の奉行として政の実を執る大物であった。蒲生が減俸となるに際し、これを下達するべく寄越された使者が、石田の書状を何通も持って来たらしい。蒲生から暇を出されて行く当てのない者、或いは蒲生を助けるために自ら身を引く者があれば、石田家中に迎えたいという申し出である。

「横山様は石田様のお世話になるのですか」

「ああ。蒲生に未練はあるがな」

それでも石田に仕えるのには、重大な訳があった。

「蒲生家は……体よく使われたのだ」

当代・秀朝の婚姻は、太閤・秀吉の策略だったのだろう。横山はそう語った。

秀朝は振姫を娶り、徳川家康を岳父とした。蒲生家中の誰もが「徳川を内側から見張れ」と言われたのだと思った。しかし、それは間違いだった。

「徳川様は我らが殿の後見よ。此度の如《ごと》き騒動が起こらば、それは後見の落ち度とされる」

秀吉は、蒲生が徳川を睨むことを望んだのではない。蒲生を出汁《だし》にして徳川への締め付けを強める、巧くすれば足を掬《すく》うのが狙いだった。

「隼人の奴、少しの間おとなしくしておったろう。なのに、急に亘理を斬って騒動を起こした」

騒動の責を問われ、赤坂隼人は伏見に召し出された。会津を発《た》ったのは昨年十二月の初めであるから、申し開きはとうに終えているだろう。左内は固唾を呑《の》んで頷く。横山は眉をひそめ、苦し気に目を細めた。

「あやつへの沙汰は軽かったようでな。加藤清正《かとうきよまさ》様に身柄を預けられたのみと聞く」

つまり赤坂は秀吉に言い包《くる》められ、わざと騒動を起こしたのではないか。この見立てに左内は身震いし、落ち着かない笑みを浮かべた。

「まさか。赤坂様と太閤殿下には、これと言って」

これと言って繋《つな》がりはない。その言葉が止まる。寸時の後、大きく口が開いた。

「あ！」

「そうだ。大殿……氏郷様が病の折、隼人は伏見に上がっておった」

年若い秀朝の家督を認めてもらうため、赤坂は石田三成に働きかけた。豊臣の大物と繋がりを持ったのだ。その折に石田から言い含められた、とまでは言えない。後になって誰かがこの伝手《つて》を使い、命じたという目もある。しかし。

「いずれにせよ此度の騒動は、徳川を締め上げるという豊臣の益だけを残した。その上で隼人の奴は大した咎めを受けておらん。奴は主家を売ったのだ」

「横山様は、それでも石田様に仕えるのですか」

蒲生に未練があると言ったろうに。蒲生頼郷《よりさと》の名乗りを許された身だろうに。徳川を躓《つまず》かせる罠《わな》、体の良い捨て石に使われたと知って、どうして豊臣の大物に仕えようとする。

「わしはな、左内。石田様の家中となって、此度の裏側を確かめたいのだ。それに、大殿のご遺志を全うしたくもある」

「ご遺志とは?」

「徳川の野心を阻めと。ご最期となる前に、わし宛ての書状が残されておった。震える筆でな」

右筆《ゆうひつ》を介さず、氏郷自らの手だったのだろう。横山は俯《うつむ》き加減でそう語った。

左内は、ぐっと奥歯を嚙んだ。過ぎ去った晩の、氏郷との話が思い起こされる。秀次の世となれば、きっと徳川家康が天下を覆そうとする。伊達政宗が隙を窺う。世を悪くせぬため、それに抗《あらが》うべく力を使えという言葉が。

やはり、あれは遺言だったのだ。そして氏郷の懸念は、最悪の形で現実になろうとしている。秀吉は耄碌して先が短く、今や秀次まで亡き者とされた。稚児の拾丸が世継ぎでは、家康や政宗の野心は
「きっと」では済まない。

「隼人や左文には、斯様《かよう》な書状は遺されなかったようだ。わしだけを信じてくださったのか、家中の皆に宛てる前にお命が尽きてしまわれたのか、それは分からん」

横山は「だが」と顔を上げた。

「書状には、頼むべき者の名が幾人か連ねられていた。蒲生のお家は結解様、寄騎《よりき》の関《せき》様と田丸《たまる》様を頼まば潰れはすまいと。徳川様の野心を阻むのは、わしと北川土佐《とさ》、北川兵五郎を始め十人足らず。左内の名も記されておった」

横山は、真剣そのものの眼差しを向けてきた。

「されど我らの力は小さきに過ぎる。太閤殿下が泉下の人となり、徳川様が天下を覆そうとするなら、抗える者は限られておろう。加賀《かが》の前田利家《まえだとしいえ》様、西国の毛利輝元《もうりてるもと》様、越後の上杉景勝《うえすぎかげかつ》様、このお三方くらいだ。石田様なら、お歴々と手を携えやすい」

此度の誘いは渡りに船なのだという。だから左内、おまえも来ないかと。

横山の言い分はもっともだ。氏郷の思いに応えるには、自分のちっぽけな力では足りない。ゆえに、心を揺らすだけのものがあった。

しかし。傾きかけた思いが、何かに支えられて止まった。


『ずるい者共に潰されぬだけの力を付けて、誰にも見捨てられぬ武士になれば良いのです』


遠い昔、闇の中で聞いた言葉だった。幼き日の自分、この命ひとつを繋いでくれた傅役《もりやく》・若江《わかえ》藤右衛門《とうえもん》との約束である。左内は大きく息を吸い込み、細く長く吐き出した。

「横山様の気持ちは分かりました。ですが俺は、石田様には仕えません」

蒲生を使った策略、秀吉の悪智慧を聞かされながら、その手先となったかも知れぬ男に仕えるなど思いも寄らぬ話であった。

自分は金の力を蓄えてきた。その力を幾度か使ってきたから、なのだろうか。石田への仕官という話の中で、はっきり見えたことがあった。

かつて大地震に見舞われた折、伊勢《いせ》松ヶ島《まつがしま》の町衆に金を貸した。図らずも取り立てを諦めたことで、金は皆を安んじる力となった。幸せは金で買えるという久次の言葉、その真意を知った。

此度の蒲生騒動に際しては、日々の生業も儘ならぬ町衆のため、町年寄を通じて金を貸している。町衆は当座の暮らしを賄い、どうにか食い繋いでいるそうだ。

そういう年月が教えてくれた。金というものが力ならば、力とは、人を泣かせるために使うものではない。人の命を繋ぎ、幸せに導くために使うべきなのだ。

「太閤殿下は、ずるいお人です。その人がいなくなって徳川様が天下を奪うなら、これも同じ穴の貉《むじな》でしょう。氏郷様は、伊達様も天下を乱すお人だと言っておられた。そういうのに、俺は染まりとうないのです」

天下人の力。それを覆し得る力。周囲を食らって乱す力。どれも強い、強い力である。野放しにしては、吹き飛ばされて泣く者が出よう。それはどこかの大名かも知れないし、或いは民百姓かも知れない。

自分の持つ金の力が、何ほどの役に立つかは分からない。だが抗わねば。

否。抗いたいのだ。幼い日の自分は、何の力も持たなかった。ゆえに、余の若狭《わかさ》国衆の良いようにされ、辛《つら》く苦しい思いを味わった。今、或いはこの先、同じ目を見るだろう者がある。そうと知って見過ごすなど、藤右衛門の心に背く。氏郷の遺言も違《たが》えることになる。

「俺はここに残ります。徳川様と伊達様に挟まれた、この会津に。そして、新しく会津の殿様となるお人に仕えて戦い、ずるい者たちにひと泡吹かせたい」

横山は「ふむ」と頷き、ひとつを問うた。

「新たな国主が徳川様か伊達様だったら、どうする」

「その時は、徳川様や伊達様に抗うお人を探して、押し掛けます」

真っすぐな眼差しに、ゆるりとした笑みが返された。

「それも、ひとつの道よな。あい分かった。おまえには武勇もあり、七年余り会津にあって知り得たことも多い。誰が新たな国主となっても、仕官は叶《かな》うであろう」

丁寧に一礼して、横山は帰って行った。

ひとりになると、胸が苦しくなった。

自分は会津に残ると決めた。だが横山の言うとおり、徳川に抗える者など限られている。果たして、そういう人が会津の国主になってくれるのだろうか。果たして、自分は正しかったのだろうか。じわり、じわりと自信が揺らいで行く。

「……お鳩。お鳩！」

大声を上げると、すぐに「はぁい」と返ってきた。

「晩飯だが？　すぐに支度できっけど」

「飯はいい。こっちへ来い」

鳩は「はて」という顔で中に入る。左内は女の身を押し倒し、その胸元を大きく開《はだ》けさせた。

「ありゃりゃ。すんのげ？　いいよ」

ぱっ、と嬉しそうな色を浮かべる。左内は一時だけ鳩に溺れた。今だけでいい。自分の選んだ道が間違いではないと思いたかった。

翌朝、北川が訪ねて来た。用向きは昨晩の横山と同じである。

「兵五は、石田に行くのか」

自分と違って、北川には妻も子もある。だが自分ほどの蓄え――銀五千枚くらいならいつでも動かせる――を持たない。大物の家中という旨《うま》みを取ったとて責められぬだろう。とは言え北川は、身分の上下を超えて、ずっと友であってくれた。離れるとなれば、この上なく寂しい。

胸の痛みに苦しんでいると、北川は困ったように「おい」と笑った。

「何という顔をしておる。断ったよ。伯父上は石田に行くと仰せだがな」

「あ?」

「おまえが断ったと聞いてな。大殿の思いに応えたいのは俺も同じだ。横山様が石田に行かれるのも、おまえが会津に残るのも、詰まるところ同じ思いゆえだろう。だが太閤殿下の企みを知った上では、どうにも石田に仕える気がせんのだ」

左内の両目から、ぽろぽろと涙が零《こぼ》れた。

「兵五お!」

弾かれるように、北川に飛び付いた。もっとも、向こうは「鬱陶しい」「抱き付くな」と腕を突っ張って、互いの身を離そうとする。

「ええい!」

ついに突き飛ばされ、後ろ向きに倒れた。だが、すぐに身を起こして右腕で涙を拭う。

「おまえがいてくれると心強い。俺は間違っていなかったと思えるのだ。ありがとうな」

北川は、少し照れ臭そうに目を逸《そ》らした。

「横山様から、おまえとの話をひととおり聞いた。初めは、貸した金を惜しんでおるのか……とも思うたのだがな」

騒動の最中、倉田為実《ためざね》と坂内実乗に銀を千枚ずつ貸している。その一件を持ち出され、左内は眉をひそめて大いに胸を張った。

「見くびるな。金は惜しいに決まっているだろう」

「え?」

「それに、梁田殿との繋がりもある。久次の商いにも一枚嚙ませてもらえる。会津におれば、大殿の思いに応えながら儲けられるではないか」

しばし、北川は二の句が継げぬようであった。が、少しずつ顔が綻び、口元が歪み、小刻みに肩が震えてゆく。

「ははははは！　あは、あははは、あっははははははは！」

そして、大笑に変わった。

九　家康の罠

山間《やまあい》には未《いま》だ雪が残っているが、平地は概《おおむ》ね土の色を見せている。もっとも雪融けのすぐ後とあって、叩《たた》き固められた道も土が緩い。その泥濘《ぬかるみ》を踏み越え、長蛇の行列が若松《わかまつ》の町に入って来た。遠くには「竹に飛び雀《すずめ》」の大旗が見える。藍色地を白く染め抜いた上杉《うえすぎ》の家紋が、昼前の陽光に揺らめいていた。

蒲生秀朝《がもうひでとも》の国替えから二ヵ月ほど、慶長三年（一五九八）三月二十四日。新たな会津《あいづ》国主となったのは、越後《えちご》の雄・上杉景勝《かげかつ》であった。

「止まれ」

鶴《つる》ヶ城《じょう》の北東――大手門に至る前に、上杉の行列は止まった。門前に立つ左内《さない》と北川《きたがわ》を目にしたがゆえであった。

騎馬と徒歩《かち》、合わせて千を超えるだろう人の群れに、ざわついた気配がある。行列の中から三騎が闊歩《かっぽ》して来た。戦の行軍ではないため、どれも小袖と羽織に括《くく》り袴《ばかま》の姿である。それらは左内と北川、左右に並ぶ二人から数間ほど離れて馬の脚を止めた。ひと息に飛び掛かれないだけの間合いを取っている。

「そこな二人。何奴《なにやつ》か」

三騎の先頭から疑念の声が飛ぶ。北川が胸を張った。

「此方《こなた》、先頃まで蒲生侍従秀朝公に仕えておった北川兵五郎《へいごろう》と申す」

「北川兵五郎……北川図書《ずしょ》殿か」

相手の目つきに驚愕《きょうがく》の色が見えた。さもあろう、北川は少し前まで津川《つがわ》城代付きで、会津と越後の境を守っていた身である。上杉家中に名を知られていて当然であった。

「して、そちらは」

問われて、左内はにこりと笑みを浮かべた。

「同じく元・蒲生家臣、岡《おか》左内。上杉家にお仕えしとう思い、ここな兵五《へいご》と共に待っていたのでござる」

向こうは「むう」と唸《うな》って、余の二人とひそひそ話している。と、一騎が馬首を返して行列に戻って行った。

「しばし待たれよ」

自らを落ち着けたい、という声である。北川が「承知」と返した。

そう長くを待たせず、先に戻ったのとは違う馬が馳《は》せて来た。直垂《ひたたれ》に烏帽子《えぼし》という姿が、少し向こうで手綱を引く。四角い顔に切れ長の目、どっしりした落ち着きと怜悧《れいり》な智慧《ちえ》を思わせる男であった。

「上杉家老、直江《なおえ》兼続《かねつぐ》である」

名乗りを耳に、北川が「おお」と驚嘆の声を漏らして頭《こうべ》を垂れる。左内もこれに倣った。

「良い良い。二人とも面を上げよ」

穏やかな語り口は、蒲生を去って石田《いしだ》三成《みつなり》に仕えた横山《よこやま》喜内《きない》と似ている。そこに親しみを覚えて顔を上げれば、直江はこちら二人の顔をじっくり眺めて「うむ」と頷《うな》いた。

「良き面構えよ。北川図書に岡左内と申さば、蒲生家中でも指折りの勇士じゃ。それほどの身でさえ、此度《こたび》の国替えでは割を食う破目になったか」

しんみりとした顔で、半ば目を伏せている。思案する胸の内が伝わった。どうやら——。

「あい分かった。二人の願いを容《い》れよう。上杉は会津を知らぬゆえ、其許《そこもと》らの如《ごと》き者には値打ちがある。我が殿には、この兼続からお伝えしておこう」

やはり、と左内は満面に笑みを湛《たた》えた。北川が「ありがたき幸せ」と再び頭を下げる。が、すぐに顔を上げてこちらに向いた。

「おまえもだ」

首根を摑《つか》まれ、ぐいと頭を下げさせられる。直江は鷹揚《おうよう》に笑った。

「二人とも、若松には蒲生の頃からの屋敷があろう。変わらずそこに住まうが良い」

知行割りの沙汰を下す折に城へ上がるべし。直江はそう言って行列の中に戻って行った。

そして三日後、巳《み》の刻（十時）を迎える。鶴ヶ城本丸館の大広間には二百ほどが召し出され、主座に向いて二十人ずつ十の列を作った。

上杉の家領は会津九十二万石の他、佐渡《さど》十四万石、出羽庄内《でわしょうない》に十四万石、合わせて百二十万石である。これをどう割り当てるか、直江が申し渡していく。まずは譜代の重臣、次いで侍大将や物頭、旗本衆。新参の北川と左内は、最後であった。

「北川図書。信夫《しのぶ》郡に五千石を遣わす」

福島《ふくしま》城代・本庄繁長《ほんじょうしげなが》の寄騎《よりき》であるという。知行高は蒲生の頃より五百石も多い。

「岡左内。喜多方《きたかた》に四千二百石。同じ耶麻《やま》郡の猪苗代《いなわしろ》城代・水原常陸介《すいばらひたちのすけ》が寄騎とする」

思わず「おお」と声が出た。蒲生での一万石に比べればずいぶん減ったものの、それでも北川と八百石しか違わないのだから、身に余る処遇と言えた。

この日は千石を超える宛行《あてがい》の者だけが集められており、それに満たぬ者は別途の下達となる。これにて知行割りの沙汰は終わり、皆が大広間を辞して行った。

そうした中、左内はひとり大声を上げた。

「水原様。おられませんか」

自らの上役は如何《いか》なる男だろうか。赤坂隼人《あかさかはやと》や上坂左文《こうさかさもん》のような人となりでないことを願いつつ、きょろきょろと見回した。が、返答がない。

「おかしいな。もう帰ってしまったのか」

あちこちに目を遣《や》りながら、うろうろ歩く。すると、ふと脇を見た拍子に誰かとぶつかった。

「あ、これは失礼」

慌てて顔を前に戻す。目の前には胸があった。自分の背丈とて人より頭半分ほど高いのだが、ぶつかった相手はさらに頭ひとつ分大きい。

「お主が岡左内か」

頭上から太い声が降ってくる。見上げれば、馬と見紛うほどの面長であった。しかも顔中に黒豆の如き黒子《ほくろ》が散らばっている。

「もしや水原様ですか」

黒子の馬面が「おう」と人好きのする笑みを湛えた。見たところ五十を少し過ぎたくらいの歳《とし》か。頰に寄った皺《しわ》をさらに深くして、水原はげらげらと大声で笑った。

「いやいや、岡左内と言えば歴戦の勇士、されど金に汚く蒲生家中でも嫌う者が多いと聞いておったが。どうして、どうして。なかなか気持ちの良さそうな奴ではないか。人の噂《うわさ》というのは当てにならんものよな」

どのような男かと思っていたが、なかなか豪快な人となりらしい。少し安堵《あんど》したのだが。

「上杉家中は会津に通じておらんが、わしは違うぞ。何しろその昔、長沼《ながぬま》におった。須賀川《すかがわ》の少し西だな。何ゆえ会津におったか知りたかろう。実はなあ、上杉から出奔していたことがあったのよ。鬼《おに》小島弥太郎《こじまやたろう》という男と共に、蘆名《あしな》家中の新国貞通《にいくにさだみち》殿に身を寄せておった。それと申すのも、先代の謙《けん》信《しん》公が亡くなられて、上杉は家督争いの真っ只中《ただなか》だったのでな。まあ越後と会津は隣国ゆえ行き来もしやすいしのう。それに——」

話の終わる気配がない。こうも口数が多いと、赤坂の如き横着者や上坂のような卑屈者とは違う形で気苦労も多いのではないか。

「——という訳でな。ああ、ところで左内。お主の、金に汚いという話だ。聞くところによると金貸しをして利子を巻き上げておるというが、まことか」

問いかけという形だが、ようやく言葉が止まった。やれやれ、と思いつつ返す。

「人聞きの悪い。利子は商人が貸す時の半分しか取っておりませんぞ」

「お、そうなのか。ならば戦の折など、わしにも少し都合してくれんか。いやあ、ありがたい。戦は金を食うからのう。いやいやいや、必ず返すゆえ懸念するでない。とは申せ、この先に戦があるかどうかは分からんがな。まあ唐入《からい》りは未だ続いておるし――」

ようやく話が終わった頃には、大広間には他の誰もいなくなっていた。

それから数ヵ月。蒲生騒動で乱れていた会津は、上杉景勝の入府によって次第に落ち着きを取り戻し始めた。騒動の折、町年寄の倉田《くらた》為実《ためざね》と坂内実乗《ばんないさねのり》に千枚ずつ貸した銀も、半分以上は利子が付いて返って来ている。

こうした平穏の中、太閤《たいこう》・豊臣秀吉《とよとみひでよし》の薨去《こうきょ》が報じられた。上杉家中は鶴ヶ城に召し出され、直江から これを告げられた。数日前、慶長三年八月十八日のことだったという。

「お世継ぎは拾《ひろい》様じゃ。これより元服なされ、豊臣秀頼《ひでより》公を名乗られる」

左内は、もやもやしたものを胸に抱えた。秀次《ひでつぐ》が切腹に追い込まれた時、危ぶんでいたとおりになっている。秀頼は未だ六歳の稚児で、天下の実を執れない。五人の老衆《おとな》と五人の奉行、いわゆる「十人衆」が話し合いで政を視《み》るそうだが、老衆筆頭が徳川家康《とくがわいえやす》なのだ。

「我らが殿も老衆の一となられた。太閤殿下のご遠行に際し、定めるべき話はまことに多い。まずは昨年から続く唐入りを如何様《いかよう》に致すかである」

ついては、景勝は上洛《じょうらく》せねばならない。直江も随行し、しばらくは国許《くにもと》に戻れないという。

「殿と、この兼続がおらぬ間、何としても会津を平穏に保つべし。蒲生の――」

真っすぐに向いていた直江の目が、ちらりと二ヵ所に飛ぶ。左内と北川の顔であった。

「――轍《てつ》を踏んではならぬ。決して間違いを起こさぬよう、各々が身を慎むように。困りごとあらば、岩井備中《いわいびっちゅう》、安田《やすだ》上総《かずさ》、大石播磨《おおいしはりま》の三奉行に裁定を仰ぐが良い」

この後、景勝と直江は支度を整えて上洛の途に就いた。秀吉の隠居所・伏見《ふしみ》城に入ったのは、十月七日であった。

*

慶長二年からの唐入りは、景勝が伏見に入る二日前、十月十五日に撤兵が布告された。明《みん》帝国および朝鮮《ちょうせん》王国との講和については、対馬《つしま》の宗義智《そうよしとし》に任されている。

徳川家康、前田《まえだ》利家《としいえ》、毛利《もうり》輝元《てるもと》、上杉景勝、宇喜多《うきた》秀家《ひでいえ》――五人の老衆は、秀吉を失った混乱を抑えるために奔走していた。景勝と直江は、やはり長く国許を空けることになった。

そして、明くる年の春を迎える。

左内は若松の屋敷にあり、ひとり銭布団で天井を眺めていた。日の本の国は、これからどうなるのだろう。難しい話は苦手だが、今ばかりは憂いが先に立つ。気持ちを落ち着けたくて銀の上に寝転んでいるのに、どうにも乱れた心が収まらない。

そこへ客があった。

「殿様ぁ。お客――」

「ああ構わん構わん。わしは左内の上役ゆえ、訪ねて不都合はなかろう」

鳩《はと》の声を覆い隠すように、豪快な大声が渡る。水原親憲《ちかのり》であった。

「左内どうした。風も温《ぬる》む頃だと申すに、閉めきっておるなど勿体《もったい》な……」

水原は無遠慮に障子を開けたものの、中の様子を見ると、小さく「うっ」と呻《うめ》いたきり言葉を失った。鳩が眉間に皺を寄せ、困り顔を見せた。

「んだがら、取り次ぐの待って欲しがったのに」

水原の馬面が鳩を向き、おずおずと頷く。黒子だらけの長い顔は次いでこちらに向いた。

「お主……若狭《わかさ》の生まれと聞いたが、彼《か》の国では皆そういうことをするのか」

左内はむくりと起き上がった。水原が訪ねて来たのは、いずれ世間話をしたかったのだろう。大らかな人となりは好ましいが、過ぎるほどの話好きには閉口する。内心に「面倒な人が来たものだ」と思いつつ、褌《ふんどし》一本の姿で灰吹銀を少し片付けた。

「若狭の習わしではありません。俺が好きでやっているだけで。まあ、お座りくだされ」

「う……うむ」

それでも水原は、若松の楽市がどうの、町割りの良さがこうのと世間話を始めた。話すうちに銭を敷き詰めた部屋にも慣れてしまったらしい。早々に帰ってくれるかと思っていたのだが、当てが外れた。

「時に、上方の動きをどう思う。天下はやはり徳川様のもの……なのだろうか」

幾分、顔を強張《こわば》らせている。左内もしかめ面にならざるを得ない。それこそが、銭布団で気を落ち着けようとしていた理由なのだから。

「俺に難しい話は分かりません。徳川様が太閤様の遺言に背いたのを、どう思えば良いのか」

昨年の末からこの慶長四年（一五九九）にかけて、家康は諸国大名にいくつも縁談を持ち掛けた。だが大名同士の勝手な婚姻は、秀吉の遺命で禁じられている。前田利家と石田《いしだ》三成《みつなり》はこれに反発し、詰問使を出した。当然、家康は言い逃れをしたのだが、老衆筆頭の立場を楯《たて》に取り、逆に使者を恫喝《どうかつ》する始末だった。

「我らが殿は、あの折に前田様に付いたろう。幸いにも騒ぎにならずに済んだが、徳川様に睨《にら》まれて良いことなどない。わしは、そこを懸念しておるのだ」

水原が言う「あの折」とは、詰問使の直後である。家康のやり様に反感を覚える者は多く、一時は徳川・前田双方の伏見屋敷に諸大名が参集し、すわ戦かというほど話がこじれた。その時、上杉景勝は前田屋敷に参じた。左内にとっては頼もしい話であった。

しかし、ほどなくこの対立は双方の和解によって終わった。徳川方と前田方に分かれて戦となれば、豊臣の天下は大いに揺らぐ。前田利家はそれを嫌ったのかも知れないし、重い病の床にあるせいで気が弱くなっていたのかも知れない。

「いやさ。やはり今は徳川様の天下よな。だとすると、会津はいずれ割を食わされはすまいか。越後の頃より増えた知行も、長続きはせんのかも知れんな」

やはり今は徳川の天下――水原がそう断じるのは、去る閏《うるう》三月三日に前田利家が逝去したからである。加えて、利家逝去の晩に石田三成の大坂屋敷が襲われた。石田は先んじて屋敷を抜け出し、難を逃れたものの、この騒動の一方の責めを負わされた。家康から下された沙汰は、奉行の任を免じた上、国許の近江佐和山《おうみさわやま》に蟄居《ちっきょ》というものである。家康に抗《あらが》う者は、これで豊臣家中から除かれてしまった。

「横山様」

なお話し続ける水原を捨て置き、ぽつりと漏らす。横山喜内の行く末が気に懸かっていた。

蒲生に仕えていた頃は、赤坂隼人や上坂左文など、家の柱石たる面々に酷《ひど》く嫌われた。それでも居場所があったのは、北川兵五郎や結解十郎兵衛《けつけじゅうろうべえ》、横山喜内などの味方がいたからだ。

蒲生が会津から去った後、北川は自分と共に上杉の家臣となった。結解は武士を捨てて野に下り、若松の町で好々爺《こうこうや》の余生を過ごしている。しかし横山は石田家中に加わったのだ。主君が蟄居の身となっては、横山の苦衷は如何《いか》ばかりだろう。一方の恩人を思うと胸が痛い。

「上杉も、よほど巧《うま》く立ち回らねば。まあ直江殿がおれば何とかしてくれよう」

水原はそう言って話を締めた。もっとも、その話が終わったに過ぎない。すぐに他の話が始まり、夕刻になるまで帰らなかった。

＊

「長らく国許を空け、皆には苦労をかけた」

景勝が鶴ヶ城に帰り、家臣たちの前で太い声を上げる。労《ねぎら》いの言葉をかけながらも、面持ちは厳しい。とは言え、それは水原が懸念したように、徳川に睨まれているからではなかった。景勝は元来、笑わない男である。

斯様《かよう》な主君を常に支えているためか、主座の右前でこちらを向く直江兼続もあまり笑みを見せない。もっとも話しぶりは主君と違い、多分に穏やか、円《まろ》やかであった。

「太閤殿下がお隠れになって一年が過ぎた。京・伏見・大坂の戸惑いも消えたゆえ、国許に戻るお許しが出たものである」

このほど、ようやく唐入りの後始末が終わった。一応の落ち着きを見ると、老衆筆頭の家康は諸大名に帰国を勧めた。上方詰めの疲れを癒しつつ、しばし捨て置いていた国許の差配を行なうが良い、と。

景勝が会津に戻ったのは、慶長四年八月二十二日であった。

「特に我ら上杉家は、国替えから間もなく上方詰めとなった。他に比べて国許の差配は大いに遅れておるゆえ、急ぎ会津の諸々《もろもろ》を整えねばならん」

直江を通じて命じられたのは、道を整える、武具兵糧を蓄える、鶴ヶ城の西・神指《こうざし》に城を普請する、の三つであった。

鶴ヶ城は蒲生の頃に大きく拡《ひろ》げられている。城下の若松も町割りをし直し、ずいぶんと商いが盛んになった。だが、どちらもこれ以上大きくするだけの余地がない。さらなる繁栄の土台として、新たな城と町の普請は特に必要と言えた。そうでなくとも、所領を富ませて民百姓を安んじるのが大名の役目である。国替えに際し、城や町、道の普請をするのは常なる話でもあった。

直江からの下達が終わり、一同が下がり始めると、水原が声をかけてきた。

「左内、すまんが銀を百枚ほど都合してくれんか。ああ、必ず返す。利子は半年でひとつだったな。なに、普請が終わらば会津はなお潤うであろう。さすれば――」

いつものとおり、話は長かった。

水原が借財を頼んだのには訳があった。そもそも会津は、冬になれば雪に埋もれる土地柄である。ゆえに城や町、道などの普請は春にならねば進められない。だが一方で、それは百姓が懸命に働く季節であり、町衆の商いも盛んになる頃なのだ。その時節に賦役《ぶやく》衆を集めれば、民の生業《なりわい》が危うくなる。ゆえに、賦役の者たちが困らぬように賃金を弾んでやる必要があった。

その辺り、知行取りは誰もが同じである。左内も例に漏れはしないが、他の面々と違って余計な銭を使わずに賦役衆を集める手立てがあった。

「――という話で、手を打ってはくれんか」

若松の町年寄・坂内実乗の屋敷を訪ねて談判している。今日は坂内の他に、もうひとりの町年寄・倉田為実の姿もあった。その倉田が「ふむ」と頷いた。

「ええんやあらへんか。なあ坂内さん」

「銭を余計に払うのと同じですからな。町衆と百姓に伝えておきましょう」

左内が持ち掛けたのは、賦役衆に支払うものを増やさない代わりに、蒲生騒動の折に貸した金の利子を半年分だけ免じるという案だった。

あの時は坂内と倉田に銀を千枚ずつ任せ、困っている者に貸し出させた。今までに返されたのは六分目ほど、このまま年を越せばまた利子が乗る。それを帳消しにすると言えば、借りた民は喜ぶだろう。新しく乗る利子は諦めねばならないが、それで賦役の頭数を集めやすくなるなら安いものだ。加えて、元金と今までの利子は返してもらうのだから、損をする訳でもない。

案の定、他の面々に比べて左内の下には人の集まりが良かった。普請触れが出て一ヵ月、九月も終わろうという頃には、割り当てられた百人の半分ほどが揃《そろ》っていた。

こうした手際を示せば、先々に加増もあるのではないか。そう思っていた矢先、左内は鶴ヶ城に召し出された。上役の猪苗代城主・水原親憲も一緒であった。

「戦にござりますか。これはまた」

出陣の支度をせよと命じられ、水原はそれだけしか言えずにいた。いつもの口数が鳴りをひそめている。

「加賀《かが》の前田利長《としなが》様に、謀叛《むほん》の疑いがある。この成敗に参陣するためだ」

二人を召し出した直江は、沈痛な面持ちで仔細《しさい》を語った。

今月初め、徳川家康が大坂に参じた。豊臣秀頼に、重陽《ちょうよう》の節句の祝いを述べるためであった。ところが、その折に家康を闇討ちにする企てが露見した。これを指図したのが前田利長――閏三月に没した父・利家を継いで老衆となった――だという。

「老衆筆頭を討たんとするは、即ち豊臣への謀叛じゃと仰せられてな」

家康の言い分も、筋の通らぬ話ではない。しかし直江はどうにも歯切れが悪かった。

左内は「おや」と首を捻《ひね》った。

「直江様。重陽の節句というのは、秀頼様に祝いを述べるようなものでしょうか。俺の知る限りでは……邪気を払って長生きできるように菊酒を呑む日ですが」

水原が「おい」と眉をひそめた。

「だから、ご家老が怪しんでおられるのではないか。北川図書から聞いてはおったが、まことに金儲《かねもう》けの外には頭が回らんのだな」

そのまま唸ってしまう。この人を黙らせるには、呆《あき》れてもらえば良いらしい。そう言えば銭布団を見た時にも口数は少なかった。そこには得心したが、先ほどの問いには答えをもらっていない。直江に目を向け直すと、小さな苦笑が返された。

「左内が申すとおり、重陽は幼き秀頼公に祝賀の意を示すべき節句ではない」

いつも伏見で政を視ている家康が、わざわざ大坂に出向いたのが怪しいと言う。敢《あ》えて闇討ちの的になろうとしたのではないか、と。

「おかしいですな。危ないと分かっていて身を晒《さら》すなど」

「徳川様が戦を欲し、名分を得るためだったとすれば頷けよう」

余計に分からない。唐入りの兵を収めたのに、なぜ戦を求めるのだろう。しかも豊臣への謀叛を言い立てて成敗しようなどと、それで徳川は天下を覆せるのだろうか。或《ある》いは氏郷が見誤っていたのかも知れない。あの人に限って、それはないと思いたいが――。

思いを巡らせるほどに頭が熱くなってくる。それと察したか、直江は「いずれ訳を明かす日もあろう」と話すに留《とど》め、座を立った。もっとも、静かな動きの中には違う気配がある。訳を明かす日など訪れて欲しくない。直江の総身がそう語っていた。

ともあれ、左内は命ぜられたとおりに戦支度を始めた。一万石当たり四百の兵、四千二百石なら百七十ほどである。が、それらを連れて出陣することはなかった。十一月、前田利長が家康に申し開きをし、母を人質に出して身の潔白を訴えたからだ。これが認められ、加賀征伐は立ち消えとなった。

左内は、集めた兵に払った金を返せとは言わなかった。ただし翌年の春、普請の時には会津に参じて賦役をするという約束の上であった。

＊

賦役衆が「よいせ」「こらせ」と力の籠もった声を上げる。石の積み上がった荷車が、軋《きし》む音を立てながら運ばれて行った。

「岡様あ。これ、どこさ持ってったら良がっぺ？」

「その材木は向こうだ。城下の町割りに使うものだからな」

左内は城の縄張りから南に外れた辺りを指し示した。賦役の百姓が「へえ」と会釈して、また荷車を押しに掛かった。

神指城の普請は年明けの三月十八日に始まった。既に一ヵ月が過ぎ、四月半ばとなっている。暦の上では夏だが、会津に於《お》いては晩春といった頃であった。

「ひと月で盛り土も終わったか。この分なら、夏が終わる頃には石垣も仕上がるだろうな」

賦役を督していると、近寄って声をかける者がある。北川兵五郎であった。左内は満面に笑みを湛えて「おう」と右手を上げた。

普請触れがあってからというもの、北川は上役の本庄繁長と談合する日が多く、若松の町にあっても会う機会が少なかった。自分も水原と手筈《てはず》を定める——という名目の世間話に付き合わされる毎日で、こうして顔を合わせたのも二十日ぶりである。

北川は左内の右隣に肩を並べ、城の縄張りを眺めた。

「こうしておると松坂《まつさか》を思い出すな」

「ああ。おまえが町割り奉行で、俺が助けていた」

そして、あの頃には蒲生氏郷がいた。鋭気に満ちて凛《りん》とした顔を思い出すと、胸の内が湿っぽくなる。上杉家に仕える身となって、なお先君を偲《しの》ぶのは、いささか誠が足りないと言われるかも知れない。だが上杉に思い入れがないのかと言えば、それも違った。武士として上杉への忠節は確かに持ち合わせている。対して、亡き恩人への思慕は人としての心なのだ。主家が変わったからと言って、おいそれと捨てられはしない。

彼岸の人に「それで良いでしょう」と思いを馳《は》せ、南の空を仰ぐ。あの雲の向こうに松坂があるのだな、と思いながら。

と、その雲が切れて日が強く差す。あまりに眩《まぶ》しくて目を落とせば、道の向こうに数十と思《おぼ》しき行列があった。二つの駕籠と、それを守る兵である。

「兵五、あれは何だ。何か聞いておるか」

「いや、知らんな。だが何かしらの使いだろう」

上杉景勝は老衆のひとり、日の本全ての政に携わる身である。こうした使者も珍しくはあるまい。その見立てに「なるほど」と応じながら、左内の中には心許ないものが漂っていた。使者の列には、ぴりぴりと張り詰めたものが見え隠れしていた。

その使者が何であったのかは、三日して分かった。

「普請の忙しき中、召し出して申し訳ない」

主座に景勝が座し、その右前で直江が口を開いた。鶴ヶ城本丸館の大広間は、いつもと変わりない。しかし明らかに何かが違う。たった今の言葉の硬さにも、それは十分に表れていた。

座の空気が引き締まっていることを見届け、直江は再び声を上げた。

「我ら上杉家に、謀叛の嫌疑が懸けられておる」

ざわ、と皆の胸が波立った。左内も同じである。ただし「波立った」というような、生易《なまやさ》しいものではない。仔細は分からないが、持ち前の勘が「もっと剣呑《けんのん》な話だ」と告げていた。

「鎮まれ。これより仔細を話して聞かせる」

直江の面持ちは、主座の景勝が二人いるのではと見紛うばかりに険しかった。

謀叛の嫌疑云々《うんぬん》は三月末の話で、会津に施した諸々の差配を以《もっ》てそう断じられたという。上杉では城と道を普請し、武具兵糧を集めている。これは二心のある証《あかし》だ、と。三日前の行列は、それを問い質《ただ》す詰問の使者であった。

「道や城の普請、武具兵糧の支度は、国替えの折に誰もが行なうことぞ。謀叛を企《たくら》むなら、むしろ道は閉ざすに如《し》かず。この道理を捻《ね》じ曲げ、内府《だいふ》・徳川家康が難癖を付けてきた」

左内の背に、ぞわ、と粟《あわ》が立った。ちらりと直江がこちらを向く。眼差《まなざ》しには「加賀征伐のからくりを聞かせてやる」と滲《にじ》み出ていた。

「徳川内府が狙いは、危ない橋を渡らずに天下を奪うことである。ゆえに、如何にしても豊臣に謀叛する者が欲しいのだ」

謀叛人を成敗するなら、各国に軍役を課して大軍を動かせる。必ず勝てる戦となるだろう。そして戦の相手は、大きければ大きいほど良い。なぜなら「豊臣のための戦」だからだ。

「斯様な戦の後には、大きく新恩を宛行《あてが》うものじゃ。そして豊臣の天下を守るという名分があらば、新恩は豊臣から発するのが道理となろう」

豊臣の財――大陸に兵を出せるほどの富強は、諸国の蔵入地《くらいりち》が礎である。これを切り崩して新恩を発すれば、発しただけ豊臣の力は殺《そ》がれるのだ。大国の謀叛を成敗するとなれば、宛行が要る者の数も大きい。そうやって蔵入地を削り落とせば、自《おの》ずと豊臣は衰えてゆくだろう。

「この宛行を差配できるのは誰か。内府である！　さすれば諸国大名は、内府にこそ恩義ができるという寸法だ」

豊臣を追い詰め、加増となった面々の力を徳川の下に付け替える。そのために家康は、何としても大戦《おおいくさ》が必要だった。昨年の九月、前田利長が謀叛を疑われたのも同じ理由であった。

「前田が屈して戦も立ち消えとなったゆえ、内府は別の戦を望み、我ら上杉に目を付けたのだ」

加賀征伐が云々された折には、上杉も家康に従って兵を出す構えだった。にも拘《かかわ》らず、こうして策略の的とされている。横暴と言わずして何と言おう。直江の声は、日頃の円やかなものではなくなっていた。激しさと厳しさに満ちた、戦場での響きである。

「上杉は内府に屈し、戦を避けるべきや。否！　我らが膝を折ったとて、必ずや内府は会津に兵を向けるであろう」

理屈の上では、上杉が屈するなら次の的を定めれば済む。だが大国の謀叛という話が三つも重なれば、謀叛の疑いを言い立てる側にこそ疑いの目が向くだろう。それでは家康の野心は決して成就しない。

「そも昨年に内府が帰国を勧めたは、全てこのためであった。道と城の普請を施し、武具兵糧を集める……誰もが行なう差配を以て謀叛を言い立てるのが、初めからの狙いだったのだ」

そう断じて、直江は皆に平伏した。見抜けなかった自分の咎《とが》である。加賀征伐の話が持ち上がるまで、気付くことができずにいたのだ、と。

「如何にしても戦は避けられまい。ゆえに申し開きはせず、来るなら来いと書き送った」

しかし、と直江は顔を上げた。自分が家康の罠《わな》を見抜けなかったから、この顚末《てんまつ》になった。だから皆に戦えとは言えない。上杉を去りたく思う者は申し出てくれ、と。

大広間が、しんと静まる。誰もがうろたえていた。

左内は嚙《か》みしめるように幾度も頷いた。直江は、そして景勝は、この時が来るのを去年の秋から見据えていたのに違いない。数ヵ月に亘《わた》って戦い続けていたのだ。心中や如何ばかりであったろう。

これを支えると言えずに何の武士か。それでは笑われてしまうのだ。ずるい者に潰されてはならぬと言って、この命を繋《つな》いでくれた若江藤右衛門《わかえとうえもん》に。落胆させてしまうのだ。岡左内を信じ、徳川の天下を阻めと遺言した氏郷《うじさと》を。

「戦うに決まっております。喜んで」

誰も何も発しない中、左内は胸を張って朗らかに笑った。すると「それがしも」と北川の声が上がった。

「及ばずながら力になりましょう」

新参の二人に先を越され、大広間の面々に恥じた気配が満ちた。それは次第に、強い熱に変わってゆく。我も、自分もと皆が名乗りを上げ、上杉を去ると言う者はひとりもいなかった。

家康が、いつ会津征伐を唱えるかは分からない。そう遠くはあるまいが、今すぐという訳にもいかぬだろう。当面、上杉では神指城の普請を急ぐことになった。賦役衆を集めるために財を叩《はた》いてしまった以上、すぐには戦支度に切り替えられなかった。

一方、左内にはひとつ気懸かりがあった。ゆえに城普請の場を離れ、喜多方の知行に入っている。屋敷の居室、目の前には高嶋屋《たかしまや》久次《きゅうじ》の姿があった。

「呼び立てて、すまん。若松の梁田《やなだ》殿から、次は五月に来ると聞いたものでな」

久次は「構わんよ」と頷いたが、その面持ちは厳しいものだった。

「せやけど、米売ってええんか」

徳川が攻めて来るのだろう。言外に、そう匂わせている。左内は軽く「はは」と笑った。

「越前《えちぜん》の殿様も兵を整えておるようだな。高嶋屋にも、たんと兵糧の注文があったと見える。だったら米はいくら仕入れても構わんだろう。それに、こういう時だからこそ高く売れる」

のかと。

「いやいや！　あんた、ちょっこし待ちねや」

血相を変えて身を乗り出す。徳川の大軍が来ると分かっているのに、なぜ敵の兵糧となる米を売るのかと。

「まさか、上杉を売るんか」

それを疑われても仕方あるまい。左内は平たい声音で「いや」と頭《かぶり》を振った。

「むしろ上杉のためだ。会津では今、神指の城普請を急いでおる。戦までに間に合えば良いが、どうなるかは分からん」

普請が終わる前に敵が押し寄せて来れば、今度は急いで戦支度をしなければならない。だが上杉家と家臣には、戦を構えるに十分な金がないのだ。

「だから俺が支える。少しでも金を作って皆に貸そうと思うのだ」

「ほやけど、あんたの持ってる分で、いつまで戦えるんや」

「なあに。心配は要らんさ」

左内は眼差しを天井に移して「ふう」と息をついた。

「久次も知っているだろう。会津に来ていきなり、葛西《かさい》と大崎《おおさき》で一揆《いつき》があった。だが、何しろ雪国の冬だ。俺は若狭や越前で慣れていたが、蒲生は上から下まで往生していた。徳川方も同じ苦労をするはずじゃないか」

対して上杉は、会津に入る前も雪国の越後を領していた。戦がいつ始まるかは分からないが、いつか必ず冬は来る。そこまで粘れば、逆にこちらが有利となるだろう。

「なるほど。一度は蹴散らせるやろね。けど、ほれで終わりとは限らんよ。なのに上杉を助けるんか。

大好きな金を捨ててまで」

心が伝わる。久次の思いも、自分と同じように熱い。だから左内は、真剣な眼差しを真っすぐに向けた。

「氏郷様から、徳川の天下になったら窮屈だと言われた。そうならないように力を使えと遺言も残された。あの人は俺の恩人だ。だから思いに応えたい。それに、どうやら伊達《だて》も徳川に付くようなのでな」

かつて伊達政宗《まさむね》は会津を攻め取り、後に豊臣秀吉の手で召し上げられた。遠からず始まる会津征伐で徳川方となるなら、きっと会津を切り取りに掛かるだろう。これも氏郷が言ったとおり、世の平穏、会津の平穏を乱す者なのだ。

「もっとも、氏郷様が言ったから、だけではないがな。生国を追われた俺にとって、会津はもう故郷のようなものだ。だから守りたいんだよ。少しでもそのために働けるなら、俺の幸せは二つもある。だから金を使うんだ」

久次は、しばし黙っていた。渋く厳しい面持ちだった。が、その顔は次第に変わって行く。そして。遠い昔、敦賀《つるが》の浜小屋で鯖《さば》を食わせてくれた、あの日の笑みになった。

「左内さん。いや、源八《げんぱち》さんて呼ばしぇてもらうわ。立派になったな。ずるい奴に潰されん強い武士になりたいて、童《わっぱ》の頃に言うてたね。今のあんた、まさに、ほんな侍や」

そして右手に拳を握り、ドンと胸を叩いた。

「買《こ》うたる。米一石、銭一貫文や」

「え？　いいのか？　唐入りの時でさえ、八百八十文だったじゃないか」

「あんたの心意気に応えなんだら、わしの男が廃るやないの」

知り合って実に二十七年、久次も四十八を数えている。浅黒く平たい顔の中、目尻に浮かぶ皺の深さは、そのまま久次の慈愛の心であった。

「そうか。恩に着るよ」

四千二百石の知行なら、百七十の兵を集めねばならない。これを二年養えるだけの七百石を残し、蔵に残る他の米は全て売った。吐き出した米は概ね一万石、灰吹銀にして二千九百枚。左内の手持ちは銀八千枚となった。

神指の城普請は、やはり間に合わなかった。五月三日、家康が早くも会津征伐を決したためである。詰問使が鶴ヶ城を訪れ、直江が申し開きの機会を蹴ってから、わずか半月であった。

上杉では城普請を取り止め、急ぎ戦支度に切り替える。そして六月初めを迎えた。

「金がないのでしょう。俺が貸しますぞ。利子は年当たり、ひとつで構いません」

左内は会津の玄関口・白河《しらかわ》城を訪ね、城代の芋川正親《いもかわまさちか》に目通りすると、開口一番でそう切り出した。

岡左内は音に聞こえた勇士なれど、金に汚い。上杉家中は皆がそう思っている。しかし此度ばかりは、背に腹は代えられないようだ。芋川は一も二もなく「貸してくれ」と頭を下げた。

以後も左内は、領内に三十二人の重臣を全て訪ね、各々に銀を二百枚ずつ貸し歩いた。それが終わると若松に帰って直江に目通りし、上杉家にも千五百枚を貸し付ける。八千枚あった銀は百枚しか残らなかったが、自分の兵を雇うだけならそれで十分であった。

＊

七月半ば、透破《すっぱ》が鶴ヶ城を訪ねた。密書を携えていた。

昨年に蟄居を命じられた石田三成が、家康討伐の兵を挙げたという。毛利輝元を大将に戴き、宇喜多秀家や小西行長《こにしゆきなが》などの助力を得て、束ねた数は実に十二万。家康の会津征伐軍さえ凌《しの》ごうかという大軍であった。

「内府に従っておる中でも、常陸《ひたち》の佐竹義宣《さたけよしのぶ》殿、信濃《しなの》の真田昌幸《さなだまさゆき》殿が石田殿と意を同じくしておるそうな」

鶴ヶ城で直江の下達を聞き、上杉家中は「よし」と気勢を上げた。

家康の会津征伐軍は、六月に大坂を発した。もっとも、初めから軍兵を連れていたのは西国大名のみ。東国大名はまさに今、各々の国許で兵を整えている。家康は既に江戸入りしてこの支度を待ち、一方で西国衆の先手を下野《しもつけ》の小山《おやま》まで進めていた。

「我ら上杉は佐竹殿と示し合わせて徳川内府を睨み、東国で釘付《くぎづ》けにする。その間に石田殿が東海道を攻め下って南北から挟み撃ちにする。密書には斯様に策が示されておった」

そして石田は、徳川勢を包囲した後に豊臣秀頼を出馬させるという。これが成れば、会津征伐軍に加わった豊臣恩顧の面々は徳川を見限るだろう。

「勝ち目は十分にある。が、我らは徳川ばかり睨んでおる訳にもいかぬ」

なぜなら会津の北、山形《やまがた》の最上義光《もがみよしあき》と岩出山《いわでやま》の伊達政宗が徳川に与《くみ》している。伊達は豊臣傘下となる前の所領を回復する野心を持ち、最上はかつて——上杉が越後国主だった頃に——奪われた庄内領を取り戻そうとしていた。

伊達政宗。その名を聞いて、左内は「やはり来るか」と心中に呟《つぶや》いた。

「直江様。俺に、伊達への備えを命じてくだされ」

向けられた直江の目は、怒りを湛えていた。

「岡左内。差し出口は慎め。戦の差配は、殿と、この兼続が領分ぞ」

この人にして、この凄《すご》みがあるのかという声である。刺すようなひと言を残し、直江はまた正面を向いた。

「これより会津南部の各城は、佐竹殿と共に徳川の動きを睨むべし。北部各城は東が伊達、西が最上に当たるものとする」

軍評定が終わると、上杉家中一同は奮い立ち、それぞれの持ち場へと出立して行った。伊達に当たる北東部は刈田《かつた》郡の白石《しろいし》城が、最上に当たる北西部は置賜《おきたま》郡の米沢《よねざわ》城が、それぞれの陣頭となる。左内は上役の水原親憲と共に、直江を大将とする米沢に入らねばならなかった。

ところが。

いざ決戦と意気込んだ矢先の七月二十四日、白石落城の報が届けられた。これを受け、米沢城に詰める諸将が召し出される。徳川・伊達・最上の三者と睨み合うには、皆が各地の戦況を摑んでいなければならない。左内も急ぎ評定の広間に向かった。

本丸館の広間が庭の篝火《かがりび》で照らされている。とは言え、明かりは広間の奥まで十分に届くものではない。主座、薄暗く照らし出された直江の顔は、ずいぶんと険しく映った。

「――以上、討ち死にした者である。士分だけで十二人だ」

次いで、手傷を負った者の名が告げられてゆく。これらの中に、その名があった。

「北川図書。流れ矢にて手傷を負うたものなり」

左内は「えっ」と声を上げ、思わず腰を浮かせた。

「手傷とは、どれほどなのです」

「騒がしい。座っておれ」

直江が、じろりと睨む。しかし、おとなしく従う気にはなれない。

「教えてくだされ。命に関わるような怪我《けが》では……」

直江は、ふう、と息をついた。

「北川はお主の友であったな。されど甘い。今は戦の最中ぞ。勝ち負けも生き死にも兵家の常、うろたえて何とする。お主は喜んで戦うと申したのではなかったか。それに、如何ほどの傷かは報じられておらん。座れ」

上座――左隣の水原が手を伸ばし、ぽんと腰を叩く。左内は唇を嚙みながら、促されたとおりにするしかなかった。

北川の容体は分からない。しかし評定の場で「傷を負った」と報じられるのは、しばらくはその者を除いて陣立てを定めねばならないからだ。いずれ、掠《かす》り傷のようなものではあり得ない。

不安が募る。しかし直江の言うとおり、自分は最上義光との戦いだけを見ていなければ。胸の内で北川に「許せ」と詫《わ》び、左内は評定に耳を傾け続けた。

戦況を報じ終えると、直江は苦しげに息をつく。そこへ主座の左手筆頭から声が向けられた。

「白石が落ちた上は、どこを先陣と定めるが良うござろう。ことと次第によっては、米沢からも兵を回さねばならぬのでは？」

直江は、そちらを一瞥《いちべつ》して小さく頷いた。

「福島城まで先陣を下げるに如かず。彼の地は米沢からも若松からも近い。何かあらばすぐに援軍を送れよう。鶴ヶ城の殿に左様お伝えし、お下知いただくつもりじゃ」

左内はまたも驚き、しかし必死で声を押し殺した。福島城は、まさに北川の属城であった。

「福島は会津領の懐深き地よ。如何な政宗とて、攻め入るには用心を深くする。それなりに時をかけるはずだ。我らはその間に最上を叩き、全軍を以て伊達に当たる」

皆が「なるほど」と頷いている。評定は、これにて決した。

参集した面々が下がって行く。直江も座を立ち、広間を辞した。左内はこれを追って暗い廊下を小走りに進んだ。

「直江様。我らの出陣は、いつになるのでしょう」

「分からん。が、少しばかり先になろう。今すぐ動かば会津の守りは弱くなる。伊達に隙を見せることになろうゆえな」

背を向けたまま「慎重に頃合いを計らねば」と返る。左内は渇いた喉を上下させ、叱責を覚悟でひとつを願い出た。

「直江様も申したとおり、米沢と福島は近い。馬を飛ばせば一日で行って帰れます。せめて兵五の見舞いをしたいのですが」

直江は、ゆっくりとこちらを向いた。評定の場のような、棘《とげ》のある気配ではない。

「お主は、心根の優しい男だな」

うん、うん、と頷いている。だが、願いを容れたのではなかった。

「されど、図書が喜ぶと思うか」

言葉に詰まった。闇の中、乏しい月明かりに光る目が、言い聞かせるように見据えている。手持ちの金を貸し尽くしてでも、会津を守りたいのだろう。なのに自らの持ち場を放り出すのか。それでは逆に北川を悲しませるぞ、と。

「図書の身を案ずるなら、懸命に戦うて最上に勝つことだ。さすれば、あやつも安んじて養生しておられよう」

穏やかな声で残し、直江は去って行った。

左内はしばし俯《うつむ》いていた。両の眼《まなこ》から涙が零《こぼ》れる。握りしめた右手の拳が、小刻みに震えた。

勝つ。何が何でも。それが心の決定《けつじょう》となった。俺は必ず勝つ。だから、おまえも必ず命を繋いでくれ。胸の内で願い、左内は歯を食い縛った。

この翌日、徳川の先手衆が西へと返し始めた。会津には押さえの兵だけ残し、石田三成を叩く構えであった。

その七日後、家康も小山を去って江戸に返した。追撃するに絶好の機であったろう。しかし上杉景勝は、そうしなかった。戦わずに去る者への追い討ちは上杉の軍法にない――そうは言いつつ、実のところは伊達と最上に背後を脅かされているせいであった。

十　誉れの欲

行軍の道中、数歩前の馬上から水原親憲《すいばらちかのり》が話しかけてきた。

「伊達政宗《だてまさむね》という男、思いの外に用心深いようだのう」

慶長五年（一六〇〇）八月、伊達勢は本陣の北目城《きためじょう》まで退いた。落としたばかりの白石城《しろいしじょう》から北東に行軍一日の先である。徳川家康《とくがわいえやす》が江戸に返し、挟み撃ちの形が崩れたためだろう。だが怖《お》じ気《け》ゆえではない。必ず、上杉《うえすぎ》の隙を窺《うかが》っている。

政宗の名を聞いて、左内の中に引き締まったものが生まれた。

「あの御仁は、笑い顔の裏で拳を握っておるようなお人ですから」

「知っておるのか。あ、いや。葛西《かさい》と大崎《おおさき》の一揆《いっき》だな」

左内は「はい」と頷《うなず》いて、政宗の顔を思い浮かべた。あの一揆の時、下草城《しもくさじょう》で一度見たきりではあるが、忘れるはずもない。獣の如《ごと》き本性に狡猾《こうかつ》な策を乗せ、それを穏やかな笑みで覆い隠していた。亡き氏郷《うじさと》も言ったとおり、家康と同じくらいに用心の要る相手である。

「あの一揆では、お主も散々に振り回された訳だしな。何としてもこの戦に勝たねば、胸のつかえも下りんというものだな」

水原はそう言って、げらげらと笑った。

家康が江戸へ返すに当たっては、会津《あいづ》を睨《にら》む押さえの兵を残した。場所は宇都宮《うつのみや》、奇《く》しくも前会津国主・蒲生秀朝《がもうひでとも》の居城である。数は一万であった。上杉はそれより幾らか少ない数を会津南部に置き、城を固めた。

そして直江《なおえ》以下は、米沢《よねざわ》から最上義光《もがみよしあき》の山形《やまがた》城へ軍を進めている。上杉は総勢二万五千、対して最上は七千余であった。

行軍は二日ほどで出羽《でわ》の畑谷《はたや》城に至った。最上の本拠・山形城の西を守る支城である。九月十二日、上杉勢はこの城を取り囲んで陣を敷いた。野営陣の中、上杉諸将は直江兼続《かねつぐ》の陣所に参集し、評定の席に着いた。

「まずは、この畑谷城を落とす。守るは江口光清《えぐちあききよ》、兵は五百ほどに過ぎぬ。ここに幾日もかけてはなるまいぞ」

四角く張られた陣幕の内、中央の台にこの辺りの地図が置かれている。直江は馬の鞭《むち》を取って畑谷城を指し、その東南にある城へと鞭の先を滑らせた。

「次いで長谷堂《はせどう》城を叩《たた》く。ここを蹴散らしてしまえば敵は裸同然だ」

長谷堂城から山形城は目と鼻の先、ものの十里である。喉元に刃を突き付けつつ、庄内《しょうない》からも兵を動かして、最上の本拠を取り囲む算段であった。

「いざ参るぞ」

直江の下知ひとつ、諸将は自らの陣に戻った。

畑谷城は山城である。上杉勢の正面、北の先には麓の腰郭《こしぐるわ》があり、その左手、崖の如《ご》き山肌の上に山頂の本郭があった。

本郭には二つの行き方がある。ひとつは腰郭へ続く道を中途で左に折れ、九十九折《つづらおり》の山道を登る道。もうひとつは腰郭を落として裏手へ抜け、緩やかな坂を大回りに登る道である。いずれにせよ腰郭は落とさねばならない。捨て置いて九十九折を行こうとすれば、この郭から敵兵が打って出て、背後を脅かされる恐れがあった。

敵城を見据えて半時の後、法螺貝《ほらがい》の音が低く渡った。将兵が鬨《とき》の声を上げて突っ掛けて行き、本隊の直江が「当たれ」と下知を飛ばした。

先手と二番手が腰郭に攻め掛かる傍ら、三番手と四番手は本郭からの不意打ちに備えて九十九折の入り口を固めた。左内は水原と共に四番手の一角にあった。

評定で「幾日もかけてはなるまいぞ」と言われたが、誰もがそのつもりである。如何《いか》にしてもこちらは二万五千、城方は五百なのだ。腰郭を襲う兵の群れは、侮った気配に包まれていた。

しかし――。

「放て」

大音声の下知ひとつ、腰郭で鉄砲の音が鳴り響いた。数こそ多くないものの、狭隘《きょうあい》な山道にあっては脅威である。風を切る矢羽の音がこれに続いた。敵は一歩も退《ひ》かぬ構えらしい。

左内は右後ろの向こう、腰郭に気を研ぎ澄ました。上杉勢に戸惑いが生まれているらしい。楽に落とせるはずの相手が、思いがけず激しい抵抗を見せたせいであろう。

「水原様。これは、まずいかも知れませんぞ」

「どうしてだ。戦は始まったばかりだが」

「城方の方が、今日の戦に賭ける思いが強いからです」

戦に限らず、勝負というのはまず力の差がものを言う。だが力に劣る側が必ず負けるかと言えば、それは違う。必勝を期する気持ちというのは侮れない。彼我の力が同じなら、或《あ》るいは力の差が少しくらいなら、勝つのは常に思いの強い方だ。まして今日の戦、上杉勢には緩みがあり、敵に乾坤一擲《けんこんいってき》の気概がある。大差を跳ね返されてもおかしくない。

察したか、水原は「む」と唸《うな》った。やはり戦場を駆け回ってきた将である。

「そうだな。この九十九折は他に任せておいて良いかも知れん。腰郭の味方が危うくなったら、わしらだけでも加勢できるようにしておこう」

水原の同意を得て、左内はしばし腰郭の戦に耳をそばだてた。そして矢玉の雨が幾度繰り返された頃か、肌で感じた。敵の猛烈な意気に寄せ手が怯《ひる》み始めている。城方はこれを見逃さなかった。

「今ぞ。叩けい！」

その下知と共に、重い音が渡る。城方が門を開き、打って出たらしい。上杉勢の気勢が、わっと反転した。

「いかん。水原様」

眉尻を吊《つ》り上げて右脇に目を遣《や》る。水原が力強く頷いて、手勢に下知を与えた。

「水原の兵、岡の兵！　下がって腰郭の衆を助けるぞ」

一同の「おう」という声を受け、左内と水原は九十九折から引き返した。道の分かれ目まで戻って左手の向こうを見れば、まさに敵将が槍《やり》を振るって暴れ回っている。

「先手と二番手、怯むな。加勢致す！」

水原が持ち前の大声で叫び、先頭に立って駆けて行った。左内もこれに続く。だがこの加勢を見るや、敵将は——これが江口光清か——五十余りの兵をさっとまとめ、郭の内に退《ひ》いてしまった。

水原が「逃げ足の速い奴《やつ》め」と歯ぎしりする。もっとも、左内には「本当に逃げたのか」の疑念があった。ともあれ腰郭に当たっていた先手と二番手は、これで少しばかり気勢を立て直したようであった。

敵を見くびっていたと省みたのだろう、以後の上杉勢に驕《おご》りはなくなった。先までとは打って変わって、ぴりぴりした気配で郭の門に迫って行く。水原と左内はいったん下がり、念のために分かれ道の辺りに留《とど》まった。

ところが、である。

「放て！」

今度は九十九折を固めていた三番手、四番手を目掛け、不意に矢の雨が浴びせられた。折り重なる坂の上、高所からの矢には射ち下ろしの勢いがある。これを受け、味方の兵が驚愕《きょうがく》の叫び声を上げた。それと見て取るや、敵はなお乱れ討ちに矢を降らせてきた。

今度は向こうか。左内と水原は九十九折に入り、加勢せんと馳《は》せ付けた。だが上杉勢を乱すだけ乱すと、またも敵兵は引き上げてしまった。

麓かと思えば山頂、山頂かと思えば麓、城方は寄せ手の裏をかいて打って出る。朝一番に始まった戦が昼を過ぎた頃、敵に翻弄された上杉勢は、締まりのない攻めを繰り返すばかりになっていた。

「射下《いお》ろせい」

九十九折の側である。幾度か前から、左内と水原は分かれ道に留まったまま、動くに動けずの体であった。しかし、今回は少し違った。

「これは」

山頂と麓の郭を繋《つな》ぐ道を行き来し続けて、敵に疲れの気配が漂い始めている。左内の勘が「今だ」と告げた。

「……必ず、勝つのだ」

自らの心に向けて唱え、槍を握る手に力を込めると、手勢に下知を飛ばした。

「いざ、九十九折を上るぞ。進め！」

そして猛然と駆け出す。

「左内！　おい左内……ええい！」

水原が慌てて叫び、同じように自身の手勢を動かした。

九十九折の入り口にある兵は五百を下らない。そこに左内の百七十、水原の二百二十が詰め掛けたのだから、狭い山道はごった返した。だが左内と水原の覇気が伝わると、それらの将兵も突き動かされるように坂を駆け上り始めた。

駆けながら上を見れば、敵の一隊は九十九折をひとつ折れて右に進み、二つ目の折り返しに差し掛かっている。

左内は「逃すものか」と大声を上げ、道から外れた。このままでは追い付けない。ならば、今こそ幼い日に培った山への慣れを頼るべし。左右に折り重なる道を進まず、急な山肌を真っすぐ登れば良い。手勢は付いて来られまいが、水原に任せれば巧《うま》く導いてくれるだろう。

木立の間を駆け上り、味方に先回りして敵との差を詰める。そして、ついに敵の横合いへと食らい付いた。

だった。

「おらあ！」

ひとり、道の脇から喚《わめ》き掛かる。それでも城方にとって、思わぬところから湧き出た敵は脅威の的だった。

「うわ。誰じゃ」

「敵か？」

うろたえた叫びに無言で襲い掛かり、横薙《よこな》ぎに槍を振り抜く。途端、周囲の敵兵に怖じ気が生まれた。どれも肩で息をして、晩秋九月の寒風に汗みどろである。やはり疲れていたのだ。

「よくも、おのれら」

なお槍を振り回し、足軽の喉笛を掻《か》き斬った。転げる者があれば山肌へ蹴落とし、逃げる者の背は槍の柄で叩き据える。と、左に向かう坂の上から、肚《はら》の据わった声が渡った。

「どうした」

しばらく前に腰郭で戦っていた男だ。間違いない、江口光清である。左内は周りの有象無象を突き飛ばし、坂を駆け上った。しかし江口はすぐに引き返して行く。上杉勢がようやく九十九折を上って来たためであった。

敵も肝を冷やしたのか、以後は打って出ることなく、矢玉で応戦するのみとなった。戦の流れは確かに変わった。こうなると数の力がものを言う。衆寡敵せず、日が大きく傾いた頃、畑谷城の抗戦はついに止《や》んだ。

腰郭の門が開く。そこには江口光清と三十人ほどの兵があった。

「上杉の者共！　うぬらの軍法が如何《いか》なるものかは知らぬ。されど我ら最上には、敵に降《くだ》って命を永らえ、城を捨てて逃げる法などない。思い知れ」

江口が悔しげに叫び、そして一同は一斉に打って出た。討ち死に覚悟の突撃であった。

ひとりの木っ端武者が槍を振り下ろして来る。左内は自らの槍でこれを受け止め、敵の肩越しに見た。江口は瞬く間に五人、十人を突き伏せ、叩き飛ばしている。鬼神の如き勇戦を目の当たりにして、上杉勢がはっきり気圧《けお》されている。江口を囲んでいた十数人が恐れを生《な》し、ざっと後ろに飛び退《の》いた。

そこに、一声が渡った。

「放て」

鉄砲の音が響く。後詰として山道に入った直江本隊であった。

江口が、がくりと地に膝を突いた。左腕と右足に、何ヵ所かの鉄砲傷が見える。これまでと悟ったのだろう。勇士は槍を捨てて腰の刀を抜き、自らの首に宛《あて》がうと、一気に引き斬った。

この日、畑谷城の五百は全滅した。しかし、上杉勢も千に近い討ち死にを出した。

＊

畑谷城を落とした上杉勢は、東南の長谷堂城に駒を進めた。そして直江兼続以下、春日元忠《かすがもとただ》、上泉《かみいずみ》泰綱《やすつな》、水原親憲が激しく攻め立てる。左内も水原と共に奮戦した。

しかし、なかなか落ちなかった。城方が周囲の田に水を引き入れ、辺り一面を泥沼に作り替えたためである。攻め掛からんと兵を進めるも、泥濘《ぬかるみ》に足を取られて動きが鈍り、矢玉の餌食となる者が後を絶たなかった。

「おい。飯、持って来てやったぞ」

野営陣の中、左内は夕餉《ゆうげ》の粥《かゆ》を炊き、今日の戦で傷を負った足軽に振る舞った。左手に提げた鍋から杓子《しゃくし》で三杯、手ずから陣笠《じんがさ》に注《そそ》いでやる。脚や肩を麻布で巻き固めた兵は八人いた。それらに粥を与え終わると、自身も皆と同じく地べたに座り、鍋に残った粥を杓子で食った。

「やれやれ、今日も酷《ひど》い戦だったな。何人死んだ」

溜息《ためいき》混じりに問うと、ひとりの兵が粥を呑《の》み込んで答えた。

「今日は六人だぁ。あ……松助《まつすけ》まで入れたら七人か」

「松助？　ああ、一昨日《おととい》のあいつか。目に矢を食らっておったが、まさか戦ったのか？」

驚いて聞き返す。やる瀬なさそうに、ゆっくりと首が横に振られた。

「戦える訳ねぇ。今朝、起ぎだら死んでたんだ」

長谷堂城を攻めて既に十三日、九月二十八日を迎えている。その間に、左内の手勢百七十は百十余にまで減っていた。討ち死にした者もあれば、傷を負って戦場を去った者もある。怪我《けが》のせいで息絶えた者や、逃げた者もあった。

直江の言うように、この城を落としてしまえば山形城は裸同然である。それまでの辛抱だと分かってはいるが、こうも苦戦が続くとさすがに気が滅入《めい》った。皆が同じ思いなのか、飯を食いながら交わされる言葉は少ない。

自らの粥を食い終わると、左内は鍋を持って立つ。

「もうすぐ十月だ。夜は冷えるからな、傷に障らんようにしろよ」

言い残して、兵たちの前から去った。

そして翌朝。未《いま》だ朝靄《あさもや》の晴れぬ中、直江に召し出された。左内だけではない。上役の水原はもちろん、一方の将たる身はひととおりである。四角く張られた評定の陣幕に入れば、直江の顔が透き通っているように思えた。

「皆に伝えることがある」

口を開いたものの、そのまま黙ってしまう。如何にしても晴れない気持ちを持て余しているようだ。さもあろう。長谷堂はそう大きな城ではない。この城に十幾日もかけていては、いつまた伊達政宗が攻めて来るやも――。

「石田三成《いしだみつなり》殿が、負けた」

直江の口から重々しく発せられる。その言葉に、左内の頭が空っぽになった。余の面々も同じらしい。驚きの声、絶句、ざわざわとした気配、陣幕の内がうろたえた空気に包まれている。

「我らがここに至る前の日だ。九月十五日、美濃関ヶ原《みののせきはら》で決戦となり、ただの一日で敗れたと」

場の心許《こころもと》ない空気が、凍り付いて動きを止めた。

まさか。どうして。石田方は十二万も束ねていたのだろう。徳川方とて総勢十万は下らないという話だったが、これほどの大軍同士がぶつかり合って一日で決するとは。誰もが――否、少なくとも上杉家中では、両者の戦いは長陣になると見込んでいたのに。その間に最上を叩き、伊達を平らげてしまえば、家康の背を襲い得たはずなのに。

「戦を分けたのは調略である」

関ヶ原の戦いに於《お》いて、石田方は一枚岩ではなかったという。そのせいで、戦場にあって日和見《ひよりみ》を決め込む者も多かった。総勢十二万を各地に配し、関ヶ原に布陣したのは八万ほど。それらの中で、まともに戦ったのは三万前後でしかなかったという。

加えて徳川方は、小早川秀秋《こばやかわひであき》や吉川広家《きつかわひろいえ》、小川祐忠《おがわすけただ》、脇坂安治《わきざかやすはる》などに調略を仕掛けていた。何より大きかったのは、一万五千余を率いる小早川の裏切りである。

「この先、天下は徳川が掌《たなごころ》の内よ。我らは上杉家を潰さぬため、これ以上の戦を慎まねば」

絞り出すような直江の言葉が、胸の内の無念を言い表していた。

二日後の慶長五年十月一日、上杉勢は兵をまとめて会津へ返した。殿軍《しんがり》は直江兼続が受け持って最上の追い討ちを封じ、兵を損じることなく粛々と退いて行った。

＊

長谷堂城の戦いから半年ほど、初夏四月を迎えた。左内は福島《ふくしま》城に参じ、城下の屋敷にある北川兵五郎《きたがわへいごろう》を見舞った。

「どうだ兵五《へいご》、按配《あんばい》は」

風の温《ぬる》む頃ゆえ、寝屋の障子は開け放たれている。中に入ると、北川が「まずまずだ」と笑みを見せて身を起こした。

北川は昨年、白石城の戦いで手傷を負った。具足で守られていない右の腋《わき》に流れ矢を受けたものであった。

怪我が癒えるには、概《おおむ》ね三ヵ月を要した。あばら骨を割って深く鏃《やじり》が食い込み、それを引き抜いた後に酷く膿《うみ》を持って、なかなか傷が塞がらなかったからだ。長谷堂城の戦いを終え、初めて見舞いに訪れた折など酷いものだった。熱のせいで昏々と眠り続けていたほどである。

もっとも今の顔色は悪くない。左内は寝床の右脇、廊下に近い側に腰を下ろし、大いに安堵《あんど》して軽口を叩いた。

「確かに、もう大丈夫そうだな。なのに寝てばかりおる。ひと足早く隠居でもするのか」

「まだ三十六だぞ。おまえより、ひとつ上なだけだ。隠居など思うたこともない」

北川はそう言って笑った。が、そのすぐ後に大きく呼吸を繰り返している。先の安堵が吹き飛んで、左内は眉をひそめた。

「息が苦しいようだな」

「これが治れば、元どおりなのだがな」

忌々しそうな声であった。聞けば、それでも体を鈍《なま》らせてはならぬと、槍の稽古をする日はあるらしい。しかし半時もせぬうちに決まって息苦しくなり、二日か三日は休まねばならないという。思うようにならぬ体に、もどかしさを覚え続けているようであった。

「そうか。今少し養生するが良かろう」

北川がゆるりと笑みを浮かべて「ああ」と頷く。そして思い出したように話の向きを変えた。

「それはそうと。横山《よこやま》様のこと、聞いたか」

「いや。何か分かったのか」

蒲生家中だった頃、家老の横山喜内《きない》は数少ない味方であった。蒲生騒動の後で石田三成に仕えたまでは承知していたが、以後の仔細《しさい》はこれまで聞こえていなかった。

「この間、石田に仕えた伯父上から文があった。横山様、関ヶ原で討ち死になされたそうだ」

北川は寂しそうに、そう語った。

関ヶ原の戦いの後、石田三成が斬首されたのは知っていた。もっとも、主君が処断されても家臣にまで類が及ぶとは限らない。現に北川土佐《とさ》は生き延びている。横山についても、そこに望みを繋ぎたく思っていたのだが。これも武士の常というものか。

「氏郷様も横山様も、俺の味方だった人は向こう側か」

「残る味方は俺と、若松《わかまつ》の結解《けつけ》様だけか。なあ左内。おまえ、この先どうする」

左内は苦笑を浮かべた。

「上杉の所領がどうなるか、まだ分かっておらん」

今年、慶長六年（一六〇一）の一月、伏見で上杉家への処罰が論じられた。昨年には豊臣への謀叛を言い立てられ、会津征伐軍まで発せられている。さらに徳川方の最上に攻め込んだ以上、取り潰されてもおかしくなかったろう。

だが上杉景勝《かげかつ》と直江兼続は老獪《ろうかい》であった。関ヶ原で石田方の大敗を知るや、いち早く家康の二子・結城秀康《ゆうきひでやす》に働きかけ、取り成しを勝ち取っている。結果、上杉家は減俸のみで済みそうであった。もっとも今の百二十万石から、どこまで減らされるかは決まっていない。

「きっと国替えだろうが、俺は残れるなら会津に残りたい。若松には結解様もいるし、梁田《やなだ》殿との繋がりも惜しいからな。兵五はどうする」

「俺は体と相談だな。具合が上向かぬままで国替えとなるなら、武士を捨てて若松で生きるのも良いかと思っておる」

左内は「お」と顔を明るくした。

「おまえが会津にいてくれたら何より嬉《うれ》しい。是非そうしてくれ。頼む」

「おい。体を良くするなと申すのか」

二人して小さく笑った。北川の息は、やはり苦しそうである。あまり長居はしない方が良いのかも知れない。

「さてと。顔も見たし、今日はこれで帰るか。次には、きちんと良くなっていろよ」

腰を上げ、会釈を交わして廊下へ出る。いざ立ち去ろうとすると、北川が背後から「左内」と呼び掛けた。

「この先の身の振り方を思うて、少し……気が晴れぬ思いがした」

肩越しに「どうした」と見下ろす。北川は軽く目を伏せ、溜息と共に呟《つぶ》いた。

「俺たちは上杉の臣として徳川と戦った。が、心の中にはもうひとりの主がいる。氏郷様の思いに……果たして応えられたのだろうか」

左内は、わずかに頰を緩めた。

「分からん。でも俺たちは、やれるだけやった。徳川の天下を許したからと言って、氏郷様は叱らんよ」

「そうか。そうだな」

「ああ。また——」

またな。そう言いかけたところで、左手に続く廊下の先から、ばたばたと駆け足の音が迫る。北川が抱える若い家臣であった。

「と、殿！　一大事ですぞ」

若者は左内を見て慌てて一礼し、廊下に跪《ひざまず》いて寝屋の内へと告げた。

「伊達が、白石城から出陣したとの由」

「またか」

北川の面持ちに怒りが湛《たた》えられた。

またか——その言葉どおりである。関ヶ原の戦いが終わってから、伊達政宗は既に三度も会津を侵していた。初めは昨年の十月、信夫《しのぶ》郡と伊達郡に攻め込んでいる。今年に入ってからも二月に伊達郡を襲い、三月末にはこの福島城を脅かしていた。

伊達は徳川方、対して上杉は徳川と戦って負けた側で、既に減俸も決まっている。攻め込まれて抗《あらが》うまでは致し方なしとしても、兵を発して返報することは許されない。そこに付け込んで幾度も戦を仕掛けて来るとは。

北川が「許せぬ」と立ち上がり、またも息苦しそうな顔を見せる。だが歯を食い縛って枕の側《そば》の襖《ふすま》を開け、隣室へ進んだ。そして奥の壁に架けてある槍を取る。左内は後を追い、友の肩を両手で摑《つか》んだ。

「おい！　おまえ、まさか戦に出るつもりか」

「先月の戦、俺は床に臥《ふ》しておって何もできなんだ。その折に、同じ福島城付きの者が幾人か討ち死にしておる」

今回こそ戦わねば、と言う。だが左内にとって、それは認められるものではなかった。

「気持ちは分かるが、おまえは身を労《いた》わらねばならん。俺が代わりに出よう。喜多方《きたかた》に戻って兵を集めるだけの間はないが、兵を貸してくれれば立派に戦って見せる」

「それは武士の名折れだ。断じて聞けぬ」

北川が聞き容《い》れる気配はない。しかし武士の名折れを言うのなら、こちらも同じだ。友の苦難を見過ごしては人の誠を損なう。

「強情な奴め。分かった、もう止めん。だが兵五、俺も共に出るぞ」

自分ひとりが援軍するくらい、主君・景勝や家老の直江に指図を仰ぐまでもない。よしんば後で咎められたとしても、その時はその時である。左内はいったん若松に戻り、自らの具足と槍を支度して、再び福島へ戻ることになった。

＊

福島城の北に三里、阿武隈《あぶくま》川の支流・松川《まつかわ》がある。東流するこの川の対岸には、野の中に突き出るように信夫山が聳《そび》えていた。山中には篝火《かがりび》がある。それらが空を照らすせいで、山は黒々とした塊に見えた。野営陣、北川の陣所から闇の先を眺め、左内は呟いた。

「あそこに伊達政宗がいるのか」

氏郷が用心を促した男。その男と、負け戦の後で戦うことになろうとは。

「左内」

四角く囲った陣幕の内から、北川が声を寄越《よこ》した。今も息苦しいのだろうか、呼びかけは小さい。左内は「ああ」と応じて中に入った。

夜明かしのための簡素な寝台が、左右の端に備えられている。端とは言っても、そう離れてはいない。二人の戦行李《いくさごうり》を並べれば隙間は埋まってしまう。行李の蓋には、北川が支度させた酒が載せられていた。肴《さかな》は炙《あぶ》った猪《いのしし》である。

「おまえ、呑んで大丈夫なのか」

入って右、自分の寝台に腰掛けて、左内は面持ちを曇らせた。北川は黙って首を横に振る。俺は呑まない、ということか。

「友の心尽くしだ。ありがたく味わうとしよう」

掌ほどの盃を取ると、銚子《ちょうし》を手に酌をしてくれる。酒の白い濁りを、左内は幾度か舐《な》めた。

「なあ左内」

寄越《よこ》された小声に畏《かしこ》まった響きがあった。同じ礼を返さねばと盃を置く。真っすぐに目を見ると、北川は静かに頭を下げた。

「明日の戦な。もし俺が討ち死にしたら、倅《せがれ》の久兵衛《きゅうべえ》に形見を届けてくれ。その盃だ。元服の時に父からもらった品でな」

眉根が寄った。北川が無理をして戦場に出て来たのは分かっていた。だが始まる前から討ち死にを口にするなど不吉ではないか。

「何を言うんだ。勝って、生きて帰れ。おまえの手から渡してやるのが筋だ」

戦場に出れば自分とて討ち死にするかも知れない。まして此度《こたび》は、友に代わって矢面に出るつもりなのだ。できる約束と、できぬ約束がある。

しかし北川は、顔を上げて再び「頼む」と言った。

「おまえとは長い付き合いだ。蒲生の頃から、いつも俺の隣にはおまえがいた」

少し口を噤《つぐ》み、静かに息を整えて、言葉が続いた。

「欲張りで金に汚い。学問もなければ礼儀も知らん。そのくせ気持ちだけは、どこまでも真っすぐで
……そういう奴だから、俺はおまえが好きだった」

また息を整えている。やがて北川は「ふう」と息を吐き出し、再び頭を下げた。

「俺とて生きて帰るつもりだ。されど勝ち負けも生き死にも兵家の常ぞ。今の俺には、おまえの真っすぐな心根を措《お》いて、他に信を置くべきものがない。だから頼む」

左内は瞑目《めいもく》して俯いた。人の信とは、かくも重いものだ。

もう十七年も前になるのか。北川と初めて会った日を、あたかも昨日のことのように覚えている。小《こ》牧《まき》・長久手《ながくて》の戦場に紛れ込み、徳川家康——あの時も敵だった——の在所を確かめて、それを手土産に蒲生への仕官を願い出たものだ。ところが氏郷は敵方の策を疑い、この身を縛らせた。あまりに口惜しい扱いを受けて、涙を流した。しかし北川だけは自分を信じてくれた。そうやって泣くくらいだ、おまえが嘘《うそ》をついているとは思わん、と。

あの時から、北川は常に自分を信じてくれた。そして今も、おまえだから信を置けると言ってくれる。

「……応えるのが、男というものだな」

左内は顔を上げて盃を取った。残った酒を一気に干し、行李の蓋を開けて丁寧に仕舞い込む。代わりに、片手に握れるほどの小袋を取り出した。敦賀《つるが》、氣比《けひ》神宮の護符を収める袋である。

「俺の形見も預かってくれ。俺が死んだら、お鳩《はと》に渡してやって欲しい」

「おまえに信心があったのか」

意外、という顔をされる。笑みを以《もつ》て応じた。

「中身は護符ではない。俺が初めて稼いだ銀ひと粒だよ。二匁《もんめ》だ」

幼い日、運良く仕留めた猪――ぼろぼろになった肉を久次に売り込み、厄介払いのように渡された粒銀である。この銀だけは決して使うまいと決め、こうして持っていた。仔細を語ると、北川は「そうか」と穏やかな笑みを浮かべ、小袋を受け取った。

夜は静かに更け、やがて二人は各々の寝台に身を横たえた。友の息に耳を凝らしていると、今までのあれこれを思い出す。そして左内は、眠れないまま朝を迎えた。

信夫山は昨夜のような黒い塊ではない。山肌の木立には初夏に力を得た木々がある。蓄えられた若い葉が、朝焼けの橙《だいだい》を受けて赤黒く染まっていた。

上杉方の大将は福島城代・本庄繁長《ほんじょうしげなが》である。その寄騎《よりき》たる北川は、川を前に布陣した二番手の一角であった。左内は北川を床几《しょうぎ》に座らせ、自身は少し前に出て敵の気配を読んだ。

そして、どれほど過ぎた頃か。信夫山を覆う木の葉に微《かす》かな揺れを感じた。下から突き上げるものを抑え込むような、狂気と正気のせめぎ合いの臭いがする。

「兵五。来るぞ」

左内の呟きから三つ、四つと数えた頃、敵陣に法螺貝の音が響いた。これを受けて上杉方にも本庄の大音声が轟《とどろ》く。

「迎え撃て！」

川を挟んだ戦いは守る側に利がある。寄せ手は川を渡らねばならず、水に足を取られて動きが鈍るからだ。上杉方の先手衆は川縁《かわべり》まで押し出し、二番手がそれに後詰する。左内は友の傍らを外れ、二百余の兵を率いて前に出た。

伊達勢に「掛かれ」の下知が飛び、兵たちが鬨の声を上げて川に踏み込んだ。ひと固まりになった人の群れは、黒い影となって朝靄の中を押し寄せて来る。

「放てい」

上杉方の四番手、左内の遠く後ろで大声が上がる。刹那の後、鉄砲の音がこだました。次いで矢の雨が頭上を越えて行く。川に踏み込んだ伊達の兵が、十、二十と足を止め、苦悶《くもん》に濁った叫び声を上げた。

だが松川は幅が狭い。広いところでも精々が半町ほど、狭いところに至っては石を投げて向こう岸まで楽に届くくらいである。ゆえに敵の先手は、今の斉射で怯みはしなかった。

「前へ！　渡りさえすれば、こちらのものぞ」

対岸には敵の二番手が詰め掛けている。上杉勢は乱れ撃ちに矢を放ち、鉄砲を束ねて食い止めようとしたが、敵方は次から次へと兵を繰り出して一向に勢いが衰えない。そればかりか、射貫《いぬ》かれた味方の軀《むくろ》を踏み、これを橋として足を速めに掛かっていた。

「先手、踏み込めい」

ついに上杉勢も川に突っ掛けた。そうでもしなければ敵の渡河を食い止められない。右手遠くから朝日が差す頃には、狭い川の中に両軍入り乱れての混戦と化していた。

「二番手、前へ」

上杉本陣の下知と陣太鼓が背を押してくる。左内は「いざ」と一歩を踏み出した。

ところが、である。兵たちに「行くぞ」の声をかけるべく後ろを向けば、陣に残したはずの北川が、いつの間にかここまで出て来ているではないか。驚きのあまり、足が止まった。

「おい！　おまえは後ろで休んでいろ」

「そうはいくか。男が戦場に参じ、出番が回って来たのだぞ。どこが苦しいだの、ここが悪いだのと言っておられるか」

北川の目は語っていた。矢面を左内に任せるのは吝《やぶさ》かでない、しかし自分が後ろで休んでいては兵の士気に関わるのだと。

「……知らんぞ。守ってやれるとは言えん」

「さすがに、川にまでは入らんよ。おまえは戦うことだけ考えていろ」

致し方ない、と共に川縁まで寄せ、次の指図を待った。

双方、先手衆の揉《も》み合いは壮絶の一語に尽きた。互いに喚《わめ》き合う声、槍と槍のぶつかる音、手傷を負った兵の絶叫が混じり合う。流れに漂っていた清らかな水の香気は、今や汗と血の臭気に覆い尽くされていた。

そうした中、左内は見た。漆黒の五枚胴具足に長大な弦月の前立てをあしらった兜《かぶと》が、向こう岸の川縁まで押し出している。馬上で胸を反らせるは、敵の大将・伊達政宗であった。

葛西・大崎一揆の折、下草城で会った政宗は穏やかな笑みを浮かべていた。今は違う。刀を振り上げ、切っ先で指図する姿には、荒れ狂う獣の如き剣呑《けんのん》な気配があった。

「進めい！　怖じ気づく者あらば、斬り捨てるぞ」

俺に殺されたくなければ敵を殺せ――政宗の気勢は戦場の喧騒《けんそう》を易々《やすやす》と突き抜け、左内の胸に刺さった。ついに、この男と戦うのだ。

「伊達政宗……猪どころの騒ぎではない。おのれは熊《くま》か。狼《おおかみ》か」

身震いするほどに、政宗は自らの心を狂気に叩き込んでいる。直江兼続や蒲生氏郷のような、厳かな威勢とはまるで違った。

「え？」

氏郷を思ったことで、左内の耳に蘇《よみがえ》る声があった。

『政宗の如き暴れ馬には、逆に、頭で考えてはならんのだ』

喜多方に知行を受けた日の言葉である。槍を握る右手に、ぐっと力が入った。

戦とは人の智慧《ちえ》と狂乱を束ねて進めるものだ。少なくとも蒲生の軍法、氏郷の下知はそれで組み立てられていた。政宗は違う。熊か狼かと疑うくらいに、人としての箍《たが》を外している。

「左内。もう少しで政宗が川に踏み込むぞ」

北川がすぐ右隣に寄り、耳元で言った。政宗が川に入れば、上杉の二番手・三番手に突撃の指図が下るだろう。友の苦しげな息遣いの中には、そういう見立てが確かにあった。

「如何なる戦でも、大将を討ってしまえば勝ちだ」

頭で考えてはならぬ相手なら、おまえの勘が役に立つ。北川が寄せた言外の信頼に、左内はぎらりと目を光らせた。眉尻を吊り上げて頷く。

「ああ。これは……狩りだ」

右手の槍に左手を添えて、りゅうりゅうと扱《しご》く。見据える先で、黒ずくめの政宗が兵を追い立て、ついに流れの中へと馬を進めた。

「二番手、三番手、掛かれ！」

上杉本陣に雷鳴の如き声が上がる。左内は「おう」と声を上げて自らを引き締め、兵と共に突っ込んで行った。北川が追って来る気配はなかった。

突っ掛けた先には、左右に二人の足軽がいる。左内は頭上でぶんぶんと槍を振り回した。

「おおお、らっ」

勢いを乗せて、右から横薙《よこな》ぎに払う。切っ先が敵兵の首を掻《か》き斬った。喉笛を抉《えぐ》られた敵は叫び声すら上げられない。左へ振り抜いた槍を、今度は力任せに右へと戻す。走る柄が、もうひとりの敵を捉える。横合いから頭に叩き付けると、その兵の首がおかしな具合に曲がった。

「どけ、どけ、どけい！」

人は猪ほど恐くない。初めて戦場に出た時、左内はそう思った。今、この松川に踏み込んだ敵も同じである。だが、そういう肉の壁の向こう、伊達政宗は獣を超えた化け物だ。おまえを殺して肉を食らってやる。皮を剝いで金に換えてやる――獣に止《とど》めを刺す時の殺気を撒《ま》き散らし、左内は敵を退けながら前に出た。

「しゃあ、らっ！」

槍を二度突き出し、行く手を阻む兵を穿《うが》つ。斃《たお》れた体の向こうに、ついに見えた。右目に練り革の眼帯、十年余り前に見た男の顔に間違いなかった。

「伊達政宗、覚悟！」

槍を振り上げ、漆で黒光りする兜へと叩き下ろした。政宗は「む」と左目を丸くし、右手の刀で受け止めると、刀の峰に左手を添えた。

「下がれ、下郎！」

その咆哮と共に、左内の槍が弾《はじ》き返された。凄《すさ》まじい膂力《りょりょく》は、手負いの獣より激しい。諦めずに「何の」と槍を繰り出す。しかし政宗は左手で手綱を取り、さっと馬首を左前に向けて避けると、これでもかと刀を突き出してきた。

「むっ」

切っ先が左肩を掠《かす》める。具足の上に纏《まと》った猩々皮《しょうじょうひ》の陣羽織が、ざっと裂けた。もっとも体には傷を負っていない。左内は二歩を飛び退《の》き、間合いを取って槍を捨てた。動きが大きく遅い長柄では、この怪物を仕留められない。

腰の刀を抜く。政宗はこちらを見て憎々しげに左目を歪《ゆが》めた。

「うぬは……蒲生の馬廻《うままわ》りか」

「今は上杉家中ぞ。岡左内、定俊《さだとし》だ」

鳩胸鵐口《はとむねとぶぐち》の南蛮具足に角栄螺《つのさざえ》の兜を頂いて、高らかに名乗る。そして身を低く屈《かが》め、一気に前に出た。

「甘いわ」

斜め上から、政宗の刀が突き下ろされる。が、左内はそこで足を踏ん張り、またも後ろに飛び退いた。馬上からの一撃が空を切る。隙が、できた。

「死ね！」

川底を蹴って再び前へ。馬の右側に回って、上段から刀を振り下ろした。ギン、と激しい音が響く。

「……小癪《こしやく》な」

政宗は一瞬早く刀を引き戻し、一撃を受け止めていた。しかし向こうは馬上である。足を踏ん張れない分、崩れた体勢では力が出ない。左内はそのまま刀を押し込んだ。首筋に押し当ててしまえば掻き斬れる。

そこへ——。

「放てい」

政宗の後方で、夥《おびただ》しい数の鉄砲が唸りを上げた。伊達が誇る精鋭、騎馬鉄砲隊である。

「次、放て」

間を置かず、二度目の斉射が加えられる。一発が左内の兜を掠めた。恐ろしい響きが伝わって頭の中が痺《しび》れ、くらりとした。刀に掛けた力が抜ける。

「いやあっ！」

政宗は左内の体を刀ごと弾き飛ばし、矢玉の助けを受けて下がって行った。

以後は伊達の騎馬鉄砲と弓矢が猛威を振るった。上杉勢はなお勇戦したが、ここに至って、川に踏み込んだことが仇《あだ》となる。流れに足を取られ、矢玉の嵐に血飛沫《ちしぶき》を舞わせる者が後を絶たない。戦が始まった頃の伊達勢と同じ形で、上杉勢の抗戦は食い止められた。

昼過ぎになると、上杉方は次第に押され始めた。そして日が傾いた頃、とうとう撤退を余儀なくされる。

もっとも追い討ちは受けなかった。薄暗がりの中で川を渡り、敵の懐に飛び込むのは危うい。もしも伏せ勢が待ち受けていたら——政宗以下、伊達の将はそこに用心したようで、こちらが退くのを見届けると、今日の戦を収めて下がって行った。

「仕留めきれなんだ」

左内は肩で息をしながら走り、北川が待っているはずの川縁へと戻った。今日の戦は上杉の負けではあろう。だが伊達にも十分な損兵を強いた。これで、また少し時を稼げる。北川も養生できるはずだと、胸中には一応の満足があった。

「兵五。おい兵五」

薄暗い空の下、左内は友の名を呼んで回った。が、返事はない。この辺りにいたのだが、どうしたのだろう。或いは先んじて退いたのだろうか。

「それなら、その方がいい」

ともあれ戦い詰めだった。血みどろ、汗みどろになった手を洗いたい。大きく息をついて川の流れに屈み、冷たい流れに両手を浸す。

と、少し前の河原にひとつの骸《むくろ》が転がっていた。苦しそうに歪んだ顔の眉間には、鉄砲傷がある。その顔を見て、左内の面持ちが呆《ほう》けたものになった。

「兵……五?」

弾を受けた額は半ば崩れていた。だが、どうして見紛うものか。これぞ無二の友・北川兵五郎の変わり果てた姿だった。

「おい。兵五」

北川の右手は胸を押さえていた。戦場の熱、狂気に当てられて息が苦しくなったのだろう。顔色が紫がかっている。

「何をしているんだ。おい。起きろよ」

わなわなと身が震えた。何たることか。北川は息が苦しくなり、胸を押さえていたところを撃たれたのだ。身を隠す暇も、地に伏せてやり過ごす暇もなく。

「嫌だ……。嫌だ！　兵五お！」

自分の他は骸ばかり。夕闇の松川で、左内は声を上げて泣いた。涙は、いつ涸《か》れるとも知れない。北川の左手には、昨夜渡した粒銀の小袋がしっかりと握られていた。

＊

「これを」

若松の町、北川の屋敷を訪ねた左内は、友から預かった形見の盃を差し出した。向かい合う半間の先には、北川の妻・和《かず》と倅の久兵衛が左右に並んでいる。

「わざわざ、ありがとう存じます」

和は静かに会釈して、倅に「さあ」と促す。久兵衛は深々と一礼して盃を取った。伊勢《いせ》松《まつ》ヶ島《しま》の頃──左内が蒲生に仕えた翌年には、まだ生まれていなかった子である。当年取って十四歳ながら、気丈にも涙を堪《こら》えていた。

「俺の……せいです。兵五を守ってやれず」

それ以上は言葉が出ない。幼い久兵衛が我慢している前で、左内はぼろぼろと涙を零《こぼ》した。

和は「いいえ」と首を横に振った。

「左内殿は最後まで、あの人の友であってくださいました。生き残って、形見の品を届けてくださったのです。どうして責める気になれましょう」

嗚咽《おえつ》が治まらぬ中、左内は小袖でぐいと目元を拭う。そして懐から杉原紙の包みを取り出し、和の前に置いた。両手で握れるほどの包みであった。

「これは？」

問われて洟《はな》を啜《すす》る。途切れがちな言葉で、涙に乱れた顔を前に向けた。

「俺の……手許《てもと》に、残った銀です。五十枚、あります」

一家の主《あるじ》を失い、後継ぎは未だ幼い。上杉に仕えるにせよ、他家に移るにせよ、はたまた武士を捨てて若松で町衆となるにせよ、当座の金は要るだろう。北川の命を守れなかったのなら、せめて幾年かだけでも妻と子の命を守りたい。左内はそう言って、床に置いた包みを押し出した。

「……徳川との戦が始まる前なら、八千枚もあったのですが。今は、これが全てです」

「いけません！　そのような、大事なお金を」

和は泡を食って、強く頭《かぶり》を振った。しかし左内は「いいのです」と泣き顔に笑みを浮かべ、懐の内からもうひとつを——あの小袋を取り出した。

「兵五に形見を託された晩、俺も自分の形見を預かってもらいました。あいつは、死んでもこれを離さずにいた。幼い頃に獣を狩って、初めて自分で稼いだ二匁の銀です」

ただの銀ひと粒ではない。自分の心の土台だった。我が友は、それと知って守り通そうとしたのだ。語るうちにも、滂沱《ぼうだ》の涙は止まらなかった。

「兵五の心が宿っているのですよ。だから俺は、この銀を元手にまた蓄えます」

「そう……ですか」

和の右目から、ひと雫《しずく》が落ちる。久兵衛も堪えきれなくなって、食い縛った歯の奥でしゃくり上げていた。

北川の屋敷を辞する。松川の戦いから一ヵ月と少し、若松の町はすっかり落ち着きを取り戻していた。少し前から伊達が兵を向けて来なくなったためである。徳川家康が政宗に矢止め——停戦を指図していた。

以後、上杉景勝と直江兼続は上洛の途に就いている。矢止めの下知に謝意を述べ、また会津征伐に関わる詫《わ》びを言上すべく、家康に目通りするためであった。

「あとは上杉の国替えだけか」

呟いて天を仰ぐ。盛夏六月、空の青は茹《う》だるような暑さに黄色み掛かっていた。

その後、左内は喜多方の知行に入り、これまでの戦で使った兵糧の残りを若松に運んだ。梁田藤左《とうざ》衛門《えもん》に売るためである。刈り入れも目前の頃ゆえ、一石当たり銭七百八十文と、少しばかり高値が付いた。とは言え、蔵に残っていたのは七十石のみである。灰吹銀に直して十五枚ほど、当座の暮らしを賄うくらいの金にしかならなかった。

そして八月を迎える。二十四日、上杉家に米沢三十万石への減俸が沙汰された。

「まことに心苦しきことだが、小禄《しょうろく》の者には暇を出さざるを得ぬ。大身の者も大きく知行が減るものと思うてくれ」

主座に景勝、その右手前に直江。大広間はいつもと同じ景色だった。ただ、皆を包む空気だけが、ことさらに重かった。

下された沙汰、および今後の諸々《もろもろ》を聞くと、召し出された面々が肩を落として大広間を辞して行く。

そうした中、左内は直江を捉《つか》まえてひとつを願い出た。

「野に下ると申すか」

驚愕の目を向けられるも、左内は静かな笑みで応じた。

「この先、上杉は苦しくなるのでしょう。俺のように取り柄のない者が居座るのは、今の直江様以上に心苦しいのです。まあ何とかなりましょう。若松には屋敷もありますし」

「次の領主が決まらば、屋敷は召し上げとなるのだぞ」

「その時は町衆にでもなって、若松で商売をします」

直江は苦い面持《つら》ちだったが、小さく「分かった」と応じた。禄を出すべき者がひとりでも減るのなら、ありがたい。辛そうな眼差《まなざ》しの中に、そういう気持ちが見え隠れしていた。

十八歳で蒲生氏郷に仕えてから十七年、左内は再び牢人《ろうにん》となった。十日余りの間、この先どうやって稼ごうかと頭を悩ませている。

「……思い付かん」

左の手枕で縁側に寝転び、右手に摘《つま》んだ銀ひと粒を眺めて溜息を漏らす。自分が銀を八千枚も蓄えられたのは、一にも二にも武士としての実入りがあったればこそだった。再び財を蓄えるにせよ、銀二匁の元手で何ができようか。自分の頭では妙手が見付からない。また獣でも狩ろうかと、遥《はる》か向こうの磐梯山《ばんだいさん》に目を遣《や》った。

「殿様あ。お客だよ」

鳩である。左内は「やれやれ」と身を起こした。

「今度こそ殿様ではなくなったのだがな。だいたい、おまえ。どうしてここに残っておるのだ。もう給金も払えぬし、好きに生きよと言ったではないか」

「んだがら好きに生ぎて、ここにいんだ。それより殿様よう。お客だ、つってっぺが」

「ああ、もう。通せ」

少しの後に導かれて来たのは、なかなか身なりの良い武士であった。上杉家中ではない。どこの誰かと思っていると、驚いたことに、こう名乗った。

「それがし伊達家中、奉行の津田《つだ》景康《かげやす》と申す者」

目が丸くなり、ぽかんと口が開く。が、自らの顔がまるで阿呆《あほう》だと思い、左内は咳払《せきばら》いでごまかした。

「伊達の家中が、俺に何の用です」

津田は「どうだ」と言わんばかりの得意顔になった。

「其許《そこもと》が上杉を去ったと聞き及び、伊達に仕えては如何《いかが》かとお勧めしに参った」

聞けば、何と伊達政宗が望んでいるのだという。松川の戦いで太刀打ちに及び、これは得難き勇士なりと見込んだのだ、と。

「悪いことは申さぬ、伊達に参られよ。五百石の知行をお約束しましょうぞ」

今の自分には、当座を賄う灰吹銀――これも、もう十枚にまで減ってしまった――と二匁の粒銀がひとつあるのみ。五百石は大きい。しかし左内は大きく首を横に振った。

「嫌でござる。伊達様との戦いで、俺は無二の友を失った。戦場の話ゆえ恨みはしません。ですが、俺が伊達に仕えたら友の妻と子が悲しみます。それに……幾らかの蓄えもありますので」

努めて穏やかに、胸を張って返した。蓄えがあるというのは真っ赤な嘘《うそ》だが、こう言えば諦めてくれるだろう。

津田は苦いものを味わうように、口をへの字に結んで二度頷いた。

「左様にござるか。然《しか》らば今日はこれにてお暇《いとま》致そう。もし気が変わらば文を寄越されたし。今年の内なら、きっとお取次ぎ致すゆえ」

「ああ、気は変わりませんぞ。重ねて言いますが、幾らかの蓄えがありますので」

客は少し嫌そうな笑みを見せ、一礼して去って行った。

ところが。また数日すると、さらに意外な客があった。上杉の家老筆頭、先日まで上役だった直江兼続である。見たことがないほどの困惑顔だった。

「この間、伊達の奉行が訪れたとか」

「伊達に仕えぬかと勧められて、断りましたが」

「それがゆえに、ちと騒ぎになっておる」

左内は「幾らかの蓄えがある」と繰り返して津田景康を帰した。それが上杉家中で噂《うわさ》になっているのだという。人の口に戸は立てられぬと言うが、いったいどういう次第で漏れたのか。

「確かに俺は左様に答えました。そう言えば諦めるだろうと思いまして」

「されど、ことはそう簡単でもない」

直江の眉根が寄った。

「お主は上杉の重臣に銀を二百枚ずつ、上杉家にも千五百枚を貸し付けておる。お主の申す『蓄え』というのは、これを取り立てればの話ではないかと、皆が慌てておるのだ」

減俸が決まったからには、たとえ重臣であっても知行は雀《すずめ》の涙となる。おまけに神指城《こうざし》の普請と戦で財を使い果たし、とても返せないと慄《おのの》いているらしい。

「いや……そういうつもりは、ないのですが」

「とは申せ、貸したものは返してもらうのが道理だ。お主がそこをどう思うておるのか、きちんと聞かせてもらえぬか」

左内の頬に苦笑が浮かんだ。

「直江様。俺にとって金というのは、護符のようなものです。無理を強いられた時に、持っておれば抗う力となる。何かあった時に身を助けてくれる。ですが、何より大事なのは、そこではありません」

伊勢で町衆からの取り立てを諦めた折も、蒲生騒動に際して若松の町衆に貸し付けた時も、そうだった。自分が出した金によって、人々は食い繋いだ。命を繋いだのだ。

「金は力です。俺はその力を、人を泣かせるために使いたくない。誰かの命を繋ぐために使った方が、ずっと気持ちがいいからです。俺にとって、金は人の命と同じなのですよ」

逆に金がなければ、繋がるはずの命も繋ぎ果《おお》せない。金が全てだとは言わないが、少なくとも金は幸せの礎なのだ。左内はそう言って、すくと立った。

「で、あるからには。借りた皆が不安になるのは、何より望まぬところです。ゆえに」

戸棚を開け、紙の束を取り出す。三十二の重臣と上杉家に貸した時の証文であった。

「お鳩。炉を持って来なさい。魚を焼く時の、あれだ」

二部屋を隔てた先、玄関を入ってすぐの台所から「はぁい」と返る。直江は、まさに皿の如く目を見開いた。

「まさか、お主」

「はい。斯様《かよう》なものは焼き捨ててしまうに限ります」

きっぱりと言う。直江は、うろたえて何も返せずにいた。そこへ鳩が、炉を持って庭に至る。

「これで、いいのけ？」

左内は「ああ」と応じて庭に下りた。そして手にした証文をひとつ残らず炉にくべる。紙は瞬く間に黒い煤《すす》となり、熱に煽《あお》られて宙を舞った。

その様子を見て、直江はしばらく瞑目《めいもく》した。そして、やがて薄っすらと瞼《まぶた》を上げると、膝元を見つめたまま小さく呟いた。

「お主のような者をこそ、家中に残すべきであった。今となっては、上杉家にはもう抱え直すだけのものがない」

「それは、惜しいことをしましたな」

お道化《どけ》て返す。直江は「全くだ」と笑みを浮かべ、丁寧に平伏して帰って行った。

＊

「おい、お鳩」

向かい合って飯を食いながら、左内は下女の顔をじろりと見た。鳩は平然として、何か用かとばかりに目を向ける。

「どうしたの。おつけ、しょっぺえか？」

「味噌汁《みそしる》の味がどうの、こうのではない。おまえ、これでいいのか」

「何がよ」

とんと分からない、という顔である。左内は椀《わん》と箸を置き、長く溜息をついた。

「何度も言うが、今の俺には金がない。おまえを食わせて行けるかどうか分からんのだぞ」

鳩は呆《あき》れたように眉尻を下げた。

「そんじゃ証文、燃やさねっか良がったべ」

「いかん。取り立てておったら、俺が最も嫌う奴らと同じになる」

父を失ったばかりの頃、余の若狭国衆に陥れられて何もかも失った。上杉家と家中の面々に返済を迫るのは、自分から全てを奪った者と何も変わらない。そう語ると、鳩は少し恥じたように俯いた。が、すぐに顔を上げた。

「だら、何で蒲生の殿様の家来にしてもらわねぇの。元々そうだったでねが。せっかく帰って来たってのに」

「あのな。帰参できると思っているのか。今の家老筆頭は上坂《こうさか》様なのだぞ」

「ああ……。殿様、その人に嫌われてたっけね」

慶長六年（一六〇一）初冬、上杉景勝が退いた会津は六十万石を以て蒲生家の領となった。当主・秀朝は、今では秀行《ひでゆき》と名を改めている。氏郷との縁を思えば、再び仕える道もあったろう。だが、今の蒲生には横山喜内のような味方がいない。

「だからな。お鳩にも、より良い生き方をしてもらいたいのだよ」

左内は噛んで含めるように諭した。おまえは二十五を数えて、世では年増《としま》と見られる歳《とし》だ。しかし、それでもまだ若く、これほどかわいらしい。嫁の貰い手くらい十分にあるだろうと。

「やだぁ、もう。めんこいだなんて」

とは言え、鵜は聞き流したのではなかった。ひと頻り照れ笑いを浮かべた後で口を尖《とが》らせる。

「照れるな。そういう話ではない」

「そんだからって、出てげなんて、あんまりでねが。何べんもした仲でねぇの」

「したとか、しないとか、そういう話でもない」

「散々、気持ちいい思いしたんだべ。子ができてねぇからって、冷てえごと言わんでけれ」

ああだ、こうだと言い合いになる。ない頭を絞って理屈を説くも、鵜が情を以て応じるため、一向に埒《らち》が明かない。

「毎晩、したっぺよ。おらの腰さ抜けるぐれえに」

「だから。した、しないの話ではないと言うのに」

と、庭に咳払いが聞こえた。

「何を話しておる。外まで聞こえておるぞ」

そこにいたのは、上坂左文《さもん》であった。左内の眉が、ぴくりと動いた。

「うわ」

「呼んでも誰も出て来ぬ上に、顔を見るなり『うわ』とは何だ。せっかく良い話を持って来てやったと申すに」

良い話とは言っても、上坂だけに信を置けない。蒲生騒動の折など、味方に付かなければ居場所をなくしてやると凄《すご》まれたくらいだ。良い顔など、できるはずがあろうものか。

「……まあ、聞くだけなら銭はかかりませんが」

「相変わらずの無礼者め。良いか、一度しか言わぬぞ」

上坂は胸を張り、細い声を無理に張り上げた。

「岡左内定俊。蒲生家に仕えよ。それを勧めに参った」

どういう風の吹き回しだろう。あまりに意外で声も出せない。こちらのそういう様子を見て、上坂は面白くなさそうに続けた。

「上杉の直江殿から、左様に頼んでこられた」

蒲生が会津に入ったのは四日前、そこに米沢の直江から書状が届いたのだという。岡左内は上杉のために身銭を切り、貸した金を取り立てようともしなかった。まことに仁なる者ゆえ、召し抱えておけば必ず主家を助けてくれるだろう、と。

「その書状を殿がご覧《ろう》じて、是非に呼び戻せと仰せなのだ。俺は嫌で嫌で仕方ないが、殿には逆らえん。分かったら、おとなしく蒲生に戻れ」

左内は「おお」と目を輝かせた。

「直江様が左様な……。分かりました。さすれば、また金を稼がせてくだされ」

「たわけ。この左文が、また苛《いじ》めてやる」

上坂はそう言って、さも忌々しそうに笑みを浮かべた。

蒲生家はかつての騒動で多くの家臣を手放している。再び会津を領し、六十万石の差配を任されるに当たって、何より足りないのが人であった。長く会津にあってこの地を知り、また梁田藤左衛門のような商人や、町年寄との繋がりもある。諸々を買われ、左内には猪苗代《いなわしろ》城代の任と一万石の知行が与えられた。

そして、時は流れた。

蒲生秀行は長生しなかった。父の氏郷は四十で世を去ったが、秀行はそれより十年若い三十歳で没している。慶長十七年（一六一二）六月十三日であった。蒲生の家督は、秀行嫡子・忠郷《ただざと》が継いだ。

それから五年、五十一を数えた左内は病床にあった。

「お鳩。お鶴《つる》も来てくれ」

野山で鍛えた体は痩せ細り、日々を横臥《おうが》して過ごすばかりである。もう大声も出せない。それでも鳩は聞き付け、左内との間に生まれた娘・鶴を連れて寝所に参じた。二人は朝餉の支度をしていたようで、前掛けに襷掛《たすきが》けの姿だった。

「どうした、殿様」

鳩はもの憂げな顔だった。十一歳になる娘も同じである。二人は息を殺すようにして寝所に入り、枕元の右側に並んで座った。

「俺が死んだ時のことを、頼んでおきたい」

「そだこと言うもんでねぇ。おらは殿様さ、もっと生きてもらいてえ」

とは言いつつ、もう長くないことは鳩にも分かっているようであった。左内は、にこりと笑みを見せて返した。

「十年先の話だ。とりあえず聞いておけ」

蒲生に戻ってからも、ずいぶん財を蓄えた。その中から鳩と鶴には銀五百枚を渡そう。先々まで食うには困らないはずだ。残りは半分を蒲生家に献上し、半分を家中の皆に等しく分け与えてくれ。左内はそう頼んだ。

しかし鳩は「やだ」と首を横に振った。

「銀なんていらねぇ。見るたび殿様さ思い出して、寂しくなるでねが」

「そうは言うがな」

「いらねぇつったら、いらね」

頑《かたく》なものだ。男と女とを問わず、会津者にはこういう頑固なところがある。無理強いをする気にもなれず、左内は「分かった」と引き下がった。

「なら別のことを頼もう。俺が死んだら酒田湊《さかたみなと》に行って、京次《きょうじ》の耳に入れてくれ」

京次は高嶋屋《たかしまや》久次《きゅうじ》の子である。久次は六十を数えてからは船に乗らなくなって、役目を子に受け継いでいた。

「そうすれば久次の耳にも入る。恩人に生き死にくらいは伝えたい」

「分がった。おらも久次さんには、きちんと知らせてえ」

これには鳩も素直に頷いた。それで良い。久次が知れば、きっと鳩と鶴の面倒を見てくれるだろう。左内は安堵して眠りに落ちた。

その晩、真っ暗な中で目が覚めた。不思議なことに、ろくに動かなかった体が動く。どうしたのだろう。自分の病は癒えたのかと訝《いぶか》しく思いつつ、久しぶりに身を起こしてみた。

すると、しわがれた声が聞こえた。

「殿。ご立派でしたぞ」

右を見れば、幼い頃の傅役《もりやく》・若江《わかえ》藤右衛門《とうえもん》が皺《しわ》だらけの顔を綻ばせている。

「良うやったぞ。胸を張れ、左内」

左には、蒲生氏郷の潑剌《はつらつ》とした姿があった。

「また酒でも酌み交わすか」

正面である。北川兵五郎が、慕わしい笑みを見せていた。

そうか、と悟った。自分はこれで死ぬのだ。或いは、もう死んでいるのかも知れない。だが悔いなどただの一片もなかった。十分に金を貯《た》め込んで、全てを吐き出した。何ひとつ手許には残さなかった。

それで良いのだ。幸せは、ひとりでは築けない。繫がりのある人が泣いていれば、自分の心にも陰が差す。周りの人々に財を贈り、皆に幸せの土台ができるのならば――。

「俺の生涯は幸せでござった。さて、冥土でも稼がせてもらうとしましょうか」

左内は満面に笑みを浮かべ、懐かしい面々と共に闇の中を歩み始めた。


〈了〉

主要参考文献

読みなおす日本史　蒲生氏郷　今村義孝／吉川弘文館
シリーズ藩物語　会津藩　野口信一／現代書館
上杉景勝のすべて　花ヶ前盛明　編／新人物往来社
新潟県人物小伝　直江兼続　花ヶ前盛明／新潟日報事業社
人物叢書　伊達政宗　小林清治／吉川弘文館
続近世畸人伝　三熊花顚　著・伴蒿蹊　補・中野三敏　校注／中央公論新社
雨月物語　上田秋成　著・高田衛・稲田篤信　校注／筑摩書房
常山紀談（上巻・中巻）　湯浅常山　著・森銑三　校訂／岩波書店

吉川永青（よしかわ・ながはる）
一九六八年東京都生まれ。横浜国立大学経営学部卒業。二〇一〇年『戯史三國志　我が糸は誰を操る』（講談社）で第5回小説現代長編新人賞奨励賞受賞。二〇一六年『闘鬼　斎藤一』（NHK出版）で第4回野村胡堂文学賞受賞。主な作品に『悪名残すとも』（KADOKAWA）、『治部の礎』（講談社）、『老侍』（講談社）、『憂き世に花を』（中央公論新社）ほか多数。

ぜにざむらい

二〇二一年二月二十八日　第一刷発行

著　者　吉川永青
発行者　三宮博信
発行所　朝日新聞出版
〒一〇四-八〇一一　東京都中央区築地五-三-二
電話　〇三-五五四一-八八三二（編集）
　　　〇三-五五四〇-七七九三（販売）

印刷製本　株式会社　光邦

©2021 Nagaharu Yoshikawa
Published in Japan by Asahi Shimbun Publications Inc.
ISBN978-4-02-251742-5
定価はカバーに表示してあります。
落丁・乱丁の場合は弊社業務部（電話〇三-五五四〇-七八〇〇）へご連絡ください。
送料弊社負担にてお取り替えいたします。